安徽散文

2023冬之卷

主编 ◎ 潘小平　许泽夫

执行主编 ◎ 马丽春

Anhui Sanwen

时代出版传媒股份有限公司
安徽文艺出版社

图书在版编目（CIP）数据

安徽散文.2023.冬之卷/潘小平,许泽夫主编.—合肥：安徽文艺出版社,2024.2

ISBN 978-7-5396-7951-8

Ⅰ．①安… Ⅱ．①潘… ②许… Ⅲ．①散文集－中国－当代 Ⅳ．①I267

中国国家版本馆CIP数据核字(2024)第026429号

ANHUI SANWEN 2023 DONG ZHI JUAN

出 版 人：姚 巍
责任编辑：宋潇婧　　　　装帧设计：许含章　徐 睿

....

出版发行：安徽文艺出版社　www.awpub.com
地　　址：合肥市翡翠路1118号　邮政编码：230071
营 销 部：(0551)63533889
印　　制：安徽乡愁文化产业科技发展有限公司 (0551)67689980

....

开本：787×1092　1/16　印张：13　字数：224千字
版次：2024年2月第1版
印次：2024年2月第1次印刷
定价：68.00元

....

（如发现印装质量问题，影响阅读，请与出版社联系调换）
版权所有，侵权必究

编 委 会

编委会主任：章玉政

编委会副主任：程　浩　马婵娟

特约编审：沈天鸿　赵　昂

主　　编：潘小平　许泽夫

执行主编：马丽春

副 主 编：陈巨飞

编委会成员：赵　凯　徐　迅　钞金萍　苏　北

　　　　　　马丽春　钱红丽　郭翠华　刘政屏

　　　　　　程保平　徐艾平　贾鸿彬　张建春

　　　　　　罗光成　赵　阳　宋同文

写在前面

最后的写作是思想的写作

首届鲁迅文学奖得主王久辛以诗歌之名,为三十万南京大屠杀死难者招魂的获奖长诗《狂雪》高迈狂放,于巨大的悲怆之外,铺展出了巨大的悲悯。《遍地风流——济宁三日》延续了他诗歌的激情与澎湃,看似洋洋洒洒,行不由径,但遍地风流的背后,却有着清晰的审美逻辑和思想支撑。无论是古人李白、杜甫、贺知章、孔尚任,还是今人食指、程风子,也无论是走马济宁、曲阜、孔庙、石门山,还是寻访泗水境内的小李白村,我们都能感受到诗人对中国传统文化的敬畏,对文人风骨的推重。作为诗人,他的散文中当然时有诗句、警句和金句出现,如"他像金子,你看不看他,他都在那里","程风子用笔用色都胆大包天、登峰造极",这样的表述随处可见,入目惊心。"入典"是王久辛的写作追求,读《遍地风流——济宁三日》,可知什么是涉史成思、涉笔成趣,以及思想、认知对于写作的重要性。

在之前的小说讲座中,我曾多次说过"最后的写作是思想的写作"这样极端的话,对此很多小说家表示"不敢苟同"。但我仍然坚持所有的写作最后都是思想的写作,如著名小说家毕飞宇所言,"那种一门心思只顾编制小说情节的小说,都不能抵达文学的高度"。"讲故事"的小说尚且如此,又何况"全裸"的散文。

近年来,很多散文随笔写作不仅没有思想逻辑、生活逻辑,甚至没有情感或情绪逻辑,就是一堆史料或资料的关联和堆积,居然受到追捧。某些作家的散文被捧上神坛,让我感到莫名其妙,其中大量作品,包括诗歌、小说、散文等,都是简单照搬别人的文字而加以重组,类似于今天的AI写作,不过是一台文字生成器。没有思想、没有情感、没有自身的体念,不见生命个体。这样的作家,有什么好顶礼膜拜的呢?也因此在散文写作中,我特别关注文字背后的思想力量,关注作家自身的感知和认知,关注个体的体验和经验,以及在此之上建立起来的理性。《这样的事物》的作者沈天鸿,同样是以诗歌名于世,他是现代诗潮(新诗潮)中最重要的诗人和理论家,是中国当代诗坛中少数既有丰富的创作实践,又建构了自己诗学理论的人。立足于丰厚的母语之上,他的散文语言与其诗歌语言一样,朴质、浑厚、清澈、洗练,焕发出沈氏独有的光芒。即便如"大漳湖在安徽省望江县,是一个镇。在古代,它是雷池的一部分。今古相同的是,它在昼夜的中心"这样平常的叙述,也往往含有深意,它是文学的,也是哲学的;是感性的,也是理性的,给人带来的阅读体验深邃而明亮。

2005年,诗人梁小斌荣获中央电视台首位年度桂冠诗人,推荐语是:"梁小斌诗歌中蕴涵的深情和智慧,是近15年来汉语写作历程一个多棱面的见证,更难得可贵的是,这样冰块一样生活着的诗人,通过自己卧薪尝胆的努力,恢复或说绵延着一种纯粹、高贵的文学理想。"而在我看来,梁小斌不仅是一个诗人,还是一个思想者,他因思想被这个社会所抛弃,却独享思想的痛苦和快乐。朦胧诗后,在近30年的时间里,诗人梁小斌留下了一百多万字的思想随笔,其文本的精神取向接近于哲学,而另一个重要特征是它的寓言性。读《我是怎么熬过来的》,能够感受到这个像"冰块一样生活着的诗人",时刻有"灵魂稍有迸散,背上就是枯骨"的警觉和不安,这给了他孤身一人深入思维盲区的勇气。

以上三位作家的散文创作,都有着丰厚的思想储备,但散文说到底还是"最语言"的艺术,语言的品质决定散文的优劣。傅菲的《池鹭》、黄复彩的

《牛歌》、沙爽的《寄居》都充分展示了散文的文体优势，《牛歌》中那句"夏意够浓了，但山区依然滞留着春的气息"，甚至给我惊喜。不要以为这样的句子简单、平常，它其实是非常个人化的生活体验和审美呈现。

技术带来的信息传播方式的改变，导致在数字媒体上，更多的是呈现、堆积和涌现。散文写作不可避免地带上了互联网特质，而网络所构成的社会逻辑，整体上偏向于市场化和媚俗化，思想和思想者正在淡出人们的视野。市场经济不仅是一种经济结构，也是一套价值体系。今天，市场和资本都以不动声色的解构性，对写作者发起了挑战，散文该如何面对？对于写作者来说，这是一个难以回避的问题。

2023年12月

目　录

写在前面

　　最后的写作是思想的写作 ……………………… 潘小平 / 001

开卷

　　遍地风流——济宁三日 ……………………… 王久辛 / 002

不染尘

　　这样的事物(外四篇) ……………………… 沈天鸿 / 017
　　我是怎么熬过来的 ……………………… 梁小斌 / 027
　　池鹭 ……………………………………………… 傅　菲 / 033
　　牛歌 ……………………………………………… 黄复彩 / 037
　　寄居 ……………………………………………… 沙　爽 / 043
　　一个人的春山 ……………………………… 徐　芳 / 048

人间世

地气 ………………………………… 吴　旦 / 054

茶韵三叠 ………………………………… 苏　北 / 067

幸福戛然而止 ………………………………… 郭翠华 / 074

风味江南 ………………………………… 谈正衡 / 079

杂花生树 ………………………………… 姚大伟 / 085

苏雪林与冰心 ………………………………… 沈　晖 / 096

朋友圈 ………………………………… 王　巍 / 102

最先锋

并非可靠的叙述 ………………………………… 沙　马 / 106

桥（外二篇） ………………………………… 耿　耕 / 113

皖地风

徽州的三面墙壁 ………………………………… 余同友 / 118

新安江上 ………………………………… 程勇军 / 124

长江三鲜 ………………………………… 甘传炳 / 131

遇见阳产　遇见小河 ………………………………… 黄龙河 / 135

金蔷薇

触摸岁月（组章） ………………………………… 陈志泽 / 141

北方印象（组章） ………………………………… 胡庆军 / 144

在内心养一轮圆月（组章） ………………………………… 李俊功 / 148

五福路×号叙事(组章) ……………………… 庞　娟 / 153

心头的月光(组章) ………………………… 王猛仁 / 157

足迹 ………………………………………… 洪海荣 / 160

八斗岭

江北祠堂看肥东 …………………………… 赵宏兴 / 165

我编《中国歌谣集成》(安徽卷) …………… 温跃渊 / 171

天地、父母和春天 …………………………… 刘湘如 / 180

肥东山水记 ………………………………… 向　迅 / 185

遇见肥东,遇见他们 ………………………… 汪远定 / 190

留门(外一篇) ……………………………… 程灿萍 / 194

王久辛 作者简介

　　王久辛，首届鲁迅文学奖获得者，中国诗歌学会副会长，中国作家协会诗歌专业委员会委员。先后出版诗集《狂雪》《狂雪Ⅱ集》《致大海》《香魂金灿灿》《我确信进入了月光》等8部，散文集《绝世之鼎》《冷冷的鼻息》《刻骨双红豆》，随笔集《他们的光》，文论集《情致·格调与韵味》等。2008年在波兰出版、发行波兰文版诗集《自由的诗》，2015年在阿尔及利亚出版阿拉伯文版诗集《狂雪》。曾任《西北军事文学》副主编、《中国武警》主编，编审，享受国务院特殊津贴。

开卷

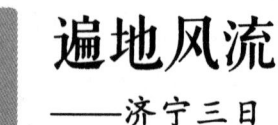

遍地风流
——济宁三日

王久辛

  风流,《辞海》上有九种释义。概括起来有:风采特异,才华横溢,自成一派,放浪不羁,不同凡响,笃厚疏阔,流风余韵,仪态洒脱,倜傥豪迈,情色卓然等。当代著名哲学家冯友兰概括得简单,也深奥,就八个字四个词,即"玄心,洞见,妙赏,深情"。每个词都可以单作一篇文章,而合起来,就是一篇阐述风流的大文章,引得无数才子纷纷启心动智、挥毫书臆。济宁给我留下的印象,恰恰也是这"风流"二字。归来半月有余,每每想起任城、曲阜,想起济宁的历史风华、人文情色,就不断地令我玄思冥想,那不仅是帝王将相、才子佳人的荟萃之地,更是先圣鸿儒、诗人作家播撒思想与文明的人文初肇之地。济宁三日,虽不敢说洞见了至圣先贤的哲慧心、诗文心,却也赏得了些许风物情色之妙处,产生了难忘于此之山山水水的深挚之情……

第一日:4月17日

  我从景德镇出发,在上饶转换高铁,经过五个小时的飞驰,到达曲阜。因为没有直达的飞机,要中转,加上候机时间,还不如乘坐高铁,转一次,不出站,之后上车,就可以高枕无忧地抵达。的确,高铁比飞机便捷。在我们祖国的大地上穿行,我有一种史无前例的自由自在且宽松裕如的感觉,只要你想去,手机上点几下,就办妥了一切出行手续,而且准时。这大概就是自由行吧?

下午4点10分左右,济宁市委宣传部的梅长智与司机徐鹏就接上了我。在去市区的路上,我问二位:除了三孔圣地,咱济宁还有什么历史名人名胜呢?他俩几乎异口同声地告诉我:还有李白、杜甫、贺知章,写《桃花扇》的孔尚任,等等,他们都在咱济宁生活过。其中李白一家就生活了23年之久,孔尚任也两次归隐并终老于此。"当代的名人有吗?"小徐脱口而出:"乔羽呀!我接待过他,人特别和蔼,还是我们济宁口音,一点儿没变。电影明星靳东,也是咱们济宁人。""还有吗?比如当代的作家、诗人?"他俩沉默了。

其实,在我心中,济宁还有一位当代的经典诗人郭路生,即食指。他是1948年生人,1971年参军,1973年退伍,后患精神分裂症,1975年病愈。他写于1968年的诗歌《相信未来》《这是4点零8分的北京》与写于1979年的《热爱生命》等,曾经风靡全国,产生了巨大的反响。作为北京市作家协会的理事,我们曾经多次相见,一起参加采风。记得新世纪之初,在北京门头沟状元村采风,晚上入住龙泉宾馆,我们在他的房间里谈诗。他直陈己见:新诗一定要有韵律,而且要尽量押韵,尽量整齐。显然,他对新诗的不讲究、没规矩,很不满意。他说:"诗,凭什么是诗?就是它不是大白话,是有规定性且有韵律的高度凝练的文字。"那晚,他激情澎湃地给我们诵读了他的新作《暴风雪》。他有一张"国"字号的脸庞,身高一米七八以上,朗声笑眉,言语间有一种挚爱的深情于诵读的诗句中款款流溢,他的眼睛也随着一个字一个字的诵读而发出奕奕的神采……在百年新诗的史册上,食指绝对是入典诗人,而且不是一般地被提及,是有一章一节的诗人——他是济宁土地上生出来的诗的精灵。他说他的诗,是"窗含西岭千秋雪"的"窗",是时代、历史之"窗",每首诗,都可以见到时代、历史的"千秋雪"。正如他在20世纪60年代的大风暴中,写下《相信未来》的心誓所展现出的历史逻辑,与之后写的《热爱生命》所揭示出的对生命的珍爱,等等,都让我们看到了他的那颗心与时代脉搏同频共振的怦怦跳动之声。他是济宁的老娘土养育出来的一位必将传世的诗人,是具有时代标识度与辨识度的诗人。我不知道他的老家济宁鱼台有没有他的纪念馆,如有,我一定要去观瞻。据我所知,食指仍健在,现居北京,今年75岁。他为人低调,不爱抛头露面,诗坛上几乎没有他的任何消息。但他像金子,你看不看他,他都在那里,金灿灿地存在着……

"王老师,到了。"

003

我以为到宾馆了,结果,我被直接拉到了太白楼,而且一拉车门,太白楼的负责人带着讲解员,已经站在了我的面前。济宁的采访工作已经开始了。

猛地一下要朝觐诗仙李太白,我一点准备都没有。不过,我有足够的敬仰与敬爱。拾级而上,进入城墙之上的景园,只见一座二层楼的檐下中央,白底黑字写着"太白楼"三个字。首先,我绕着全楼仰观一圈儿,对墙上的颂联逐一敬诵。关于这座太白楼,介绍说是唐代贺兰氏经营,李白"常在酒楼日与同志荒宴"。公元861年,吴兴人沈光为该楼篆书"太白酒楼"匾额,作《李翰林酒楼记》而得名。公元1391年,左卫指挥使狄宗重建太白楼时,将"酒"字去掉,遂成"太白楼"。而我在心里嘀咕不止——去了"酒"字,李白还是李白吗?

此楼建在三丈八尺高的城墙之上,坐北朝南,十间两层,青砖灰瓦,游廊环绕,斗拱飞檐,雄伟壮观,占地6000平方米。正厅有李白半身雕像;二楼正厅有明人所书"诗酒英豪",下嵌李白、杜甫、贺知章全身阴刻的三公画像石,李白居中,体态典雅,眉目俊秀。然我最感兴趣的,是楼下东面空地上李白手书"壮观"二字的石刻,这两个字完全打破了我对李白书法的想象。我想象的李白书法,应该是怀素式的狂草,一如李白诗中所绘:"飘风骤雨惊飒飒,落花飞雪何茫茫;起来向壁不停手,一行数字大如斗;恍恍如闻神鬼惊,时时只见龙蛇走;左盘右蹙如惊电,状同楚汉相攻战……"以我的想象,李白就应该有如此恣肆汪洋般"一行数字大如斗""时时只见龙蛇走""状同楚汉相攻战",而不是展现在我眼前的这块"圆融周正""端庄拙雅"的"壮观"石碑。它必须是怀素式的狂风骤雨,而不应该是苏东坡式的大腹便便。蓦然间,我想起了李白的《上阳台帖》,那帖上的字,也不够狂,只有稍许的挥洒,而且也是有限度、有克制的张扬。这让我玄想了起来:也许我们想象的李白,比如浪漫,比如轻狂,比如俊逸……这许许多多的比如,事实上都不是李白,而恰恰这个"圆融周正""端庄拙雅"的才是李白?或许种种我们想象中的李白,仅只是李白的一个个侧面,我们统统想偏了,而忽视了圆融通达的李白、端庄周正的李白、粗壮细腻的李白、拙朴雅致的李白?在现实生活中,我们不就常常遇到这样有多重性格与多个侧面的人吗?拿我自己的故事来说吧,记得20多年前评论家雷达就对我说:"认识久辛这么多年,我就想象不出《狂雪》是出自久辛你之手。"我问为什么,他说:"我想象的《狂雪》的作者,最少应该是个五六十岁的狂老头子。"而当时我也就三十啷当岁啊。可见,主观臆测式的想象,永远不可能与真实的人物对上号。由此,我想给出一个参观太白楼后的感悟:我们不能以李白瑰丽的诗篇去想象李白,更不能以李白的理想与艺术的高峰去想象李白,李白其实是一个有着丰富的多重性格的人,他的狂放是一个侧面,而他的圆融,也应该是一个侧面,他是我们所有人不同的想象造就出的一个伟大的诗人,他有如神的精神境界,也有如凡人一样的各种各样的优缺点。这样想来,我觉得就与他更亲近了,而济宁太白楼下的这块稀世珍宝——李白所书的"壮观"碑,也许就是引领我们走进李白真实内心的一座辉煌的金阙。嗯嗯,去吧,去欣赏李太白另一面的圆融周正,另一面的端庄拙雅吧!或许这样的李白更丰富、更有魅力呢?

　　本来,我们应该回宾馆吃晚饭,可是我因为在高铁上没有吃午饭,所以参拜完太白楼,我的肚子已经咕咕叫了,便坚持要在街边随便吃点什么算了。长智与徐鹏也看出我的心思,于是,便把我带到了竹竿巷的林家湾炖鱼店。这个炖鱼,据说是非遗名吃。鱼并非大鱼,而是小鲤鱼或小鲫鱼,用面裹了后先炸,后倒入放了各种作料的老汤中炖出来的。我们三人,一人一碗,每碗有七八条小鱼,佐以切成小块儿的大饼,泡入炖鱼碗里,一口鱼肉一口泡饼,这滋味还真是独特。小鱼肉嫩,而炖得又烂熟入味儿,这样的吃法,我还是第一次遇到。小徐还要了老味酥肉和炖萝卜、炖豆腐等,都是无须大嚼大咽的饭菜,软、柔、散,入口稍转轻嚼,便可下咽,真是味浓可口。我又要了瓶二两装的小酒,无须杯盏,拧下瓶盖儿仰脖子就喝了,那种轻闲随意的美妙在心中荡漾,吃一条鱼,嚼一口饼,嗞一嘴小酒,那酒那鱼那饼,就混合着作料的汤汁一齐下咽肚腹,瞬间便品尝到了济宁的滋味儿——好不快意啊!二两酒后,微醺已至,而月已上天。想想李白与食指在济宁生活时,肯定也常吃这样的炖鱼,便有一种贯通古今的悠悠之情悄悄从心底升起。好啊好啊,济宁,有味道儿。

　　画舫启动了。沿着古运河徐徐而行,两岸灯盏,赤橙黄绿青蓝紫,变幻着在树干树枝树梢头闪烁,倒影漪漪,拉长了彩色,轻轻铺在河面上,却又被我们的画舫剪开成了两半,一半彩影晃悠,另一半晃悠着彩影,而两岸"运河记忆"中的各种商铺小店与美味小吃,便沿岸展开——舫内的桌几上,有济宁的各式甜点和啤酒,河上与岸边游人的夜生活开始了吗?

　　晚饭后,长智说:"今天省里来了几位作曲家,晚上安排了夜游运河,如您还有兴致,可以和他们一起玩玩儿。"我思忖:刚刚吃了李白、食指吃过的炖鱼,再游一下李白、食指泛过舟的古运河,岂不美哉?更何况是搭便车,不用再安排了。我便应:"好呀。"就这样,我们便与省里来的作曲家们同舫夜游了古运河。

从东大寺上舫,至会通桥折转,两岸的人间烟火气与灯影里的诗情画意融合在一起,让我不能不设想:若李白再世又会有怎样激情飞扬的诗句?若是今晚画舫上遇到了老朋友、诗人食指,他又会怎样朗诵他的《相信未来》?那一河的彩影深情,可否令唐人李白沉醉,今人食指忘情?反正我是痴了,望着浮光跃彩的河水,想到了《清明上河图》上的游人,他们若是不老,又会怎样感慨万千呢?我们的画舫本身不就像一首长长的诗吗?载着千年的李白与不朽的市声喧哗,缠绕在古城济宁,无须举杯邀明月,明月始终在河心。我想,如果李白还魂,也会为我的洞见而狂生欢喜之情吧?而老友食指若在舫上,他一定会以家乡人自居,非灌我个酩酊大醉不可啊!

第二日:4月18日

早上洗漱,发现我的左嘴唇上生了一个红疱。那一碗林家湾炖鱼果然"火"力凶猛啊。司机小徐说:"王老师,没事儿。咱不在宾馆吃了,我带你去王记粥铺喝白粥,下火。"

端上来了,又是一大碗,乳白乳白的粥,还配了油条、泡菜和卤好的羊肉片。小徐说:"这粥是小米和黄豆磨成粉,去了碴,熬的。和你们北京的豆浆不一样,你尝尝?"果然,入口味道里,没有豆味儿,似乎与小米粉融合后,黄豆的腥气没了,却生出一股子淡淡的鲜甜。泡上油条,就着羊肉、泡菜吃,既有肉香,又有泡菜的脆咸,之后喝几口粥,嗯,这又是济宁独特的味道,而且营养丰富。难怪大早上起来,满大街的小摊前都是赶早喝粥的人。我想,李白一家为什么能在这里生活23年?生活成本低,又吃得实惠,而且味美,哪舍得轻易就走呢?

朝拜孔庙,是我此行的重要目的。虽然我2017年匆匆忙忙来过一次,但是当我再次来到曲阜的时候,内心仍然升起了虔诚的敬仰与反省忏悔的真诚。我这个年纪的人,大都参加过"批林批孔",那时年幼无知,在根本就不知道孔子为何方神圣之时,就在学校的组织下投入了大批判的行列。若干年过去了,当我认真研读了《论语》之后,才开始感受到他的博大,尤其是他的"有教无类""因人施教"与"仁爱"等思想,引起了我的共鸣。那天,在曲阜作协惠春锋的陪同下,来到孔庙那"万仞宫墙"的拱门,我双手合十,庄严肃穆,内心默诵着孔子的名言:"政者正也,子帅以正,孰敢不正?"我五十岁以后在家练毛笔字,写得最多的四个字是"持正守中",就是受至圣先师的影响,努力纠正自己少年激情、偏好极端的毛病。穿过拱门,就看到了"金声玉振"牌坊,笔力雄劲的四个大字出自《孟子》，是明嘉靖十七年（1538年）著名书法家胡缵宗题写，意思是：金声而玉振，以击钟鼎而发金声始，击磐石而发玉振韵收，以此象征孔子思想的集大成并赞颂孔子的巨大贡献。再经棂星门至圣庙，圣时门、弘道门、大中门、同文门、大成门，便进入了大成殿。仰望圣府，我三拜至圣先师，祈愿人格健朗，精神矍铄。在"孔宅故井"井沿，我俯身探望井内情形，只见井中清水如镜，明明晃晃，照出我的面孔。我内心不禁感动莫名，启齿便发心声："至圣先师，小的我来拜望您啦，您看到我了吗？我要做您永远的学生，希望您能收下我这个不才的隔世弟子。"井壁回荡，嗡嗡颤颤，仿佛有大耳如天的廓野，将我渺小之心纳入。哪怕是一厢情愿呢？我亦感恩圣上，心满意足。这一幕，被惠春锋老师发现，他忙咔嚓一下，用手机拍下了这难忘的瞬间。

在惠老师的引领下，我来到了孔子75代孙孔祥胜先生主持的孔子书画院。孔先生低调谦和，不失热情地接待了我。这是我平生第一次近距离与孔子后人相交，内心的敬畏与虔诚无以言表。显然，孔先生亦是儒雅书生，也显得有些拘束，我们握手落座之后，都不知从何说起。我看到书案上有纸笔砚墨，便小心地问他："我们笔谈如何？"孔先生显然非常开心，连连说好，立刻为我铺纸并请我选笔。我选了一支大号羊毫，饱蘸浓墨，写下心底升起的四个大字："敬仰先圣"，署"久辛"名，免掉"王"姓。孔先生走上来连连说好，接过我递过去的笔，凝神静气，为我写下了三个大字："仁者寿"。"仁者爱人"呀，孔先生书教我了！我理解的"仁"，就是对世界无微不至的关怀，就是永远的深情至爱，就是至此可达"无量寿"，而非人生命的短长。吉言片语，直抵天穹。

如果要概括孔子的一生，用"弟子三千，七十二贤，述《论语》"，便可以清晰地说明白。就是说，先圣乃一位教书先生，而且毕生为之奋斗不息。所以说到孔子，我就有一种天生的亲近感，因为我的母亲、我的妹妹，甚至于我的妻子，都教书育人一辈子。我虽然前半生搞新闻，后半生做编辑，那其实也是集纳自以为是优秀的文化，推广之，写作之，为化育人心而工作。说到底，那其实也是教师的角色。在孔庙杏坛，我再次双手合十，念想着母亲，以敬仰热爱之心默默心诵：先圣精神，山高水长，我有子侄，永续无疆。作为教师之子，我想：今生能到孔庙孔府一拜，不敢妄言，此乃真真切切的三生有幸，可以说是不负今生了吧？

下午，惠老师告诉我：济宁泗水县中册镇有一个小李白村，据说此村不大，但人人作诗，而且相传李白的族人就在此地繁衍生息，问我是否有兴趣。我当然有兴趣了。李白乃我们中国诗人当然的诗祖之一,今生若有幸能寻得他的踪迹,哪怕不是正宗的后人,不也是一大幸事吗?说走就走,车很快就进入了泗水县境,越过无数阡陌,便进了村。遗憾的是,我们在村子里转了半天,街面巷子也没见到一个人。村委会对面的墙上,看到了不少村民写的诗;还看到一块高10米左右的广告牌,牌上写着:"李白氏族,始祖祖林——这里曾经石碑林立,古树参天。"下边是两行小字:"李白家谱记载:李氏始祖奉时于宋代先后徙居中册四村、二村、故县、韩家庄、丑村等9个村。"我估计,这里写的几个村名,应该是今天的名字,为了便于理解,以地界范围内的现在地名标注。在广告牌后,是刚刚用推土机推出来的一片空地,周围都是高大的塔松和杨树。右边树下,我看到有十来块丢弃的残碑,便赶紧跑过去,仔细辨认着碑上的文字。但终因风化与磨损得太厉害而无法辨认。可以肯定的是,这里的确有不少古代的碑石,说明这个地方曾经是文华丰茂之地,而是否与李白及李白后人播撒了文华的种子有关,我就不得而知了。不过,看看小李白村村民的诗,也许会有收获。

题泗水李白村

姜一白

幼读床前明月光,不知何处是他乡。
诗仙足迹千山外,血脉传承李白庄。

泗水李白村

张兆庆

碣石遗篇胜有声,流连忘返满诗情。
泱泱文脉传千载,泗水韵飘花木荣。

题泗水李白村

杨玉忠

画廊石刻字如云,上有惊天动地文。
创建诗乡承祖志,谪仙泉下亦沉吟。

寻踪觅迹
宋斌

太白诗魂历久辛,文人墨客觅其缘。
青莲踪迹何须问,东鲁汶阳泗水边。
……

从村民的诗中我可以感受到:当地百姓对于李白一家及族人在此生息繁衍坚信不疑。这也可以从村委会门前立着的另外几块小点的牌子,即对"太白酒楼遗址""龙门山灵光寺""汶阳县城子顶遗址""李白学剑处""白云庵遗址"的介绍可以看出。村委会为求证李白及家人、族人在此生息而下了大量的功夫,刨根掘底,引经据典,其心可鉴。他们找到了可能是李白当年喝酒的太白酒楼处,甚至将可能的李白学剑处也找了出来。想想看,李白在济宁生活了23年,是有史可查、有据可考的事实。这么多年都是在哪里过活的?难道没有一点踪迹、印迹、痕迹留下来吗?李白那么多辞采飞扬的诗文,难道没有一首诗文流溢出一些蛛丝马迹?乡里乡亲们不信,我也不信啊!终于,《太白集》里的一首诗泄露了天机:

寄东鲁二稚子
唐·李白

吴地桑叶绿,吴蚕已三眠。
我家寄东鲁,谁种龟阴田?
春事已不及,江行复茫然。
南风吹归心,飞堕酒楼前。
楼东一株桃,枝叶拂青烟。
此树我所种,别来向三年。
桃今与楼齐,我行尚未旋。
娇女字平阳,折花倚桃边。
折花不见我,泪下如流泉。
小儿名伯禽,与姊亦齐肩。
双行桃树下,抚背复谁怜?

念此失次第,肝肠日忧煎。

裂素写远意,因之汶阳川。

李白于744年离开长安,开始第二次历时11年的漫游。这首寄怀诗,是李白游历金陵时所作,约在748年。全诗写出了诗人在漂泊中对家园儿女的思念,读之令人动容。其中"我家寄东鲁",写的正是李白大约在开元二十四年(736年)从湖北安陆举家暂移并寄生在"东鲁",即兖州任城,也就是今天的山东省济宁市的史实。而其时,他的发妻许氏刚刚逝去,所以李白非常牵念他的一双儿女。接下来的一句:"谁种龟阴田?"是有温度的叙事:我漂泊在外,家中儿女尚未成年,没有人手,龟山北面的薄田谁来帮孩子耕种呢?太让人放不下心了。而之后的"南风吹归心,飞堕酒楼前",就是状写具体的"家"的形象,而"娇女字平阳,折花倚桃边""小儿名伯禽,与姊亦齐肩"就是"家人"栩栩如生的展现了;再看"念此失次第,肝肠日忧煎",则写出了李白日思夜盼儿女的忧心忡忡与熬煎之心疼了。于是乎,他便"裂素写远意,因之汶阳川",大诗人伤感至极,却只能如此"裂素",即撕一块素绢当纸,写封信赶快给孩子寄去。如果我们把这些句子连在一起来推论,那么李白的《寄东鲁二稚子》,则充分证明这里的确是李白及家人、族人曾经居息续种的地方。

是的,这是一方圣土,有诗为证,而且是居主李白公之于众的有明白记录的诗史之证,我确信。一如"李白故里"之争,怎么能不顾李白自己怎么说,而非要牵强附会、生拉硬扯呢?在李白的诗文里,就有三篇说到了自己的家乡,一是《与韩荆州书》:"白陇西布衣,流落楚汉。"二是《赠张相镐二首》中的"其二"云:"家本陇西人,先为汉边将。"三是《上安州裴长史书》上说:"白本家金陵,世为右姓,遭沮渠蒙逊之难,奔流咸秦。"这里的"金陵"所指,乃西凉"建康郡",即甘肃兰州一带,其实古时候,就是统称的陇西。所以,考证李白的出生地,当然要以李白这个当事人自己的叙述为根为据。诚如李白在济宁生活了23年,那亦是有诗为证的,岂能轻易移易之?而具体是在任城,还是在泗水,抑或在兖州,在我想来,都有可能性。因为23年是一个庞大的时空,而李白又是一个喜欢游历迁徙的诗人,在济宁这块文华丰茂的地方,他东西南北中,各处都住几年,是在情在理,非常可能也可信的,完全没必要偏执一域,聒噪不休。

那天下午,我还参观了民间收藏家高成丰的汉文化博物馆以及济宁印社和曲阜印社。在博物馆,我欣赏到许多刻有古代人物及神兽花鸟的汉画像石,这些原来在朝堂庭院与墓室墙壁上的石刻,历经时光和岁月的打磨,已经斑驳残损了许多,但那人物的造型与神兽花鸟独特的样貌,还是让我驻足良久。尤其在看到金石书画大家程风子为汉画石刻拓片的考辨题跋,我想这也为后人理解前人开辟了一条通道。往往几个字,就泄露了天机,点明了画中的内容,使人一目了然。要是没有他的考辨点醒,猛一看,只见一个躬身作仪的人,带着一排人向另一个人表达致意,还真是弄不清汉画石上刻的是什么,而程风子仅用五个古拙的字"孔子见老子",就让人一望而知,点出了画中之意。仔细端详其上空白处的瑞树、神马和上下的边框花纹,就感受到了古人的庄严肃穆、高雅恭谨的相会礼俗。真可谓:《礼记》之风,高山流云;念我先人,雅极之至。还有诸如"胡人刺兽图""武士论剑图""五灵献兽瑞吉庆有余图""丰行天下"等等,赏拓图,观墨迹,幽幽古意,清清书思,均为凝然神思、古今合璧而动心起念之艺术创造,程风子令我感佩敬仰,唏嘘不已。

我曾在河北保定收藏家刘希乐的徽派建筑收藏馆之程风子工作室,欣赏过他的金石篆刻书画及画在瓷上烧制出来的作品。程风子用笔用色都胆大包天、登峰造极,却又不失古雅。今欣赏他为汉画石的题跋,始知他学养深厚又灵气飞动,既点石成金又超凡脱俗,真是独树一帜的大家。程风子1964年生,安徽阜南人,国家博物院文物鉴定中心书画鉴定组专家成员、中国美术家协会敦煌创作中心副主任、三峡大学艺术学院客座教授,可惜英年早逝,未及全功。没想到,我在济宁又看到了他另一面的才华,幸甚之至矣。

之后,我们又驱车前往汉魏碑刻精品纪念馆,尽管奔波一上午加一下午了,但进馆不到十分钟,我的疲惫不堪就渐渐消失了。那是因为我看到了自己少年时代在书法老师陶爷爷的指导下临习过的乙瑛碑、礼器碑、西狭颂等珍贵无比的原石碑刻。我真是做梦都想不到,那犹如神品的碑刻,此时此地就耸立在与我咫尺之距的眼前。50多年过去了啊,以为此物只应天上有,没承想,它竟然一直都在凡尘间。我真是热血灌顶,从上到下从里到外,都有一种"他乡遇故知"的热烈之感,哪里还有一丝一毫的疲惫呢?

第三日:4月19日

我老远看到流苏树盛开的云锦般灿灿的银花,像大朵棉云堆起的仙山飘降人间,扑入眼帘,我顿时就被惊艳到了。我不住口地问小徐:"这是啥树?啥树?真是没见过。"小徐说:"流苏。"啥?流苏!我忙打开手机的摄像功能,围着这棵令我倾倒的流苏树,从远到近,从上到下,从左到右,从一团到一朵,从一朵到一瓣儿地拍了起来……这树得憋闷多少年的美好,储存多么宽广深厚的爱恋,抑或承受了多么巨大的冤屈,才能一放就是雪压冬云霜漫天啊!那白至清纯的净,那纯至银白的亮,那雅的素艳,那艳的素雅,似魔魂般劫夺了我的心。正是"人间四月群芳尽,唯有流苏盖雪云"。300多年的古树流苏,皑皑如白雪盖山,高耸壮观,纯洁无瑕;纤纤如银丝垂帘,含羞欲语,楚楚动人。这就是济宁戴庄荩园内唯一的流苏树,植于清乾隆年间。这是我平生第一次看到如此高大威猛又纤细壮丽的流苏树。济宁的地力,又一次以她独一无二的美,让我想到了那个虽俗气却准确的词,真是——人杰地灵啊!

在孔子故里,我无时无刻不感受到文化底蕴的博大深厚。在成立不久的济宁印社与曲阜印社,我听说申请加入印社的社员有好几百,而且后继者仍然络绎不绝。按说,金石篆刻之术是一门比较冷僻的艺术,各地学习的人始终不多,远不及书法绘画热闹。中国最著名的西泠印社,已有120多年的历史了,但是截至目前,也只有500余名会员。据说,他们发展会员极其严格,始终遵奉宁缺毋滥原则,每年只吸收10—20名新会员。而济宁印社与曲阜印社合起来,竟然有好几百名社员了。他们把金石之学当作业余爱好,没有高不可攀的讲究,要的是一种生活,一种研习技艺的心性情操,品味人生的另一种方式。孟子曰:充实之谓美。他们追求的正是孟子之美、充实之美,美美与共,人人皆美。我这样理解他们,是不是有点儿高大上了?

或许。为此,曲阜市委宣传部部长李芳同志特意带我去参观了孔府印阁篆刻集团。这一次,更开了我的眼。据李部长介绍:他们集团每年销售收入2个多亿,别看一方方小小的篆刻印章,他们平均每天可接纳2.5万个订单,仅书画印章就有五六千单。今年自3月份起,逐日上升,预计8月开学季可达最高峰。这简直让我无法想象。在员工的工作间,我留心观察了一下,在这里工作的师傅,几乎是清一色的年轻人。为了排除干扰,年轻的师傅们都戴着耳机,难道是一边听着音乐,或听着长篇小说,一边刻印?望着他们那专心致志、一丝不苟刻印的样子,我觉得这就是孟子之美或充实之美吧?主管刘鹏告诉我,集团现有1000多名员工中,就有100多名篆刻师傅。"哪儿来的这么多金石高手?"我问。他答:"招的呀。"就是说他们集团的金石篆刻师傅,相当于一个西泠印社社员总数的五分之一。乖乖,叹人间奇迹,真真伟哉!过去,这些年轻的师傅散落在各地区的犄角旮旯,靠接点零星活儿干,收入低不说,还很不稳定。现在,他们来公司上班,计件取酬,活儿干不完,钱也挣不完,而且比集团高管的工资还高出一截子。刘鹏说:"我们集团还准备建员工宿舍,以后离家远的员工可以在这吃住。"这一方圣土,其深厚的文化底蕴给了人杰地灵的曲阜一个这样的商机,不仅拉动了当地的经济,而且为青年才俊的就业开辟了一条新路。由此,我也想到:传统文化蕴含着无限的可能性,也许我们继承的越多越深越广,就越有创造的时空,就越能开拓宽广无限的共同富裕的道路——孔府印阁篆刻集团,为我们提供了一个"圣地样板"。

在济宁,在曲阜,我总觉得这儿人的口音,与我老家河北大名很相近,后查地图才知道,老家门前的卫河,后汇入运河,我估摸着流入济宁后,又一起流到了北京。老家人在济宁的码头上,难免喝五吆六,晨昏互答,耳濡目染,习以为常,自然而然地就形成了你中有我、我中有你的相近口音?大差不差吧。想象一下运河上下的人来人往、车水马龙,人们一定都非常匆忙,包括吃饭,大约也是快餐式。中午,长智和徐鹏按我的要求"吃街边饭",把我带到了建设路的"济宁名吃:天下第一干饭——甏"店。出于好奇,我特意跑到操作平台看了看,一个长条案上,摆了十几盆热腾腾、香喷喷,提前卤好的猪肉、牛肉、鸡鸭鱼、牛丸、鱼丸、排骨、豆干、鸡腿、豆腐、肉皮、萝卜、青菜,等等。待小徐端着各样点好的饭菜,招呼我回座位一看,就明白了:原来吃法非常简单,就是将带着汤的各种卤好的鱼、肉、丸、菜往米饭上一浇,如汤少,再舀两勺汤浇在米饭上,拌拌,就着吃。这种吃法,对于当了一辈子兵的我来说,那就太对胃口了。于是乎,我鼓动腮帮子,忽里哗啦,大嚼大咽一番,酣畅淋漓,用了不到十分钟,就吃了个肚圆油满。餐巾纸抹嘴,走。在车上,我对二位总结说:"果然不出我之所料,这个甏,就是运河快餐,营养、可口、便捷,与前晚上吃的林家湾炖鱼一样,免了一个菜一个菜地烹饪煎炒,提前卤好,客人到了舀几勺子,就什么都有了。这对于过去在码头上扛大包,现在打工赶时间的人来说,选择这样省时省事儿又可口实惠的饭菜,绝对是最佳方案。"

曲阜的大名,享誉国内外。所以在我心里,济宁一直都是曲阜的一个县;到了济宁才知道,刚好相反,曲阜是济宁的一个县级市。这着实让我拧了眉头。且不说孔府孔庙孔林驰名世界,仅仅一个石门山,就留下了始皇大帝、老子、孔子、李白、杜甫、贺知章、孔尚任等等叱咤中华的千古风流人物的足迹。我是心向往之,心向往之啊……

在石门山,我们寻蹊而上。我印象最深的是蹊边两壁垂吊下来的古藤。它们粗壮古怪地缠绕在蹊径的石阶上,时不时就要拦腰阻止我们前行。于是,我们便不得不将粗壮的藤蔓抬起,低头钻过去,或高抬腿跨过去。虽然路是条石铺的,结结实实,但是登上这座海拔400米的小山,也让我汗流浃背,累得气喘吁吁了。石门山镇90后的党委书记刘海韵介绍说："保护好景区原始样貌，一直是我们努力的目标，决不能看着有点儿乱，或觉得不够现代，就砍就搬就铲，弄得表面光鲜，却失去了自然而然的古时候的样貌。这条上山的条石小路横陈了许多古藤，我们全都保留下来了。这座山上，值得仔细看看的地方不少，有老子讲学处，孔子修《易经》处，子路投宿处，李白杜甫燕集告别处，秦始皇登泰山祭天地的黄土台，尧王墓遗址，清代文学家、《桃花扇》作者孔尚任两度隐居处，等等。除了依据专家论证的意见，有过一些修改，你们现在看到的各处景观，基本上是原来的样貌，我们只负责维护和及时打扫卫生，清理垃圾，能不动的尽量不动。"但是我只有半天时间，要想把这些景点都看完，那时间肯定是不够的。怎么办呢？看来，我只能就近了。犹豫不决间，又被粗怪的古藤挡住了去路。手抚胳膊粗的古藤，忽然间就想起了孔尚任咏石门山的诗作，看来我们今天所走的山蹊小路，就是当年孔尚任两度隐居于此的若干年内天天要上上下下经过的路？孔诗云：

　　山尾山头拖翠长，吟鞭摇雨路苍苍。
　　不成村舍三家住，稍有田亩半段荒。
　　铺地云容如海市，遮天峰势似边墙。
　　溪回岭转无穷志，直到门前见夕阳。

　　这诗第一句中的"拖翠长"，指的不就是藤蔓逶迤于地吗？第二句中那"吟鞭摇雨"，莫不就是指古藤缠绕，像鞭子一样，被风雨刮得摇过来甩过去，击打着雨帘，而漫长的雨帘使路途显得更加苍茫吗？估计刚才一路上遇到的古藤，当年孔尚任来前就有了，而且一直长到了今天。从这首诗后面的句子，也可以对照眼前山蹊两面的岩壁，想象当年与现在变化无多的情景。"不成村舍三家住，稍有田亩半段荒。"这溪水两边的确有几间简陋的房屋，房前也真是有点余田，种了蔬菜。可惜的是：那房屋边角上有一半被碎石掩压而荒废。我估摸着，那房屋肯定是后来重修过多少遍了，而孔先生所写的情景，按诗索居索田，两相对照，应该是古已有之吧？"铺地云容如海市，遮天峰势似边墙。"这两句勾画出来的情景，只要抬头仰望一下天上卷出的海市蜃楼般的云涛，再看看壁立山蹊两旁的岩崖峭壁，自然就会把岩壁想象成边墙，且阻挡了人们向两边行走的道路。这真是与眼前的情景像极了，这一路，溪水清澈见底，山道弯弯，曲曲折折，两壁千仞峥嵘，古藤一路相伴。"溪回岭转无穷志，直到门前见夕阳。"这两句更明白，说的是:你沿着山溪回转的小路向上走吧,不要泄气,一直向上走,就能走到山门的高台上,看到夕阳西下的美景了。嗯,想必孔尚任在山中隐居,乃至在这里写出《桃花扇》的第一稿,这期间少不了要常在这里登高远眺吧?说心里话,我喜欢并赞赏孔先生的创作态度与艺术思想,他的戏剧就像他的诗,是切入现实的,有他对世界、对人的关怀,有批判,有理想,写的是有用的戏剧,是现实的艺术表达。哪怕今天看来,他对人生也是有见地、有深度,亦有尖锐性的纯正的表达。想象他当年在此隐居,手捧黄卷,面对青灯,常常研墨提笔,疾书灵感,我就觉得曾经和他一起读过书,一起下过棋,一起在山上眺望过远方,思念过亲人。嗯嗯,那是一个个多么寂寥的日子啊!足够我们想象奔腾的了。直到今天的此时此刻,我都在替他想:什么时候石门山上能有一座孔尚任的纪念堂,时不时地上演《桃花扇》,让来这里观瞻的后人再来欣赏欣赏这出戏呢?孔先生是伟大的,曲阜有他的墓地、墓碑,还有他的故居,遗憾的是这次我都来不及看了,但今天能在这条故道上遇到他手抚摸过、腿跨过的古藤,也可以算是睹"藤"思人,与大先生有过神交了吧?

哈哈,我上至山门时,太阳还没来得及下山呢。我向右边宽一点的小路走去,不远处,就看到了高大的石门亭,走过拱门,七八米外有一块石碑,上面的字迹已模糊不清了,据说正是李白与杜甫的告别诗,即《鲁郡东石门送杜二甫》,白诗云:

> 醉别复几日,登临遍池台。
> 何时石门路,重有金樽开。
> 秋波落泗水,海色明徂徕。
> 飞蓬各自远,且尽手中杯。

在诗中,李白对杜甫说:咱俩把酒话别喝了一天又一天,池台的上上下下里里外外咱哥俩也都游走了个遍,可是什么时候咱俩能再来走走,再来举杯开怀地大喝一通呢?……

人还没走,就开始相约下次的聚饮了,真是好朋友啊!据查,那是745年东鲁的秋天,那是他俩的第三次,也是最后一次相见。他俩一同寻访隐士高人,也一同去拜访名扬天下的文章大家、书法大家李邕,一直盘桓到冬天,才依依惜别。那年李白45岁,杜甫34岁,都处于风流倜傥的好时节,又都是当朝翘楚。惠春锋老师提醒我,那边有一座李杜话别的纪念亭,问我要不要去坐坐。当然,来济宁三日了,是该告个别了,更何况能在诗仙诗圣李杜当年话别的地方,与石门山上未曾一一拜别的至圣先贤们坐坐,不同样是美妙得一如在天堂里坐过了吗?坐在那座小亭子中央的石桌前,我想象着两位大诗人的互相欣赏、不忍离去的情景,内心涌起了往事越千年而友谊地久天长的慨叹——是的呀!这两块稀世宝典级伟大的诗人,曾经在这座小山上相会揖别,绝对是天造地设的缘分;而我能于千年之后再来为他俩见证,难道不也是一样珍贵的缘分吗?我惜缘。

济宁、曲阜、石门山,钟灵毓秀,人杰地灵,真是集先圣之圣地啊!几乎每走一地,都有圣迹遍布。本来计划好了,要把山上老子、孔子、始皇帝等等历史名胜,都一一朝拜个遍,然而到了眼跟前,却是刚刚探了一个角儿,时间就都溜走了。好吧,好吧,是要我留下点念想,待以后有机会再来觐见吧?

不染尘

这样的事物（外四篇）

沈天鸿

回顾我度过的这几十年，我惊讶地发现，我最强烈的陶醉，来自于漫山遍野的油菜花。那真是一种奇怪的体验，一走进油菜花，我就极其愉悦，并且立即晕眩，一个劲地昏昏欲睡。

第一次有这样的体验是在什么时候已经不能记得了，总之是在少年，离开懵懂的童年又仍然有些懵懂的少年时期。

我记得，最能引发这样陶醉的天气，是在阳历三四月之交。刚刚下过一阵转瞬即过、不大也不小的雨，太阳立刻就出来了，并且阳光强烈，马上就把土地和人晒得热乎乎的，潮湿的泥土中的水气迅速并持续地蒸发，甚至能看见水汽离开地面时的白色形状。那形状不断变化着，但始终轻盈、袅娜，始终向上，最后，就消失在空气中，不再可见，只有它们蒸发出来时携带的热量，仍然扑人。这时的油菜花，因为被雨洗过，金黄得没有一点杂质，小小但复瓣，并且多得数不清的花瓣上，这儿那儿地托着一些非常微小的水珠。这些水珠也很快因为阳光的强烈照晒而蒸发成水汽，更多的水珠则在还没来得及变成水汽之前，就在油菜的摇晃中掉到地上了——如果这时有风的话。油菜花的色泽，香气，如雾又比雾纤小的水汽，火辣辣的阳光，混合到一起，立即就让我被晕眩感抓住，昏昏欲睡。

当然,我不能睡,我得干活,那时,我是人民公社社员。

那是种奇怪的感觉。陶醉到极点,为什么会是昏昏欲睡?而且,有时甚至还没来得及陶醉,就晕眩得睁不开眼睛了。

我始终没能想清这一点。我只能说,达到极点的陶醉,是人类情感中的一个意外事件。

只是,油菜花带来的这种陶醉,可以重复。我家乡望江县大漳湖属于长江边上的平原,适合种植油菜、水稻和棉花。所以,每年春深,无边无际涌动的油菜花海给我重复这种陶醉创造了条件。

我一直拿不定主意,对于那些让我陶醉的油菜花应该用"它"还是用"它们"。虽然从常理说,对象是复数时应该用"它们"。那些油菜花是个多么巨大的复数,它们的数量,应该比中国的人口多,而绝不会少。但"它"和"它们"是不一样的。"它"有亲切感,甚至有私密性质,"它们"是中性甚至是客观的,多少有些冷冰冰的了。因为,"它"是个体,是"这一个"。从语法角度说,用"它"指称复数的对象,是语法错误。但这真是语法错误吗?不见得。用"它"指称所有的油菜花,也是可以的,尽管无数变成了一个,但这个一个是整体,这个整体又是一个。

当然,那时小学都没读完就在生产队干活的我,不仅不懂语法,连"语法"这个词也不知道。我只是本能地在"它"和"它们"之间纠缠。多年以后,我才知道语法;更多年之后,我才读到史蒂文斯在他的诗中早就写下过:"一个巨大的混乱就是一种秩序。"

不过,我由我当年的这种纠缠进而想到:个人,或者人类的历史,其实就是始终在"它"和"它们"之间纠缠的过程史。

不同的人有不同的陶醉原因和引发对象。尽管油菜花是许多人喜爱的,甚至因此有了看油菜花的圣地婺源,但像我这样,油菜花成为最强烈陶醉体验的唯一对象物的,可能仍然不多。为什么我会这样?或者说,它选中的为什么是我?我再次困惑。我知道我的思想是怎么来的,和它是什么,但我常常不知道我的某种情感是怎么产生的,以及它包含着什么、意味着什么。或者,和那时的我所处的情境、年龄有关?刚刚离开童年的少年,没读完小学的少年,物质和精神都极其贫乏的年代,只能生长油菜的地域和暮春,还有暮春雨后阳光强烈,人容易犯困的生理因素,等等。这就如同一部文学作品的效果,既产生于它的整体,又来自于它的深入内心。但是这种情感体验毕竟不是一部作品,我找出了它的外在的各个部分,但我无法把它在结构上还原为一个整体。而没有整体,就无从理解与解释。

我隐隐地感到,我少年时的这种对平常自然景观的发现与体验,规定并且参与了我以后审美观的塑造与形成。如果少年时我没有这样的情感经历,后来的我必定是另一个我。

每个人都有转瞬即逝的永恒时刻。对于别人来说可能非常平常而无关紧要,但它决定了那个人的一生。

所有的变化,在思想中,也在事物和感情中。油菜花对于我就是这样的事物。

大漳湖的水与土地

我又一次行走在生长过我的土地上。这样的土地,被叫作"故乡"。

它是一块狭长的紧邻长江的平原,所以说不上辽阔,但随着长江绵延,足可以让一个人从早晨走到夜晚,再走进黎明,也不能走出它。

当然,真正是我故乡的那块土地只是它的一部分。黑色的土,蕴藏着富饶的属于农业的四季。

但在我出生前没多少年,即使在那儿走上一整天甚至几天,遇上另一个徒步者也是不可能的,因为,除了冬天,那儿全部是汪洋恣肆的水,而即使是冬天,也仅仅是断续的某些地方露出了泥土而已,没有人会穿越它。

这全部的原因和唯一的原因,就是它是一个湖,并且和其他几个湖相连,分不出边界的湖。它的北面虽然可以说有边界,但那作为边界的是比它更深的水:长江。

我能看到的,是长江,以及不再是湖,而是土地的它。但许多年中的我,和许多人一样都住在它的名字里:大漳湖。

许多年中的我和许多人也一直住在、生活在比水还低的地方——被围垦的大漳湖之所以需要被圩堤所围,就是因为它的湖底低于圩堤外的水。

幼时常常作为故事来听的,是我还未出生时的大漳湖。例如,汛期它会和长江连成一片,茫无涯际,长江里的船可以穿越这个湖,到达湖的南面那排逶迤的群山脚下,到达其中一处山丘上的一个古镇:赛口。

那些船底下的水是湖水,大漳湖有这个本领,把江水变成湖水,并且由浑浊变得清澈、平静。它能做到这一点的奥秘,全在于那些几乎长满整个大漳湖的芦苇。密密的芦苇中,只有人工割掉一部分芦苇后,靠来往船只压制芦苇而形成的狭长水道,供各种船只航行。各种船中比较多的是商船和渔船,比较少但令人心惊肉跳的是匪船——这是当时几个县连接省城安庆的漫长的黄金水道,两边又都是望不到边的芦苇荡,在那种年月,没有土匪出没才不正常呢。

侵华日军进攻赛口,选择的是冬天。冬天大漳湖的水落下去,湖底高处裸露,可以行走。日军从安庆乘几艘汽艇沿长江而上,在大漳湖登陆,步行数十里,进攻赛口。日寇为何进攻地理偏僻、无驻军无资源的赛口,似乎是个谜。抵抗日军的是活动在当地的土匪。这帮土匪打得很英勇,依据赛口镇居高临下,从早上阻击到下午,日军始终被阻止在东面的大漳湖里。直到从怀宁、太湖增援的日军赶到,从土匪后方两侧也发起进攻,土匪才不支而溃退。土匪首领负伤被俘,当即被日寇枪杀。这是一个意味深长的真实的故事,那些土匪,在他们决定以寡敌众,并且以劣质武器抗击日本侵略军的那一刻起,他们就不再是杀人越货的土匪,而是堂堂正正的中国人了。其首领几十年后被追认为烈士,事迹载入《望江县志》。20世纪70年代,和赛口街只隔一条河的我们生产队,冬天挖鱼塘时,先后两次在昔日的芦苇荡中挖出白骨,这些白骨是当年进攻赛口,被抵抗的土匪打死的该死的日本鬼子,还是被土匪杀死的商船上不幸的商人?

大漳湖中的道路,在日本鬼子和土匪及汪洋之水都消失后才出现——它被围垦了。这些道路穿行在稻麦或者黄豆、玉米地之中,而我记得,那些稻田麦地,或者黄豆地玉米地中,每到春天,就总有许多芦苇像竹笋一样冲天而起,庄稼生长的速度是远远赶不上它们的。那时这儿农民除的草,就比其他地方农民除的草要壮观得多:没一会儿,地边就会堆起许多高高的苇笋。过了四五年,这些芦苇才终于消失了。

不消失的是南面连绵的丘陵。丘陵不是山,它显出山的气势,需要那些虽然有滔天巨浪,却仍然匍匐在它脚下的水。到我来到这个世界,看见永远失去了那些水的它们,它们就只能是低矮的丘陵了。看了几千年甚至上亿年水的它们,现在朝北看去,看到的是庄稼地和人烟。几十年过去,它们应该已经不再等待那些汪洋的水,那些不可能的事物了吧。但也有过几次噩梦把昔日的水还给它们,那就是洪水破圩,大漳湖重新成为以前的大漳湖。我记得1973年7月那次破圩后的深秋。秋天,一切水都要流到长江里去,在大漳湖汹涌了三个多月的洪水进入河道,奔流入江。那些洪水中的鱼,密集成昼夜川流不息的鱼群,而那些鱼肥得鱼鳞发红,鱼眼也发红——破圩时正值早稻成熟,被淹没到水底的数十万亩稻谷喂养了这些鱼。因为破圩而失去土地和家园的人们,这一年是极其贫困的、食不果腹的。但是,亿万年中大漳湖原本是鱼们的啊!破圩是天灾,但是不是也是老天安排的一次偿还？

几十年还是战胜了上亿年，破圩之后，大漳湖还是圩堤里的土地。

大漳湖在安徽省望江县，是一个镇。在古代，它是雷池的一部分。今古相同的是，它在昼夜的中心。许多昼夜中有我，让我存在并且要我挣扎着生存。

圣彼得德堡的夜与昼

夜来临时我还留在白天，回想着刚才看到的红铜色的黄昏。

那是我第一次看到红铜色的黄昏。它从西边天空的不可知处照射过来，把我们的脸我们的手，总之露在衣服外面的部分全变成了红铜色，让我们仿佛拥有了一种神秘的力量。有点儿像健美运动员身体抹上棕榈油后的那种色泽。但不同的是，这种力量给人的感觉是柔和的，而不是健美运动员给人的力的刚硬。

天地、海水、城市的建筑物，甚至空气也都是这种色泽。仔细辨认，才能看出海水和建筑物的红铜色中有暗下去的黑。黄昏时甚至白天的建筑物里本来就隐藏着黑暗，海水为什么也这样呢？因为其实所有的水固然透明得允许光一直照耀到水的深处，但能够被照耀本就是因为没有光，并且拒绝光？

光是借助物对光的拒绝来照耀物，显示出物的形体的。所以，无论我和同伴们如何惊讶并极其喜爱这红铜色的光，我们也只能让它留在我们的外面。

这是俄罗斯的圣彼得堡，我们面对的海是波罗的海。圣彼得堡，波罗的海，两个以前只存在于纸上的地方。

现在，波罗的海像它在纸上一样安静，这个晴朗的黄昏的红铜色仿佛有一种魔力，让它和天地、和人一样，不得不安静下来，细小的浪温柔地吻着海滩。

晚霞渐渐被天空收回了，光从红铜色还原到它本来的颜色。我们往回走。回到入住的海洋宾馆很长时间，虽然已经是夜里了，外面仍然是明亮的白昼，世界并没有被夜取消——白夜！极其少有的巧合，我们到达的这天，是圣彼得堡这一年中白夜开始的第一天。

房间里明晃晃的，光亮仅仅比阳光正常的白天稍微弱一点，书上的字清晰可读。直到凌晨2点，我都仍然不能入睡。站在窗口望去，对面的超市大门不断有人进进出出。我索性下楼走出宾馆，街道上的行人和车辆比白天要少一些，但宾馆两边的快餐店里，食客比白天多许多。还有一个十二三岁的俄罗斯小男孩在街道上，孜孜不倦地反复练习骑自行车。看来圣彼得堡的人们非常习惯极昼了。

凌晨3点，超市关门了，街道上也终于没有什么人了，开始像夜深时分了。但这仍然不是夜，仍然是白天——夜，在这儿把自己变成了与自己对立的白昼，将不可能变为现实，仅仅是天空中没有太阳。但许多真正的白昼也是没有太阳的。

我知道这是真实的，但我还是有强烈的不真实感。这也是夜？这就是夜吗？是不是夜本来不过是白日的深处？世界上本没有彼与此？

很可能是的。彼与此只存在于地面上，例如我的故乡与这俄罗斯的圣彼得堡，它们永远不会变成对方。

终于在入睡前，我想起下午交流时见过的俄罗斯国立圣彼得堡大学孔子学院院长罗季奥诺夫先生——一位很帅的俄罗斯学者，能说一口很流利的普通话。虽然这样，他仍然是俄罗斯人，不会变成中国人。

这是2013年的6月，我在圣彼得堡度过了两个白夜。听说到了冬季这儿只有夜晚，即极夜，白天把自己变成了夜晚，所有的生物都得忍受似乎无穷尽的黑暗。但圣彼得堡的俄罗斯人已经习惯了，他们会和那些鸟儿一样，穿过黑暗而移动，而吟唱。

渴望能在极夜中入睡的我，当然不知道我离开圣彼得堡后会写下这样的诗句：

> 我未能习惯：
> 我没有诞生在这里
> 而且，我只停留数日
> 我不能不把持续的光
> 和持续的黑暗都看成
> 无穷无尽必须承受的真理

当然，我也不知道第二天我会看到流向波罗的海的涅瓦河以及涅瓦河河口的一座炮口仍然瞄准波罗的海的彼得保罗要塞——彼得大帝创建的圣彼得堡，最初只有这个要塞，是为了防御海上来的瑞典的进攻而建立的，后来发展成俄罗斯第二大城市。整个城市由一百多个岛组成，由七百多座桥梁连接起来，由于河渠纵横、岛屿错落、风光旖旎，素有"北方威尼斯"之称。它是俄罗斯历史上的首都之一，它和莫斯科类似于我国的南京、北京。

由彼得保罗要塞得名圣彼得堡后,1914年第一次世界大战爆发后,沙皇政府将它改名为彼得格勒。其后苏联成立,为纪念列宁十月革命时曾在这儿发动革命,1924年列宁逝世后将市名改为列宁格勒。1991年苏联解体后,恢复旧名圣彼得堡。不变的是涅瓦河和它的名字,只是守卫它的要塞炮口现在瞄准的是有波浪和红铜色的黄昏。

在圣彼得堡,我的皮肤短暂的是红铜色的,但即使在那时,若转过身,脸就进入黑暗,变成黑色,不过轮廓仍然可辨,就像仍然保持自己的主题。保持自己的主题是必须的。那个不能入睡的白夜我写下了这样几行诗:"地球。太阳。北极。海/ 俄罗斯。中国人。现在/ 一切都裸露,我有着/ 天空和大海/ 深刻得像悬崖一样的感情。"

摇曳的狗尾草

在高耸的山谷的沉寂之中,孤独的平原的田埂小路旁边,都有一种草,它长长的、毛茸茸的脑袋,特别显眼地在摇曳。夏天,它是青涩的;秋天,它渐渐变黄,毛茸茸地摇曳在秋风里,像芦花一样,增加了秋意。每看到它,我的心就变得柔软,有了莫名的惆怅⋯⋯

它有一个奇怪的名字:狗尾巴草。是因为它的脑袋——那根细长的穗子像调皮的小狗抖动着的尾巴?可能是的。但很奇怪,我看到它时从没想到狗,它传递给我的感觉,和芦花、荻花、芭茅花传递给我的相同。我固执地认为,它们形神都相似,并且相通。

贫瘠的20世纪70年代,每一寸土地都被种上庄稼的我的家乡,长得高一些的草几乎就只有它。之所以这样,是因为它生命力特别旺盛。虽然它的根须很浅,很容易拔起来,但总好像是拔得不彻底,一夜露水过后,它就又生出新芽来了。即使拔得彻底,没有把它扔到踩结实的路面上去,而是随便扔在地里,几天过后,枯了的茎干靠近根部的那儿,便有新芽长出来了,这说明它又把它的根须扎到土里去了。所以,除去长进庄稼缝隙里的,人们就懒得理睬路边田埂边的狗尾巴草,随它生长了。

乡村里传说猫狗有七条命,又普遍认为越贱就越是能活下去,所以我家乡那儿名字里有个很贱的"狗"字"犬"字的男孩特别多。不用说,这样的男孩肯定是那家大人们极其金贵,生怕有个三长两短的命根子。这么说来,狗尾巴草也是有七条命的极贱之物了,只是不知道是谁在金贵它,是老天吗?

很长时间中,我都以为狗尾巴草这名字是个俗名。后来查了词典,才惊讶地发现,这竟然是它的学名:"狗尾巴草,学名,禾本科。属:狗尾草属。种:狗尾巴种。分布:全球广布。"

是的,在欧洲,在东南亚,我都看到过它。因为看到它,那异国的土地也让我感到亲切起来——有故知的他乡,恍惚在一瞬间就成了故乡。人的可笑就在这里,遇到熟悉的草也能感到强烈的慰藉。人的可爱也在这里,一棵熟悉的草就能产生心灵共鸣。

在俄罗斯,我没能见到它,但想来应该也肯定有的,连绵几百上千里都是野草、森林的俄罗斯,怎么可能没有它在生长呢?只是我在火车上,火车的下面、后面和前面,都只有铁轨。

我不知道外国人是不是喜欢它。在中国,喜爱狗尾巴草的人应该极多,因为我经常这儿那儿地看到它的照片,而且是作为"艺术摄影"精心拍摄的。国画中也有它。写到它的散文就更多了。人们为什么这样喜欢它?它的那条狗尾巴,虽然是它的花,但作为花,这花也太离经叛道,过于丑了。它的模样虽然长得像小米,可它的籽实没有人吃,它是杂草并且是有害于庄稼的草——即使就是另一种小米也没有用,因为小米——水稻也不曾这样被艺术化。原因可能得从人们把它看成艺术的对象来找。能成为艺术的对象,自然是因为它有着艺术的气质。它的艺术气质在我看来,就是它那条被恶作剧地称为"狗尾巴"的穗子,长长的,毛茸茸的,弯成恰到好处的弧形,有着芦花的质感和神韵:没有目的、柔弱而又坚强地摇曳于秋风中,触动了人心与人性中最柔软的部分,仿佛它们就是某些时候存在着的自己。

但是,即使是在青铜色的秋天,狗尾巴草在风中拨动着的,也很可能是一支让人想起自己童年的摇篮曲——狗尾巴草就是在我懵懂的童年时进入我的记忆的,然后每年和我重聚,给我,也给所有人它没有的东西,一再摇曳我们渐渐被人世变得坚硬的心……

琉森夜雨

许多夜许多雨都不能停留,而在瑞士琉森,我仅仅住过一夜,睡去与醒来,都在下雨。

那是2012年6月的一天。

旅途中遇雨,一般都不受欢迎。但我为什么总是无意中就想起琉森的夜雨?

到达琉森时已近傍晚。穿过物质的网眼旅行的我们,发现天地一下开阔了:静谧的湖泊就在我们入住的旅馆的面前朝远方铺展,波澜不兴,静影沉璧。中世纪鹅卵石的老街,葱郁的绿色的间或红色的树。巍峨连绵的是阿尔卑斯山,能看到山顶上那些白色的雪……

这种开阔中充满的是无边的静。不是幽静。幽静太秀气了,也太小家子气了。这是辽阔的静。

已经穿行几个国家略有疲劳的我们,身心顿时都放松了。

说是辽阔的静,并不是四周辽阔可恣意放目——能纵目的也就是琉森湖这一个方向。因为琉森是一个城市,而且是琉森州首府,瑞士第四大城市。虽然我们入住在湖边,另三个方向还是看不多远就被树木、房屋挡住视线。

这种辽阔的感觉当然得之于静谧的湖,但更多的是源于安静。

一个州的首府城市,居然这样安静,有些令人匪夷所思。

有个说法是:世界上最浪漫可人的地方是瑞士,琉森则是"最瑞士"的地方。大仲马将琉森譬喻为"世界最美的蚌壳中的珍珠"。音乐家瓦格纳对琉森着了迷,他说:"琉森的温柔使我把音乐都忘了。"——是因为这种独特的静吗?

用过晚餐,我们纷纷外出散步。散步时,雨就开始下了。很小的,并且稀疏。所以没有谁中途回去——我从一条街道折出,朝湖边一块有雕塑的空地走去时,发现原先都朝市里走的我们的人,不约而同地都点缀在湖边了。

出生于水上,后来又做过多年渔民的我,见过许多水。对于我,相看两不厌,世间唯有水。我下意识地走到岸边,俯瞰石壁下的水:清澈见底,湛蓝如镜。与我见过的其他水没有什么两样。我想看水里的鱼,但一条也没有。按照我的经验,没有污染的湖边,大鱼虽然看不到,但总会有成群的鳑鲏条之类的小鱼游来游去的。很奇怪。肯定有许多鱼的。中世纪时这里就形成了渔村,难道瑞士或者欧洲的鱼和中国的不一样?虽然水上有一些天鹅,比较远处大概是野鸭,在自由徜徉,但看不到一条鱼的水,太静了。

雨渐渐大了起来,打在湖面上溅起许多涟漪,仿佛是许多小鱼在游动。

在雨中走回不远处的宾馆二楼,和小说家许春樵把椅子和小茶几搬到阳台上,看雨,听雨,说话。

天气宛如仲春。而我们在意大利时,和在中国一样热得不停流汗。

很明亮的灯光照在街道上,几乎没有人,也几乎没有车经过,安静得鹅卵石在雨水中可以鱼一样游动。

和春樵说过些什么已经完全不记得了。也许,说出的话当时就都融入了雨夜中,没有了痕迹。

夜里，几次被雨声打醒。其实也不是——仅仅是小雨，雨声并不大。是我自己要从睡梦中醒来，因为惦记着这异国的夜雨。是因为几乎可以肯定，一生中停留在琉森仅仅就这一夜，只遇见过一次这琉森的雨？或者还因为日光会像尘埃一样落在我们脸上身上，而雨不会。雨允许我们直接承受它，也允许我们把它留在外面，而它都会对我们进行清洗，并且抚摸？

有"湖边巴黎"之称的琉森，不仅拥有梦境般的琉森湖，还有闻名遐迩的欧洲最古老的有顶木桥卡贝尔廊桥和被马克·吐温称为世界上最哀伤最感人的石雕狮子纪念碑。前者是琉森的标志，后者是琉森的徽章。但我为什么记住的是琉森的夜雨？而实际上，雨点太多太密集，没有人能记住任何一滴雨。

是不是只有夜里的雨，才让精神失常的世界重新回到正常，而异国并且是白天也有着辽阔的静的琉森的夜雨，让我更加强烈地感受到了这一点？

（沈天鸿，安徽望江人，中国作协会员。安徽省作协第四、五届副主席，高级编辑，安徽省散文随笔学会名誉会长。著有诗集《沈天鸿抒情诗选》《另一种阳光》，散文集《梦的叫喊》，文学理论集《现代诗学》等。《新中国60年文学大系》《中国新时期文学研究资料汇编》《中国当代青年散文家八人集》《中国现代名诗三百首》等收有其作品。）

我是怎么熬过来的

梁小斌

1

你问我是怎么熬过来的,也许读者好奇,我也觉得好奇。我还得定神想想,我是如何熬过来的。诗歌的确给我带来了声誉,国务院办公厅编了一本书《较量》,里面分明说到梁小斌的诗《中国,我的钥匙丢了》"具有震耳发聩的力量"。但是,力量归力量,中国人只认识梁小斌的诗,并不认识梁小斌这个人。

大约在1982年,我对什么叫作家有了一个初步感知。我进京领奖,有解放军战士向我敬礼,当时,我土里土气的样子。还有红色地毯不知通向何处,我老实地踏着它走,就会找到辉煌大厅。在某研讨会上,有一位作家掏出一个糠菜窝头,在与会者中传递并品尝,但没有传递到我面前,即被当珍宝一样收去了。那情景我感到陌生,深陷在沙发里的知名作家们在讨论老百姓怎么苦,我当时对人民是怎么苦一无所知。因此,我没有资格进入作家体制内。

靠"阶段性打工"为生,是安徽的朋友力夫给我的定论。我细数曾经做过的工种,有绿化工、电台编辑、计划生育宣传干事、石虎诗会主持人、广告人等。人靠打工生活,现在看是很正常的事。我主持电台的《文学剪影栏目》,做得很好;我起草计划生育文件,计生委主任也很满意。我就是不懂,我为什么就干不好"作家"这个活。

实事求是地说,曾经有省委书记、宣传部部长、市委书记关心过我的。我获奖之后,我请朋友吃饭,有朋友悄悄告知,某书记要找我谈谈。谈什么呢?我在家里赶紧翻书,担心某书记说我不像作家。我在家等了一个星期,也没见某书记上门找我谈谈。有好几次,相关领导都放话找我谈谈,但都未果。机会被我一次次地错过了,这是我天然的笨拙所致,因此只得煎熬。

2

所谓"挫折",大概也就是生活的变故。大约是1984年,我因长期不上班,合肥制药厂下文将我除名,文件上特别注明,通知梁小斌"本人和家长"。工劳科科长在春节前夕,冒雪将通知亲自送到我家里,我很过意不去,说:"麻烦你们跑一趟,我本来应该亲自去取的。"失去工作意味什么,我并不清楚,我心想,再也不用每天挤公交车去上班了。但我的父母认为厂里处理不公,就话里有话地说:"我这个孩子,自从国家领导人接见之后,就越来越不像话了。"工劳科科长大吃一惊,说是回去再议议。

我反正关起门蒙头大睡,甚至几天不吃饭,也不开门,渴了,就抓窗台上的雪吃。我吃雪时还在探索问题,我想:人不走运时,连水都在外面。我的父母在走廊上探头探脑,一方面,他们害怕我自杀,另一方面,也想看看,按照他们的话来说,我这个没有工作的怪物。在卡夫卡那里,人有工作叫异化;在中国却相反,人无工作就是甲壳虫。

3

那段非正常时期,我父亲所藏的书大约是联共党史和鲁迅全集之类,大都被我论斤称卖掉了。后来,我家门口来了一个卖爆米花的英俊男孩,他从煤堆里摸出一本脏乎乎的书,凭我的记忆,可能是《安娜·卡列尼娜》,但他并没有借给我看,而是提出了交换条件,我从自家厨房门后偷了一块咸肉递上,他又摸出了一本拜伦的《唐璜》。在连续送上了几块咸肉之后,他答应为我引见一位著名作家,他的名字叫绥民。绥民先生对一个文学青年的引导真是如沐春风,他在谈到古诗意境,枯藤、老树、昏鸦时,他女儿的钢琴声在院内回荡,真是振聋发聩和美妙极了。原来,英俊青年手中的书,都是绥民先生的女儿偷出来给他的,而绥民先生出于谨慎,只借给我一本《中国新诗选》,这上面汇集了20世纪五六十年代中国新诗的成就。

当时,阅读是一种禁区,我父亲为避我到外面闯祸,逼迫我没完没了地抄写毛主席语录,而且还要背诵,但这不是阅读。真正的阅读,只得鬼鬼祟祟,只得躲进厕所,只能是神思恍惚。半夜里,一本《唐璜》像沉重的砖头从双人床上不小心掉到地下。父亲闻声拧亮电灯,做过公安工作的父亲从来未见过这种书,接着审讯开始,我唯一的出路就是赶快到农村去,接受改造。

4

在阅读生涯里,俄罗斯作家索尔仁尼琴的《古拉格群岛》对我的心灵形成了撞击。当时这本书还是群众出版社的内部读物,我现在仍在回想,我从这本书里学到了什么呢?平心而论,假如思想不是从天上掉下来的话,我从中学到了什么叫作"思想"。譬如:一个囚犯躲在厨房里吃土豆,作家如何评价这个景象呢?囚犯知道,土豆如果烧熟了,就没有他的份了。我很激动,并不是为了囚犯的苦难,而是发现了一种思辨:土豆有一种从生到熟的过程,囚犯掌握这个过程,他非常懂得他应该和什么样的土豆打交道。囚犯的本能意识属于已卜先知,而我对此非常着迷。

5

我的父亲曾长期从事公安保卫工作,他有一天对我说:"我也没有什么遗产给你们兄弟几个,我所掌握的破案技术,你们也用不着去掌握,就是掌握了也没什么用。"这话听起来颇感奇怪,原来父亲在想一个重大问题,这就是,让后代究竟继承什么,既然没什么钱,又没什么精神和技术给后人。父亲瞬间有着迷茫,为此,我深深地痛惜父亲的一颗心。父亲打我的时候,一时气急,竟找不到木棒,我竟不忍心让他发怒,怕他血压升高,就告诉他,木棒在床底下,父亲找到木棒就说,算了,算了,下次不允许了,去玩吧。我与父亲的隔阂不值一提,倒是父亲那一辈人的心路历程何其悲怆。父亲病重的时候,我曾写信道,我的父亲一定有好几块脊背。他将最好的那块带枪伤的脊背送给大哥去擦,而我只能看见没有枪伤的那一块。

6

因为知青生活太清苦,我曾偷了农民的一只鸡,放在小提琴盒子里,拎到另一个知青点去烧。黑灯瞎火,煤油炉在床底下炖着鸡,我们全装睡着了,老乡伸头看我们,没见到什么动静。但是,鸡的香味我躺在床上却闻到了,我忽然跃起,拦住老乡,想挡住那风。这是徒劳的,这情景我写到了诗里:"鸡的芬芳在大步疾走,犹如戴着红色羽冠翩翩少年,骑着白马,将它被杀害的消息,在天亮之前,通知千家万户。"我不能睡下,与老乡在打谷场聊天,他大抵也看出了我的劣迹,老乡和善,只是没有说穿。就这么闲聊,正是村庄月光朗照的时候,我蹲在碾盘上想:该放盐啦。

7

我没有写过真正的情诗,就是在我号啕后也没有写。有一个女友曾每天送饭到我租住的小屋,并帮我整理文稿,那情景让我相信,同舟共济、相濡以沫的存在。她突然消失了,我魂不守舍,满城寻她,在她曾住的地方,只见有风衣飘摇。后来,她给我来了信,说是她承受不住了。我在朋友圈里号啕,边哭边思索,这是什么道理?天下所有爱情都是站在辉煌的屋顶,演绎难忘一幕后,提前收笔的。她帮我整出文稿后,期盼我站在世界领奖台,每天送饭才有意义,但文稿看似废纸,实在是吃不准我的底细。这不怪对方,这是爱情自身的规律,十二月党人的妻女们陪丈夫去流放,与女友雪天送饭道理相同,前者壮观,后者如同沙砾。但我的确失恋了,我在《断裂》里自我解嘲,所谓失恋就是她提前一步将我抛弃。

情诗是中国抒情诗最薄弱的一章,也是我的不足。爱情宏观起源于所爱之人是在敌人营垒内,打又打不得,抢也抢不到,只有心曲弹唱,以死相拼,情诗即可克服一切障碍。中国情诗大多起源于表妹之类,这是什么道理呢?因为他身边没有别的女人,只有表妹(或是表哥)。因此,中国情爱起源于"容易",起源于乡里乡亲们近亲交融,尚未真正抵达"在那遥远的地方"。我深感内疚。

8

独自成俑,是我生造的成语。我没有说"成蛹",即是我并不想化蝶,飞舞在繁花似锦丛中。我在屋子里写稿,害怕敲鸡蛋的声音打扰邻居老太太,就曾将鸡蛋在枕头下压碎。有一天,雷声大作,我趁着雷声敲碎鸡蛋,邻居老太太说昨夜睡得很好。我尽力在独自成俑中丰富自己的内心回想,这就足够了。获得一个内心回想,至少维持我一个礼拜内的精神食粮。

9

因为视力严重不济,医生禁止我看电脑,我的脑海里实际上早已虚拟化,并将虚拟看成真的,我在虚拟中自我交流。

10

实际上我与很多诗友有着亲密关系,是诗坛上的朋友接济我,帮我付房租,帮我刻了很多书法印章,但安徽老乡海子之死,却或许死于文坛形态对他的冷漠。文坛该是诗人的家园,海明威说过,人生活在此地,却到异地炸桥,我不希望诗人们在圈子里炸桥。

11

我想靠书法挣钱。这是我余生存活的唯一手段了。书法必须拜师,我真的拜了一个师傅,我的书法老师名字叫黄以明。他苦口婆心地对我说要学书圣的《圣教序》,要学会锥立沙。得到心心相授的法传,我就特别乖。我在研习《圣教序》的日日夜夜,被感动得热泪盈眶,体察到书法老师用真情给我点拨迷津。王羲之的邪和空灵后人无人可及,我的师傅却知深义,他在午夜里向我略示书圣真密,令我切勿外传。在书法笔法已不保密的年代,真密是指心之大密,如同钢珠,你就是不知是如何入箍的,原来是瞬间压进去的,但轴承就是不变形。无形可寻,意在有形。我总结了一点书之真理,借此披露一下:垂露双鱼,蚯蚓折骨,用力蹬空,刀背划纸,铁砣抱针,立锥成桩,石头抽丝,钢珠入箍,鹅颈鼓荡,英胆缩身。这么多成语,我想说什么呢?书法如同蜷缩的垂露老人,被迫抽丝跃动,露就那么多,静则凝,动则血珠连绵,或断或续,不多也不少,我欲究尽,迫圆为方。

12

我曾将我的10本笔记以赠送方式给了诗坛青年朋友。青年朋友将它装在锦盒内,意思是代为保管,他在寻适当机会回赠社会。我回想笔记所录,不忍卒读。

我是中国最早写思想随笔的人,比什么《米沃什词典》引进中国要早得多。大多数人不知道我在笔记里写了什么。

譬如我说:"晚上我看见手上的刺,我就在回想,今天我的手曾经摸过什么。"还有,"我背负着孩子在想自己的问题,渐渐觉得背上已不沉重,但是灵魂稍有迸散,背上就是枯骨。"这些零碎笔墨,我本打算有时间时将它分行变成诗,就这么越积越多,几乎被它们埋没。

13

　　我写的那两首诗,我自认为并非上乘之作。人,不可能指望那两首诗吃一辈子声誉。我注意到,现在青年人读它,恍如隔世。青年人的感觉是对的。他们不仅要有对自己说的观点,还要有说给自己后代听的观点。

　　中国写作至今的通病,说给自己听还行,但说给后人听,其道理就是难以持久恒真。说给后人听,就是当老师,但我仍还是个学生,是为不安。

　　(梁小斌,安徽合肥人,生于1954年,中国朦胧诗代表诗人。著有诗集《少女军鼓队》《在一条伟大河流的漩涡里》,散文集《独自成俑》,随笔集《地主研究》《翻皮球》《地洞笔记》等。他的诗《中国,我的钥匙丢了》《雪白的墙》被列为新时期朦胧诗代表诗作。《雪白的墙》被选入《百年中国文学经典》和高中语文教材。1982年,《雪白的墙》获全国中青年诗人优秀新诗奖。2000年,《我热爱秋天的风光》入选全国通用的人教版高中语文教材第三册。2005年,梁小斌被中央电视台评为年度桂冠诗人。)

池　鹭

傅　菲

丰溪西去,汤汤而流,即使在枯水期,水拍两岸,浪卷浪涌。

奔腾的河是永生的,永续生命而哀绝。自洋口镇而下,高山低垂下去,丘陵汹涌,低矮的河床造就了宽阔且平缓的河面。

丰溪发端于铜钹山,进入永丰盆地,西流而去,在皂头镇与上泸溪汇合,至三江口,注入信江。丰溪下游,丘陵汹涌,人烟逐渐稀疏,河岸树林掩映。一抹一抹的翠绿,抚慰飞临的每一只鸟。

在2017至2019年期间,我常去丰溪下游游荡,孤魂一样,脚不择路,沿着河岸,看一浪浪的水环山岗而过。夏季有非常多的鹭鸶在河边或稻田觅食,或摇坠枝头起舞。入了深秋,斑头鸭、绿头鸭等冬候鸟,也会来到河中栖息。池鹭是常年出没的,避开劳作的村人,在稻浪堆叠的弯弯小溪,在岩石山下的河湾,怡然自得地觅食、游乐。

走在河岸,听着哗哗的水流,内心是极其舒服的——沁凉的甘泉滑入内脏的那种舒服。入了5月,禾苗分蘖,油油绿绿,扑面而来的风也是凉爽爽的。河滩有了各色的野花。初夏的一日,在河滩闲走,一片菰丛在晃动,近身一看,是一只池鹭站在那里。它既不吃食,也不鸣叫,有点呆傻,痴痴地站在菰叶下一动不动。延伸至背部的蓝黑色冠羽像一件棕叶编织的蓑衣,栗红色的羽冠像戴在头上的凉帽,修长的暗红色双脚像圆规的两支脚,翠绿的菰叶虚遮了它的身子。它不是做聆听状,也不抬头翘望,只是那么无神地站着,像个遗世独立的人。

池鹭通常和白鹭、苍鹭、夜鹭等鹭科鸟类一起结伴飞行,一起在高大的树林营巢。我很少看到池鹭和其他鹭鸟一起觅食。不知道为什么。有一次,在藕塘,池鹭在吃食,吃一会儿,站一会儿。藕花刚开,藕叶青翠,藕花红白,池鹭站在藕丛,很是显眼。它站一会儿,突然伸出喙,叼起一条白鲦吞食。我甚至怀疑池鹭是一种斜眼的鸟,歪着头,斜着眼,看清了鱼蛙,快速啄下去。其实不是。人有斜眼的,猪有斜眼的,但没有哪种鸟是斜眼的。哪有天生斜眼的鸟呢?大体上,鸟眼转动的角度大于人眼,精准度也大于人眼。一块约两亩大的藕塘,只有一只池鹭在吃食。

有一次,在一处小溪汇入丰溪的入口,芦苇丰茂,把整个溪面盖住了。溪声潺潺。我用一根竹梢拍打芦苇,突然跳出一只池鹭,它也不飞走,嗦嗦嗦,跳了几步,又钻入小溪。可能小溪有比较多的鱼虾,它吃得舍不得离开。看到它钻入芦苇丛的瞬间,我心里有一种说不出的难受。不知道为什么。

柳宗元写《江雪》:

> 千山鸟飞绝,万径人踪灭。
> 孤舟蓑笠翁,独钓寒江雪。

每次看到池鹭,我就想起这首诗,觉得池鹭就是那个蓑笠翁。

池鹭以脚为桨,以身为舟,在河边,在池塘,在沼泽地,在稻田,孤独地泛舟。有很多鸟是单独活动的,到了繁殖季,才会和配偶一起活动。但我不觉得它们孤独。如蓝翡翠,独自站在横出水面的树枝上,四顾流盼,甩头翘尾,一副顽皮淘气的样子,招人喜爱。譬如灰背燕尾,孤身出没于流瀑跳涧,鸣声喈喈,翘首四望。它张开翅膀,整条山溪生动了起来。池鹭给我一种迟暮苍老之感。

不同的鸟,给人不同的感觉。

除了繁殖季,我没有听过池鹭鸣叫。像个受了委屈的人,有了天大的冤情,也不哭出来;有了快乐,也不呼喊、笑乐起来。任何一种鸟,都是有表情的,与人一样。快乐的表情,郁闷的表情,恼怒的表情,失落的表情,狂躁的表情,暴虐的表情。我看不出池鹭的表情,它就是一副木讷的样子,一副漫不经心的样子,一副听天由命的样子,一副麻木不仁的样子,一副无动于衷的样子,一副行将就木的样子。

这是我难以理解的鸟,不可理喻。

又一次在藕塘遇见池鹭。它娴静地站在塘边,慢慢地扭转颈子,翅膀垂落,尾羽微微翘着。它的身形静止。它看着水面,水面倒映着它自己的倒影,也倒映着莲藕的倒影和瓦蓝天空的倒影。倒影与倒影相映成趣。它伸长了脖子,倒影也伸长了脖子;它摆下脖子,倒影也摆下脖子;它抖抖翅膀,倒影也抖抖翅膀。藕花的倒影叠加在池鹭的倒影之上,天空的倒影叠加在藕花的倒影之上。一只青蛙从荷叶跳下来,咕咚一声,水泛起了微波。倒影被微波扩散了一圈又一圈。池鹭甩了一下头,喙啄住了青蛙,夹食而吞。

哦,池鹭在看自己的倒影。它是迷恋自己的倒影的鸟吗?

有些鸟喜欢照镜子。白头鹎遇上汽车后视镜,会悬停下来,用头撞镜子,或在镜子上喷体液。它不知道镜子里的鸟,是自己。它以为镜子里的鸟是自己的同类,于是攻击、泄愤,或以夸张炫耀的动作,以宣示自己的存在。虎皮鹦鹉也爱照镜子,伸出喙,与镜子里的喙"接吻"。它把镜子里的虎皮鹦鹉当作了玩伴。黑领椋鸟把窗户玻璃当作镜子,每天早晨敲窗,对着玻璃摆弄姿势。它把镜子里的黑领椋鸟当作了友爱的同类。爱照镜子的鸟,大多是缺乏自我意识的鸟类。

池鹭是把水面当作镜子了吗?它并没有做出怪异的动作,比如起舞,比如抖翅膀,比如啄影子。它是迷恋上了自己的倒影吗?

影子或者倒影,在物理学上,属于成像的光学现象。但对于动物来说,并非是光学现象那么简单。也许还涉及动物心理学、动物行为学。爱照镜子的鸟,是出于好奇吗?嫉妒吗?还是出于对同类的友爱呢?鸟会自我迷恋吗?

其实池鹭也不是痴痴傻傻,做木讷状(人最愚笨之处,是以人心揣度动物),而是临水照镜。也或者不是临水照镜,而是静候鱼虾蛙出没。如蓝翡翠一样,静观水面动静,一旦小鱼游过,冷不防扎入水,叼起小鱼飞身离去。觅食方式和食物结构等习性,决定了鸟的气质。

与其他鹭科鸟类相类似,池鹭以动物性食物为主,包括鱼、虾、螺、蛙、泥鳅、鳝鱼、水生昆虫、蝗虫、蜗牛等,兼食植物根须、嫩叶、花卉等。它以长而粗壮的喙在泥浆中攫食。在食物获取方式上,鹭科鸟类与鸭科鸟类最大的不同是,鹭科鸟类攫食,鸭科鸟类唼食。因此,鹭科鸟类的喙更长更粗,嗉囊更深更大;鸭科鸟类的喙更扁更硬更短,触觉更敏锐。

到了冬季,丰溪已没有白鹭、夜鹭了,它们回到了更遥远的地区。在清澈的水面上,浮游着绿头鸭、斑头鸭。它们一直往上游游去,游到了洋口的瀛洲,又返回来。水面腾起白白的水汽,樟树吊着斜阳。丰溪有丰富的螺蛳、马口鱼、白鲦、鲫鱼和翘嘴鲌。鱼在深水处,游出鱼团的阵型。池鹭下不了深水,形单影只地出现在挖空了的藕塘和半干涸的河滩水洼、鱼塘。

鱼塘被网围着,既是防止孩童下水摸鱼,又是防止湖鸭下塘吃鱼。毫无意外地,池鹭挂在了网上。一次,我去丰溪河畔一个叫三条杠的地方,看见了三只池鹭挂在护网上,翅膀黏着网丝,头朝下倒悬,眼睛塌陷,羽毛凌乱,身子已被风吹得干瘪了。我把池鹭取了下来,埋在了田坑里。冬季,水田晒干了,池鹭的栖息地在短短的几个月之内,大面积缩小,取食极度困难。鱼塘成了它们的葬身之地。冬季是鸟类的灾季。

在朝阳至洋口的河段,沿岸都是高大的香樟、枫杨树、大叶冬青、青冈栎。鹭科鸟就在这些树上营巢。池鹭的巢也营在崖壁高树之上。它选择陡峭的崖壁,躲避天敌对雏鸟的伤害。

我没有见过结群的池鹭。相对于白鹭、牛背鹭而言,池鹭是一种比较孤僻的鹭鸟。在2012年之前,信江北岸的董团乡,有一个白鹭公园,每年夏季,有数千只鹭鸟栖息在丘陵中的水库四周,高高的樟树上落满大白鹭、中白鹭、小白鹭、牛背鹭、黄嘴白鹭,也有夜鹭和池鹭。每个月,我会去那一带钓鱼。但池鹭很少见。也可见池鹭的繁殖力远远不如白鹭。原因是什么呢?

池鹭每窝产卵两至五枚,多为三枚。大白鹭产卵每窝产卵三至六枚,多为四枚。窝卵数相差一枚,也不至于种群相差这么大。是不是池鹭破壳率低,或幼鸟死亡率偏高呢?不得而知。

随着工业化的推进和铅山快速通道的开通,白鹭公园被彻底破坏了,有其名无其实,鹭鸟再也不来了。人类很少会考虑到鸟类的生存。对于动物来说,栖息地不可逆转的破坏,就是灭顶之灾。

已经有好几年没有去丰溪了。我是个喜新厌旧的人,我经常花费数年时间去观察一条河流或一座山,那个过程结束了,便不再去了,又去另外一个地方观察。像一个大地上的浪人。怎么说呢?对那些河流那些山川,我付出了极大的热情,也被耗尽了热血。窗外吹起了呼呼的北风,冬天赶着马车来了。早晨,在泊水河畔看见了一只死去的池鹭,我想起了丰溪。在河畔漫游,随着鹭鸟春来冬去又一年。一年又一年,是池鹭,也是我。

(傅菲,江西上饶人,专注于乡村和自然领域的散文写作。出版散文集《元灯长歌》《深山已晚》《我们忧伤的身体》等30部,曾获三毛散文奖、百花文学奖、储吉旺文学奖、方志敏文学奖、江西省文学艺术奖,另获多家刊物年度奖等。)

牛　歌

黄复彩

　　节前一天,我离开龙舟赛,离开关于屈原与端午节的一切争论,当然也离开网络上的种种八卦,轻车熟路,来到位于九华山西麓的一处山村。

　　夏意够浓了,但山区依然滞留着春的气息。几根毛笋从采摘过的茶棵中蹿出来,是最后的笋了。我喜欢扳竹笋时竹节断裂的叭叭声,那是一段交响乐中的打击乐,又像是一只圆号中的琶音,节律却是松散的。那几根竹笋不够晚上炒一碟菜的,我希望下一次来时,茶棵中会有几杆新竹矗立着,那又是一种新的生命。山边的板栗树上开着绒球一般的白花,空气中弥散的那种嫩腥味儿并不好闻。这些不知种在哪一年的老树所结的板栗虽然很小,但吃起来香甜粉糯。只是,这些树年数够久了,有的老杆已成空洞,已经没有人在意它们一年里究竟还能结多少板栗,但它们依然努力着,能结多少是多少。荒寂的空地上,到处是当地人称为"金步摇"的小花,嫩黄的蕊、金黄的瓣,好看得很。这是一种伏地植物,花期从农历四月一直到七月,并不引人注目,就像一个极普通的小人物,只有走近了,才能发现它们的存在以及它们与众不同的品质与性格之美。其实,这种学名蒲尔根的小花并非九华山所有,只是九华山人赋予了它一层神秘的光环。民国《九华山志》"植物篇"中说,每当金乔觉走过,即使无风,花儿也会随着菩萨的步伐嫽俏舞动。关于金步摇的诗句不少,白居易的"云鬓花颜金步摇,芙蓉帐暖度春宵"过于妖娆,而宋僧希坦的"仙花不识兴亡事,岂学吴宫响屧行"又过于正经。难怪日本江户时代的僧人良宽说,不看书家的字,不吃厨师的菜,不读诗人的诗,总是有缘由的。

　　刚下过一场雨,空气有些沉闷。今天一定还会有一场不小的雨,这是梅雨前的一次预演,时下时停,接连数天。布谷鸟的叫声从林子里传来:发棵发棵,割麦插禾……

正是插禾的季节，我注意到不远处的山田里有一辆手扶拖拉机在耕作着。驾驶拖拉机的汉子戴着南方人的那种圆锥形的斗笠，看不清他的脸。这是我在这村子里看到的唯一耕作的汉子，也是唯一的一块水田，面积不大，两亩左右。已经耕作得差不多了，但那辆手扶拖拉机仍在那块不大的山田里转着圈子，一圈又一圈，让我联想到小时候马戏场上嬉马的艺人。青年人多半出门打工去了，山田蓄不住水，人们便把山田改成了山地，种下大片的玉米。但玉米卖不出价来，好在他们也不依靠玉米赚钱，收割下的玉米除了满足孩子们吃新的需要，还为了饲养家畜，喂鸡喂鸭喂鹅。

附近的玉米地里偶或传来一两声蛙鸣，孤独而沉闷，这是旱蛙的叫声。是的，就像我刚才说的，这里曾经是一片秧田，往年的时光，秧苗才刚刚出齐，秧田里的水映照着四野的山，四野的山就出落在这片秧田里，水上水下，合成一幅深浓的水墨画。如果是在雨后，就成了很写意的一幅画。几只白色的鹳鸟在水田里寻食着螺蛳或虫子，它们一跳一跳的，间或从一片山田飞往另一片山田，在秧田的上空画一道白色的弧线，让一幅原本看上去静止的画面灵动起来。

是应该有牛的，如果还有牛歌，就近乎完美了。

"天似穹庐，笼盖四野，天苍苍，野茫茫，风吹草低见牛羊。"苍茫、寥廓，天地间浑然一色，时间凝固了，无始也无终，但毕竟未见牛的自性。"牧童骑黄牛，歌声振林樾。"究竟是怎样的歌声？未知。如此，那种真正从田埂上传来的牛歌，良宽一定是不会拒绝的吧？

我当年插队下放的乡村是一处圩区，我们去时，一场内涝湮塌了村子里的队屋，油菜收割的季节，油菜籽就堆放在稻床上，夜里则盖上席子和稻草。为防盗贼，队里安排人每天轮流去队屋前临时搭建的棚子看场。这天晚上与我做伴的，是一个十二三岁的少年。夜里的雨下得够猛，雨从棚子的缝隙淋下来，我们不得不整夜地腾挪着睡姿。当我终于在清晨的牛歌声中睁开眼来，身边的被窝却空着。牛歌之声略沙，是那种正处在发育期少年破声倒腔的沙，却不缺冲决天穹的力度和刚性。没有歌词，也没有固定的旋律，那种随意的歌唱更像是对母牛的呼唤，或是对刚降生的牛犊的抚慰。我趴在草铺上，静静地看着棚子外的清晨。隔着一条小溪，对面的田埂上那条昨天刚刚降生的幼牛紧跟着它的妈妈。雨后的清晨，阳光清新，田埂上的草尖上有晶亮的水滴，似乎能映照出一整片碧蓝的天空。远处的村子缕缕炊烟，女人们开始忙着早饭，而做累了的男人们多半还没有起床,整个村子少有的宁静,牛母子将一缕缕青草卷入口中的嚓嚓之声混合着少年一声又一声的牛歌,让这个乡村的早晨活色生香。

这一说,就有五十多年的历史了,时光真不禁用。

水泥路替代了土路,手扶拖拉机代替了牛。一些山地被推平了,准备建景观公园。这个傩乡,每年正月都会吸引来很多外地的游客,当地人也希望以此来拉动地方经济。很多年来,我在这村子里不曾见一头牛。不独这个村子,现在很多乡村都没有牛,即便见到,也不是耕作的牛。牛的作用与存在,是为满足餐桌上的饕餮。漂亮的洋楼、坚硬的水泥路,还有留守妇女们的广场舞改变了乡村的格局,于是便有人在电脑上合成出一幅画面:泥墙老瓦,炊烟袅袅,披着蓑衣戴着斗笠的农人牵着牛从挂满青藤的老桥上走过……人们总是乐于将原本存在的痕迹抹去,再按照依稀的印象复制一个曾经的存在,就像一个已近晚境的老人对年少时场景的怀恋,明知已成过去,却仍在自说自话,并乐此不疲。

在我插队的那个乡村,我曾同时目睹一只小牛的诞生和另一头老牛的死亡。在它们身上,我感受到生命的交替与轮回。那边的稻场上,一头病了很久的老牛突然之间轰然倒下;这边的牛栏里,一头小牛却正好从母牛的肚子里爬出来。刚见到世面的小牛一次次跪下来,又一次次爬起,再跪下,再爬起。人们告诉我,初生的牛犊都会在睁开眼的一刹那跪拜四方,它们在向这陌生的世界虔诚地跪拜,拜天地,拜鬼神,拜父母,更拜饲养了它们母子的人,希望人们能善待一条幼小的生命。

我一直怀念那个曾居住了两年多的村子。那一次从另外一个知青点回来的路上遇到大雨,我不得不躲进就近的一家屋檐下。那是一间用毛竹和芦席搭建的屋子,屋顶上盖着厚厚的山茅草,雨就从屋檐垂下的茅草上瀑布般地泼下来。雨打湿了我的身子,我冻得簌簌发抖。正在吃饭的一家人邀我进屋,于是,我也就毫不客气地坐在桌边。乌黑的梅干菜烧豆腐,清爽的凉拌莴笋丝,还有一小碗开始发臭的豆腐乳以及一碗拌着厚厚辣酱的豆渣。

后来每次路过那里,我都会去那姓沈的人家坐坐,遇到他们吃饭,我也就自然坐在长条凳上,像是在自己家里,喝一碗稀粥,或是啃一块焖得软糯的山芋,有一次甚至是豌豆咸肉糯米饭。我给他们家正在哺乳的儿媳送过去一包红糖和一把挂面,他们家的婆婆就把尚未满月的孩子抱给我看,并说,叫爷爷(叔叔),叫爷爷啊。这家的儿子在附近煤矿做电工，不常回来，当家的老沈五十多岁，是生产队里的牛倌，统领着四五头耕牛。我和老沈很聊得来，有时候，我会逃出辛苦的劳作，跟着老沈把牛牵到临近河滩的一片草地上，一边任那些牛在河滩上悠闲地戏耍，一边听老沈讲一些乡村的俚俗。他指着那些牛说，人啊，将来投胎千万不要做牛。他又说，只有那些没出息的人才说，来世当牛做马地报答你。他说你都当牛做马了，谁还在乎你报答不报答？他说他祖父从前是一个屠夫，而其最擅长的，就是宰牛。他说他祖父宰牛有两个讲究：一是一刀下去，牛当即毙命，不会让牛有太多痛苦；二是他祖父之解牛，几乎没有多少碎杂肉。他说，他祖父杀牛时，眼前是没有牛的，他挥舞着那把尖刀，一边哼着只有他听得懂的曲子，就像一个舞者或是武者。他说他祖父晚年宰杀他人生中最后一头牛的头天晚上做了一个奇怪的梦，也是因为那个奇怪的梦，第二天就有些分神，还没开始就被那将死的畜生狠狠踢了一脚，从此留下了残疾。直到我认识他们时，人们谈起他祖父，总是称沈跛子。他祖父老沈成为沈跛子后，就不再宰牛，也不让儿子（老沈的父亲）继承他的行业。他父亲听从他祖父的话，不再宰牛，但又禁不住生活的逼迫，后来又做起了屠夫。有一年，他父亲与人约好第二天去宰一头老牛。然而第二天到了现场，见到的那头老牛却是跛足的，并且那跛足的牛突然朝他父亲扑地一跪。他父亲当场大惊失色，二话没说，掉头便走，并随手将那把牛刀扔进不远处的河里。老沈祖孙三代人的故事似乎让我明白了什么，我也似乎就解了他祖父当年那个神秘的梦。

老沈作为一个牛倌，对他的每一头牛都特别精心。他从不鞭打他的牛，即使是农村最忙碌的双抢时节，也不允许他的牛被人像畜生似的蛮用，到一定的时候，他必定把牛从田里强行牵回，任由那耕作的人在水田里跳脚骂娘。

我被他的故事感动了，也很佩服像老沈这样的农民，读过三国和水浒，有着中国传统农耕世家子弟的朴实、本真，重要的是会过日子。我不是一个有远大抱负的人，在那片乡村，老沈及老沈的一家就成了我对未来生活的某种参照。我时常做着关于未来的梦：在山边竹林旁建一所房子，房顶盖一层厚厚的山茅草，娶一个勤快又实在的女人，生一群胖嘟嘟的儿女——这就是我要的生活，哪怕终老山乡。但后来的回城潮击破了我初始的愿望，因此我也明白，在坚硬的现实面前，一切梦想（包括理想）都是脆弱的。

后来的几十年里，我几乎每隔三五年便会去那个村子看看，直到几年前那个村子因建庞大的工业园区而被大片迁徙。当年的老人们多半不在了,他们的后人也不知所终。

现在我住在城市里,房子越来越大,住处越来越宽敞,但我总是希望有一块地,种一畦辣椒、一畦茄子,再种一畦小白菜,像老沈和老沈的一家一样过着平静的日子。到了冬季,一季一季的菜吃尽后,铲下最后的高秆白菜,腌一缸黄艾艾、香喷喷的白菜。到了落雪的季节,买几块豆腐,将腌白菜切得碎碎的,再用刀将托在手上的豆腐一刀一刀地切下去,切进开始沸跳的沙吊里,放上足够的辣椒糊,小火慢炖。你只管捧本书,在炉子边带看不看,心思却只在那跳着舞、唱着歌的沙吊里。那餐饭哪怕没有别的菜,也能香香地扒进两大碗饭。

我与现在的村子相处二十多年了,几乎每年都来,或是腊月,或是端午,或是正月演傩的时候。茶季已经过去,山体的轮廓开始饱满而圆润,山叠着山,山连着山,一直向远处延伸,颜色也渐渐地淡下去,再淡下去,淡到最后,变成画家的枯笔淡墨。山芋刚刚插到地里,玉米已开始抽穗,玉米苞鼓鼓的,就像开始发育的少女。只是,我一直不曾见到牛,当然也不曾听任何一首牛歌。江南那边,那个唱牛歌的孩子该同我一样做了爷辈了吧。

等我从村子里逛了一遍回来时,那台手扶拖拉机已经离开山田。耕作的汉子正站在田埂上玩着手机。斗笠下,浓黑的眉毛让他看上去有几分英气。他的上身是一件开始褪色的T恤,牛仔裤的裤脚扎在深统胶靴里。如果换成牛仔帽,他站在那里的样子就有几分像美国西部的牛仔了。他抬起头朝远方看着,若有所思。我把手机对准了他,拉近了焦距。他发现我在拍他,便很不自然地朝我笑了笑。他这一笑,我知道他叫什么名字了。只是这几年他一直在上海打工,很少回来。我说,贤红,你很时尚,是一个时尚的农民。我又问,是在刷抖音吗?贤红说,不,发抖音,"我有自己的平台和账号"。他说着这些,我似乎一点都不奇怪,并把为他拍的照片放给他看,夸奖他说,你在刷抖音的样子,还有你朝远方注视的样子很酷,是不是?他不好意思地笑了。我们交换了微信,我把照片发给他,我们就这样分开了。晚霞正浓,山路上不见一个行人,从村子里飘来一股粽叶的香气。远处,那块被耕作过的山田静静地搁在天底下,泥田的凹凸处,就像一幅山水画中的皴笔。

我知道,无论是耕田的人还是那块山田,都指望着今晚的一场雨,一场很大很豪横的雨。但此刻的西边天上,云层呈现出大片的玫瑰红,雨一时是没有的,或许明天会有。

小路向村子里延伸,一直延伸到村里的祠堂。我站在那里,看着隐入那片玫瑰色尘烟里贤红的背影,忽然就想起20世纪80年代初流行一时的台湾民谣:走在乡间的小路上,暮归的老牛是我同伴,蓝天配朵夕阳在胸膛,缤纷的云彩是晚霞衣裳……

(黄复彩,九华山佛学院客座教授,《安徽佛教》《甘露》执行主编,出版长篇小说《红兜肚》《墙》以及长篇历史小说《梁武帝》等,出版中短篇小说集3部、散文集6部。其中长篇小说《红兜肚》获安徽省政府文学奖一等奖。)

寄　居

沙　爽

　　清晨的海蓝得让人心醉。天蓝的底调之上,搭配雪白的鸥群。8点20分,数百只海鸥齐集海滩,时而群起低飞,在海面上翻卷成一大团变幻不定的泼墨山水。

　　这山水浅淡,间或杂以墨点——海鸥的翅羽尖端是纯黑色的,好像只为衬出身体上大片的留白。或者,它们的翔舞更接近对海上风暴的诗意模拟?因为骨骼和羽毛中空,海鸥对暴风雨带来的低气压极为敏感,它们对风暴的理解由体内生发,借由羽毛,向外部迸散。

　　它们的降落和起飞看上去如此轻捷,翅膀也不会扑啦啦地扇起风声和海水。此前我以为,海鸥应该热衷于奔赴远海,因为那里有密集而闪光的鱼群。但是或许,相比于假扮一只白色小舟随波荡漾,海鸥更喜欢脚踏实地?在鸥群停留过的地方,我看见密集的爪痕,形状宛若三叶草,骨节隐约可见,尖端趾甲锐利。爪痕后面还有小小一坨黑白相间的东西,我用脚尖碰了碰,确定它是海鸥的粪便,而非一块黑底白花的卵石。

　　赶海的女人们散布在潮间带的礁岩上,她们头上扎着大红浓绿的围巾,或蹲或坐,手持一把小尖锤,轻轻一敲,锤子的尖嘴就凿开坚硬的牡蛎壳,再顺势一挖,滑溜溜的蛎肉就滴进手边的罐头瓶里。这些蛎肉只有指甲盖大小,而在三十年前,也是这一片海滩,随便凿出一块蛎肉,都会大如鸽蛋。

　　潮水退得飞快。我离开礁岩带,去往南边的海滩。

　　放眼一望,天蓝色的海不知何时已经隐退,海水呈现混沌的青黄。三十年前,这一片海滩还是纯沙质地,如今变成了半沙半泥质,海水因此半清半浊,像这世间多数人的生活。但这样的滩涂是造物真正的恩宠——贝类和海蟹们偏爱这样的生活环境。

没走出几步,我就碰到了一只寄居蟹。它正拖着棕黄色饰面的六层"豪宅",在刚刚退潮的海滩上找寻藏身之所。它要么是个慢性子,要么是个处女座,同伴们早就藏好了,它还留在这儿犹豫不决。

我弯下腰,用指尖敲敲它"豪宅"的门框:嗨,早上好!但是房主会错了意,当即将行进方向由水平改为垂直,转眼钻进了泥沙里。

我把它挖出来,拈在手指之间。它缩进螺壳里,用坚实的大螯挡住门扉。这只剪刀手的刀口之间有一道黑色的小缝——它可能正从缝隙中向我窥视?

记忆的门扉张开一道小缝……许多年前,就是在这片海滩,我与它们的初遇充满喜感。

那天是舅舅骑车带我来的,他到码头上寻找刚出海归来的渔船,打算买点儿海鲜。我独自在沙滩上乱走,突然发觉,不远处一片沙沙轻响,一群细小的"沙粒"正在飘移——竟然是一大群织纹螺!如果它们静止不动,壳体上那一粒粒凸起的浅黄色纹理,便几近完美地融入沙粒之中。虽然看起来有点跌跌撞撞,但它们行动的速度并不缓慢,等我跑到近前,它们中的大多数已经消失在沙子下面。我刨开沙子,海水很快从四面八方渗进沙坑,我只来得及抓住几个。

我走开了。在十几米远的地方,我发现了另外一群,同样捉住几只放进衣兜。

而我刚刚追杀过的那一群土遁忍者,发觉危险解除,又悄然浮上地表,继续它们的秘密旅程。

这样奔走在两三群织纹螺之间,我很快有了几十只的斩获。它们在我的上衣口袋里动来动去,沉甸甸的。

直到回到县城的外祖母家里,我才发现,因为一路上只顾着留心照看舅舅买的一串大螃蟹,衣服口袋里的织纹螺已经溜走了好多——不,我完全搞错了,它们根本就不是织纹螺,而是一群侵占了螺壳的冒牌货。我恼怒地把它们丢在窗台上,在夏天的大太阳下面,它们很快就不再爬来爬去,并且开始散发出臭味。

就这样我记住了它们。事情总是这样,曾经犯下的过失,往往更容易激活大脑中的相关机制——当情节急转,戏剧化的结局会牢牢嵌入记忆库存。

如同久违的故人,又带着某种难以消除的嫌隙,在许多年后的同一片海滩上,我和一只寄居蟹相互打量。

和螃蟹一样，这些家伙有两只大螯和八条腿，但只有一双大螯和两对步足会露在外面。另外的两双腿则退化得很小，分别支撑和钩住螺壳的内壁。加上柔软的腹部也蜷曲着钩在螺壳深处，这些二手"房客"就此与原本不属于自己的房子合为一体。它们的两只大螯通常一大一小，小的弯曲时尖端刚好送到嘴边，用以进食；大的则是武器，当身体缩进壳中，这只螯也充作遮挡门户的巨石。有一些种类的虾蟹故意长成这样，如果身形较大，那么大螯的长度甚至可能超过十厘米，像古代中国人谦逊的广袖，饮酒时谨慎地遮住口腔。两只螯的表面和边缘生有许多刺棘状突起，两对用以行走的步足上也遍布尖刺，这些装备除了用于攻敌，对准备对它下口的掠食者来说，也不得不反复考虑。

据说，生活在陆地上的寄居蟹通常是左螯大而右螯小，而海洋中的寄居蟹则不受此规则限制，有的右螯大，有的左螯大，也有的两只螯同样大小——这是不是说，它们之中，也分成了左撇子和右撇子？小螯灵活，大螯有力，这个正从手指缝里窥视我的家伙，它到底是个左撇子，还是右撇子？

它的这幢"豪宅"，原本是织纹螺辛辛苦苦建起来的。一幢圆锥形的六层建筑物，宛如一座磨光了棱角的金字塔，虽然总高度不到一点五厘米，但是相当坚固。建筑物外墙的主调呈棕黄色，间以乳白色线条，纵向还装饰着立体感十足的印象派浮雕。

作为天才的建筑师，软体动物们会不断地改善自己的住房，加宽、加长，随时修补损坏的部位，使之完美契合自己的成长。而对寄居蟹们来说，美满舒适的家居生活注定短暂：好不容易找到的新房子，很快因身体长大，不得不另觅新居。房子固然是越换越大，但质量上则无从保证。如果住房短缺，会有两三只寄居蟹共居一室，分别出入壳口和壳壁上的孔洞，如同合租房客。与人类社会一样，寄居蟹的世界同样体现出马太效应——这些没有能力竞争到单独住房的合居者，所共同拥有的房子也往往是比较差的。房产战争残酷而频繁，失去住所的寄居蟹，将随时面临死亡的威胁。如果急切间找不到满意的螺壳，其他质地的简易房屋也会被临时征用：竹节、浮木、玻璃瓶、塑料瓶盖、裂开的椰子，或者随便什么有孔洞又可以拖曳而行的东西……想要不劳而获，就必须接受命运的起伏和滑稽的自我形象。

当一只结实华丽的空螺壳被潮水从远海带上海滩，它的发现者会马上检验和评估这个新房子——很遗憾，作为寄居蟹星球完美住宅的上上之选，新居的尺寸往往并非量身定做，对发现者来说，有时它实在太大了。而过大而笨重的住房，往往更容易引来体形更大的竞争者。但是，坐拥上佳房源而掉头离开，显然并非上策。小个子的发现者会等候在大别墅旁边，直到第二位换房刚需者到来，但是如果第二位也非合适的居住者，守候将持续下去，有时长达数个小时——相比于住房大事，长时间在外滞留所带来的风险，是值得承担的。事实上，在种群麇集之地，很快会有十几位甚至更多的刚需者驻守在大别墅旁边，序列由此逐渐形成：等候者们按照体形的大小，自觉排成一列。而如果等候者太多，则降序换房自动改为团队竞争。规则显然是存在的，关于公平、竞争、选择、开始以及结束——以别墅为中心，众蟹呈放射状排出多个队列，一旦感觉时机成熟，各个队列中排在最前面的，也就是体形最大的寄居蟹，便展开实力竞争。而排在后面的小个子们，则会密切观察战况发展，在各个队列间换来换去，试图押中最终的胜者。直到最终胜利者脱颖而出，成功地占有了新别墅，它舍弃的旧居由排在它身后的第二只寄居蟹继承。以此类推，这个胜利队伍中的每一只寄居蟹，都得到了它的战利品，就此喜迁新居。

  这是寄居蟹版的"连续性空屋链"。在整个生物界，包括章鱼、龙虾、小丑鱼和一些鸟类，都会利用空屋链原理，在短时间内完成它们的住宅更新。没有互联网和房屋中介，它们的资讯传播利用了物理和化学——发出呼叫，释放某种化学信息——原始时代的人类或许也曾经如此？生物进化中诞生的社会性因而令人迷惑：接下来，寄居蟹们会不会将之改良和利用，以强大自己的种族？

  这种古老的生物，自中生代侏罗纪起，就已经生活在地球上。到了中生代晚期和新生代早期，出于我们未知的机缘，它们决定把自己定位成二手房住户。没有建房技能，也无力修缮房屋，如何弥补生存短板？直到奥陶纪，一些聪明的寄居蟹发明出一套专利养殖技术，将海葵、苔藓虫和海绵移植到自家房子的外壁——确切地说，是主要移植在住宅的入口处。随着海葵的生长，房门口延伸出一道环形走廊，而日渐长大的房主人，就此有了宽敞的起居室。也就是说，拥有养殖技术的寄居蟹，通过培育自己的寄居者，成功地摆脱了作为寄居者的窘境，把租借来的房子改造成了终身住所。

  在天津工作了几年，单位旁边的住宅小区，房价已经从每平方米八万元涨到了十一万。作为一名津漂中年，我所面临的窘境，或许正是寄居蟹祖先们在中生代晚期经历过的艰难选择？

  潮水越退越远，我紧赶几步，把这只寄居蟹轻轻放在海水和沙滩交界处。某个被中断的时间衔接上了。它会奔赴大海,还是退回陆地?

眨眼之间,它隐匿无踪。

它选择了第三条路。

(沙爽,作品散见于《诗刊》《散文》《钟山》《天涯》《大家》等文学刊物。出版散文集《手语》《春天的自行车》《逆时光》《拈花》,长篇历史人物传记《桃花庵主——唐寅传》,历史随笔集《味道东坡》等。)

一个人的春山

徐 芳

春天一日

　　三月的最后一日,星期天。阳光看上去懒洋洋的,我打定了主意要出去走一走。此地的春天实在短暂得很,春寒迟迟不去,可是天一热,一眨眼就是夏天了。春光动人处,要走出家门才领略得到。我真是个容易满足的人,在家门口的小山走一走转一转,心里就觉得安静欢喜。当然,也是这小山确有迷人处,一年四季,我不知要走多少回,这么多年,竟是越走越觉得小山灵润动人,雨时雪时晨时暮时,花飞时,叶舞时,明亮星辰下走过暗香浮动的花径时,对它的爱,是一丝一丝渗透于平常日子里的。我喜欢一个人在山里走,且行且看,走走停停。不期遇见熟人热心邀了同行,脸上带着笑,心里实在是沮丧得很,一路再家长里短地说下来,真是累得要死。喜欢的,是一个人行走的自由自在。

　　山里的那一片海棠花总算是开了。杏花樱花海棠花种种,花骨朵儿都是很小的,春风里缓缓打开花瓣,层层叠叠,胭脂粉红飞雪流云,让人惊异。单看花骨朵儿,真是想象不到它们舒展开的花朵会那么大,而海棠花尤甚。海棠花轻盈浅粉的花瓣初开时便有将颓的意味,风动花摇,漫不经心,若有清淡别愁。

　　进山门不远的月季园旁,有一棵野生的杏树。这山原是野山,几十年前城市新建时,顺势将其辟为公园,一年年不断删减添加,植了不少观赏花木,但也只能是星星点点的点缀吧。山林野生杂树连绵,松柏洋槐梧桐杏梨,更有认不出名字、春发形状各异新叶,秋结可吃不可吃野果的树木,繁茂高大,不知其岁几何。这棵杏树也是,其枝干黝黑,一看便是历经沧桑上了年纪的。每每路过那里,总要停下来看上一阵,从早春花苞初萌,看到青杏初结。樱花、结香花、梅花、玉兰花、红叶李、丁香花、海棠花也一天天一遍遍看过。婆婆纳的湛蓝、刻叶紫堇的微蓝一遍遍看过。

近些日子总是在山脚下打转,是有点惧怕山顶的寒风。出来看阳光却好,风也细细,就决定上山顶走走。

还是沿着寺庙后的山路上山。这条山路台阶平缓,几走几歇,不知不觉就到了山顶。此处山顶恰处两峰之间的低矮处,平日里,便沿山顶青石板小径一路向西走,走到将军亭下山。

在山顶歇息。往山的那一边望去。山南是城,我来处;山的那一边,去年秋天独自下到了谷底,挖了一把野蒜,只觉幽静得有几分荒凉,未及探寻一番,便匆匆折身返回。

山北背阴,植被稀疏。春草依旧枯黄,尚未返青。秋来时倒有一番迷人气象,野菊花一丛丛随风摇曳,漫山坡流溢淡淡的菊花香。秋来采摘的几把野菊花晒干了,放在了书架上的玻璃瓶里,时不时打开瓶盖闻一闻,仿佛看见自己采菊时的时光,觉得那样的时光是自己喜欢的。

看见两个身着鲜艳衣衫的人影从山北的谷底慢慢往上走,心念一动:今日本无事,何不去山北探寻一番?

顺着一条蜿蜒山径慢慢往谷底走,要走得小心翼翼。这山是石头山,小径七扭八拐都依着山石的走势。原是山那边的农民,翻山进城卖瓜果蔬菜,年深日久慢慢走出来的。看上去,山径分明刚刚又被人工凿造了一番,很认真地将小径的起承转合连接得流畅些。

山本是小山,很快下到了谷底。山势如怀,舒缓地将开阔的谷底温柔地纳于怀抱中。

阳光似乎凝滞了,风也凝滞了。空气里有金属般明亮的歌吟。

是的,是我喜欢的寂静的温暖,天地万物,赐我美妙时刻。

且行且看。

是连绵几里的杏林。

当我在山的那一边,每天来来去去,对着一棵杏树,看到花开花落,怎么知道,这里春深如海,是何等的醉人?

杏花落尽,青杏初结。每一朵枯萎的花托处,都有一粒小小的青杏芽儿。干枯的花托儿一触即落。

这阳光奢侈的正午，山谷里阔大的杏林，我一个人慢慢行走，仿佛身处幻梦。

我怎么就一不小心，把自己丢失在那样温暖的春深处。

一路杏林，一路野花。一丛丛的荠菜拔节生长，细碎的白花风过轻摇。随手拔一棵闻嗅，菜根清香浓郁。看见紫云英、通泉草，刚刚在山水的微博里认识的附地菜，种种不知名的黄的粉的小野花。

杏林中，间或有一块块齐整的豌豆地，开白色莹润的豌豆花。

一棵高大的泡桐树，开满一树淡紫深紫的喇叭花，站在村头。

一户人家的院墙边，樱桃树结果了，果实刚刚泛红，如绿玉上生一层淡淡的俏色。

杏林尽头是人家。

一处平常山村。有女人在家门口聚着拉家常，有孩子在跑，一个老人拖着拐棍慢慢走，看上去，仿佛有100岁了。

不想再原路返回，便自顾自往村外走。

竟又逢一岸美景。

一条河拦住了我去往公路的脚步。何不顺着河岸回家？

不说遇到的夹岸桃林，桃花如何明艳；不说遇到的油菜花，一片金黄如何引蜂飞蝶舞；也不说那大块大块的梨园，梨花远望如流云飞雪。

我只知道，这个春天，我拥有了一个盛大的春日。

是我给自己的，一个繁茂的春天。

寂静的山谷

站在山顶北望，视野里一脉荒山起伏延绵，消失于灰蒙蒙的天际。

一眼望去的风景是大写意的。细节的美，要走进去看。

我当然是为了去山北的谷地。

居小城三十多年了，小山也是有一搭没一搭地常常爬。无论从哪一条山道往上爬，或者快，或者慢，从山脚爬到山顶也就半小时左右的时间，可想这小山海拔也的确不高。到得山顶，还是平展展楼梯般的青石板台阶，虽轻松如履平地，却少了那份天然野趣，不喜。是前几年的一项市政工程吧，当然好处也是显而易见的，从安全及方便的角度看也是很受市民赞许的。记忆里多年前山顶乱石杂布，低矮的灌木从石头缝里撅出来，枝干筋骨得很，矮扎扎的，很有力量，让人不由得心生敬意。秋来野草疯长，高阳离离，明亮的风把野草干燥的香味直往人肺腑里吹。东西南北四野一望,也有小天下之感。于淮北平原有这么一处山脉,也是上天恩赐的惊喜了。

四月的最后一天。午后,阳光灼热。山顶石径远远缀三两个游人。春浅时,心念一动去往谷底一走,竟是贴心贴肺的欢喜。要说有什么呢,无非杏林,也是常见的;无非野花缤纷,也不足为奇。要说喜欢的,就是山谷里清澈透明的寂静了。

依旧沿着上次行走的崎岖小径下到谷底。闻鸟鸣清越,此唱彼和,仿佛比居于山彼的鸟更快乐无忧。突然有三只识不出名字的鸟从眼前齐齐比翼飞过,忽而振羽高飞,忽而滑翔俯冲,旋即哧溜忽无影踪。一只灰色喜鹊飞过,收拢起长长的尾羽,停在紫色花朵累累的高大泡桐树上,又优雅地展开,尾羽沿着蜡染似的白色花边,配着灰色衣裳,还真是好看。喜鹊是这山林最常见的鸟类,也是很霸气的。它们飞翔的样子让人多多少少有点无可奈何。尤其是看见它们轻巧巧地站在开满花的高高的树梢,左右腾挪,小脑袋忽而这里一点,忽而那里一点,真是让人又喜欢又生气。它要是能停在我的手心就好了,我就不生它的气了。当然,我只是想看看它,看看它的眼睛,再细细欣赏一下它的美丽衣衫。在山林,看见鸟儿飞翔是件容易的事,而与一只鸟对视却是不可遇的。一看见喜鹊,就想起小时候妈妈经常逗弟弟时唱的歌谣:"小喜鹊,尾巴长,娶了媳妇忘了娘。烙烙馍,卷砂糖,媳妇媳妇你先尝,把咱娘背到高山上。"时光如雀鸟振羽般迅疾,风吹得往事空空荡荡,让人忍不住去想,忍不住心酸。

在杏林里且行且止,渐渐会有一种错觉,山那边的来处,分明不远,却已似迢迢千里之外。自己仿佛也不是自己了,也不知是谁;亲人的面孔也变得缥缈,仿佛和他们隔着辽阔无垠的时光。

春浅时来,青杏初结,半个月的光景已经如核桃般大小。杏叶也没闲着,长到懒得长了,已经卷起了边儿。山谷呈 U 字形环抱,细风若有若无地浅浅地吹。看见一棵树上搭着一件应是农人的上衣,四里张望,不见人影。那衣衫分明不是丢弃的,想来人在杏林深处。这季节忙什么呢,杏树自己会结果子,还要人问吗?忽而心生一念,随手揪了粒青杏就咬。酸是意想中的酸,竟还有意想不到的一丝清甜。生在果乡,小时候,瓜果从青疙瘩一路吃到烂透。青杏的果肉碧绿晶莹,未熟的杏核莹白,杏仁呈半透明的胶质状,阳光落在上面,好看得让人发呆。而熟透的杏核则是浅棕色的,坚硬,杏仁莹白,轻微的苦涩,余味凉甘。古时说美人儿,眼睛是杏核眼,想想,柳叶眉儿,杏核眼,这样的形容美人,真是春风般清畅和悦。

杏林不知深几许。在山顶遥遥望下来的一抹极易被忽略的浅绿,走进来竟是重重叠叠,仿佛无尽。野花明晃晃流漫,走一处,逢一处,缠着脚绊着腿。让我惊奇的是,疯长的盾果草开出的星雨般的蓝色花儿,分明比山彼的大了许多,一朵一朵仿佛感叹号般让人吃惊。小苦荬黄色的小碎花高高低低一丛丛开着,引着我往杏林深处走。一座土坟突兀出现在眼前,虽是野花缤纷其上,也由不得心里咯噔一下,又静下来,心说怕啥,再走两步又是一座,定定神看前面还有,心里忽通通乱跳,急转身往回走。走到小道上才舒了一口气,四下里望望一派清明美好,只是无人迹。把自己暗暗笑一回。再想,安葬此地的人大约是这里的村民吧,长眠于此,春深秋阔,夏绵密冬寂寥,也是幸福的事了。

决意此行要往山谷深处走一走。上次沿着杏林间的小路一路走到村庄,于此山谷只能算是经过吧。这么想着,脚步就沿东边分岔的一条小路走去。看见一位农人背着喷雾器,哧哧地往杏树上喷药,停下来与他攀谈。问这杏树也要打药吗,会不会人吃了不好。说是不打药要生腻虫的,等不到杏熟,过两天就没事了。心里咯噔一下,想起刚刚偷吃的一枚青杏,会不会是刚打了药的,也不好意思问那农人,自己在心里慢慢思量开了:比方就算是刚打过药的吧,这农药本是稀释了的,本是对付腻虫的,喷在一粒杏上的分量想必是难以令我致死的。真是又惭愧又担心。不由得又想起在医院工作的那些年,抢救服毒自尽的那些年轻的、年老的女人的场景。有的被从死亡里拉了回来,有的就告不治了。而男人农药中毒者,几乎都是喷洒农药时不小心沾染自己身上,经皮肤吸收中毒的,症状一般轻微,治疗也简单轻松多了。我想象不出人要有多绝望,才能把那气味刺鼻的农药往自己嘴里倒。而被抢救过来的女人,想起来眼神里总觉得有一种温柔平和,也有一种空茫,似乎通过一瓶农药,已经与深不可测的生活达成了暂时的和解。

山谷里的杏林一路沿南北小路绵延。东去小路不知不觉就远离了一路如盖的杏林。小路沿山谷底部渐渐一路上山岗,偶回头望,远处杏林已在视野之下。这处山谷定是那在山顶望来时一派荒芜的样子,黄突突的。行走其间才发觉真是亲切可爱得很,高不过小腿的杏苗一垄垄密密地长着,叶片柔嫩薄绿,阳光里几近透明的质地,却是会一天天慢慢长成一棵像模像样的杏树的。想来这村子还是要扩大杏树种植面积吧。

这里想来是人迹罕至处了。渐渐地不知道什么时候脚下的小路消失了,要踏着乱布的山石一会儿高一会儿低地走。一丛丛新生的构树不时地绊着脚,却也绿得讨人欢喜。野蒜东看东有,西看西有,比山林里平时常见的粗壮许多。平时常见的如韭菜般粗细,这里的仿佛憋足气似的,竟如蒜薹般粗细。野蒜初春生发,其时暮春,夏日在望,野蒜们纷纷抽出了蒜薹,薹上高高地顶着蓬团溜溜的花苞,想来花落结籽,随风飞散,来年又是一脉清香予人,或是自生自灭。用手悠着劲轻轻一拽拔起,蒜头竟如鸽蛋般大小,蒜须细密而长,想是蒜们很用心很努力地在这寂寞的荒山,一心一意地自顾自生长。嗅一嗅,浓郁的野蒜清香夹带着新鲜泥土热烘烘的暖香,令人陶醉得摇头晃脑。

眼见山腰杂树间高高地站着棵泡桐树,鹤立鸡群般醒目。远离人迹的树,自有一份清凉寂静的意味,落在其上的阳光也觉分外清澈明净。人还是不要太相信自己的眼睛了,那远远望去的一脉荒芜,走进来,也有去岁厚厚的枯草,也有今春丛生的野花,也有风吹来、鸟衔来的种子,落在石缝里,慢慢长出的小树。不仅不会觉得乏味,只恨时间过得太快。不觉夕阳西坠,落到山的那一边,暮色四起,风有凉意,要速速归去也。

在寂静的山谷里行走,所遇也皆平常,也皆可说。所念如山谷清风,不知所来,不知所往,不说也罢。一念间的事,念了也就念了,忘了也就忘了。

山谷里的杏,也一日日慢慢熟了。熟透的杏子金黄清香,一捏两瓣,离核,果肉丝丝缕缕,阳光下有蜜一般的光泽。我们砀山老家叫它麦黄杏。杏熟了,就该割麦了。淮北平原,蝉鸣如雨,一阵紧似一阵,到处都是滚烫烫的、热辣辣的。

(徐芳,20世纪60年代生人,80年代末90年代初有诗作百余首刊《星星诗刊》《诗歌报》《诗人》《诗神》《诗林》《安徽文学》等多家报刊,1987年有小诗入选漓江出版社《袖珍爱情诗选》。)

人间世

地气

吴旦

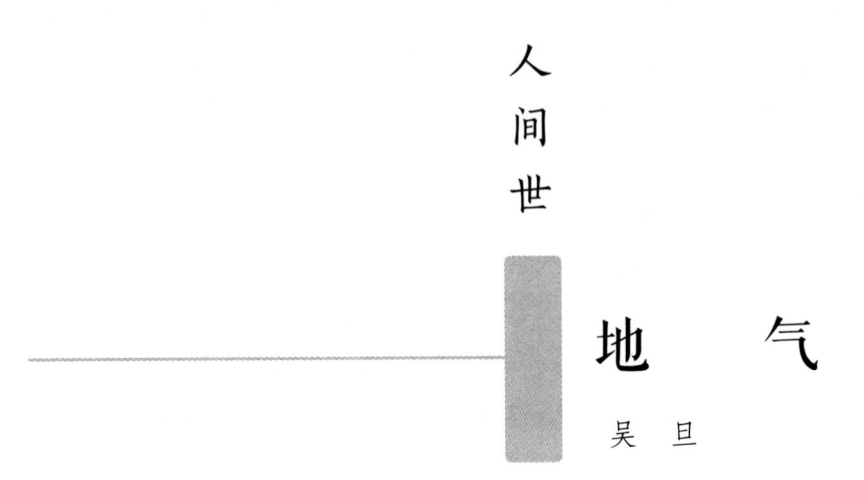

火　光

　　原始社会里人们就学会了生火。那是人们为了驱赶饥饿、寒冷、黑夜、恐惧、疾病、避开野兽的攻击,历经千辛万苦的尝试才学会的一种基本生存能力。

　　那时候,人们主要的生火方式是钻木取火、藤条取火和摩擦起火。公元前4000多年时,生活在今河南商丘燧明国的燧人氏采取钻木取火的方式教人熟食,结束了远古人类茹毛饮血的历史,被称为中国古代人工取火的发明者,燧人氏因此成为中华民族可以考证的第一位使用火的祖先。

　　我们的祖先掌握用火的能力是人类进化文化方面的一个重要转折点。根据后来考证,人类用火的历史可能还远比燧人氏更久远。《趣味科普》里说,考古证明,直立人就开始用火。最新的研究发现,人类用火的历史可能要追溯到170万年前。随着人类文明的不断发展,人们逐渐有了保留火种的意识,并开始使用火镰、打火棒、放大镜、火柴、打火机点火,直到发展为现在我们所熟知和常用的电打火、自动点火等。

　　火在人们的心中是神圣的,它是光明和信心的使者,至今还有很多民族仍然保留着古老的火神崇拜。古希腊也有普罗米修斯从太阳神阿波罗那里偷来火种并把它传给人类的美丽传说。

火产生了光芒,产生了温暖、健康和光明,并传递给了人们自信、安全和希望。

光　芒

因火焰而产生的光芒是农业时代的乡村里最令人心安的色彩。

三十多年以前,乡村的夜晚注定是孤独和恐怖的。那时候没有电,没有电话,没有电视,也极少有收音机,所有信息的来源枯燥又简单。就算是外边已经惊天动地,大多的乡村里依然还是在武陵源中,与世隔绝,尤其是我的老家所在的深山里的乡村。

当夕阳下山,倦鸟归林,高大的群山开始由浓绿转为深暗,转为黝黑,直到连成黑乎乎无边无际的一片,只露出来一片狭长的落满星星的天空。乡村的周围,那些潜伏在黑暗里的一切便开始了游走:夜虫唧唧,蚊虫嗡嗡,黑色的蝙蝠翻灯起舞,夜鸟的聒噪孤单而且怪异,山羊的叫声一声声飘过山岗,夜鹰就坐在山巅有一声没一声地发出阵阵低吼。豺狼和虎豹钻出了山洞,打开绿色的眼睛窥视着一切,孤魂和野鬼就在不远处的山间小路上拖着阴森的脚步晃荡。就算是最明亮的月光也挡不住夜幕下事物的影影绰绰啊,只有那唯一的、没有恐怖和孤独的大雪覆盖下的村庄,那银色的雪的光芒,才让一切的阴暗都无可躲藏……

乡村夜晚里的恐怖和孤独充斥着人类对自然界一切的不可知,以及对神秘的四周那些无处不在的山林里的声音的惶惑和陌生:曾经见过面的野猫、山羊、狐狸和甚至是吃过人的白脸狼都不足以令人毛骨悚然,倒是那些从来没有看见过却躲藏在黑暗里发出声音的山鹰和魑魅魍魉尤其让人惊悚,而随着季节的变化而不断变化的吹过山顶的风的声音却总像一个个巨大的黑洞,伺服着蠢蠢欲动的吸血鬼、野人、山猴子和黄大仙,还有许许多多因年代久远、坟头已被磨平、身份已被遗忘、不再有人为他们请安和烧上一沓纸钱、无家可归的魂灵……

好在还有光。

点燃的柴火在灶膛里一闪一闪的火焰。煤油灯刺啦刺啦摇曳上蹿的火苗和毕毕剥剥炸响的灯花。外公点燃的水烟袋发出咕嘟咕嘟的声音和明明灭灭的光亮。它们将人的距离拉得很近,近到常常聚在它们的光亮里彼此依恋地说话,用不同的眼神和语言,在乡村的夜晚彼此取暖。

夜晚最动听的声音,是躺在门前稻谷场的木榻和竹榻子上,于半睡半醒之间听见的外婆摇着蒲扇为孩子们拍打蚊虫的声响。那时候没有蚊香,没有花露水,没有清凉油和风油精。蚊虫多的时候,外婆就下到河床里、田埂边,拿镰刀砍些马蓼和红蓼回来,在裸露的晒谷场上风口的一角,用干柴火点燃了它们,再压上点草皮和浮土,那些被点燃的植物飘出来的浓烟就弥漫了四周,蚊子也变得沉默并逃走了。只是,那东西点燃后放出的黄色烟雾很是呛人,味道并不好。

灯

没有电的年代,煤油灯和柴油灯的火焰是乡村里最温暖的光芒。

乡村的煤油灯和柴油灯其实并不能算是严格意义上的"灯",它们更多的只是行使了灯的功能:灯身是墨水瓶或是一只不大的玻璃药瓶。灯管是铁皮卷成的小圆筒斜立在瓶中,用一根带子做灯芯穿过去,长的一头放在瓶里用来吸油,短的一头只露出一两公分,点着了就能发出火焰和光。

煤油和柴油作为灯的不同燃料,还是有差异的。煤油相对清澈易燃,点起来亮度大一些。柴油灯就不一样了,不仅火光浑浊,亮度也差,点着了还会冒黑烟,有毕毕剥剥的炸响,时间久了,就把四周的墙壁熏黑了一大片。

那时候,人们把自己的劳动成果变换成钱或者其他必需品的方式,大抵是将种出来的粮食挑到粮站上去转卖,或者砍下山上的树木和竹子背下山去交换,再就是拿家养的鸡蛋、鸡毛、鹅毛、鸭毛、鸡胗皮,在挑到家门口摇着拨浪鼓的零货担上换回来一些针头线脑、香脂和手绢。一些上门服务的手艺人来钱则相对轻松,乡下的砖瓦匠、木匠、铁匠、篾匠、裁缝、棉匠、染匠、剃头匠等吃百家茶饭的人则尤其受欢迎。但是,手头上有一点零钱并不是都能够用,比如点灯用的煤油和柴油实行专供,没有送上门的,只能拿鸡蛋或零钱到几里外的双代店去,打上几端子用盐水瓶装着回来。煤油灯和柴油灯的光亮尽管有限,但优点是可以手持着移动到需要的地方,可以一家人拢在灯前各做各的事情,比如母亲可以在灯下纳手中的鞋底,父亲可以安静地坐在边上看书,弟弟妹妹们可以在同一间屋子里玩耍,我可以坐在离灯最近的地方做自己的作业,相对可以节省一点油料。我在读小学和初中的时候,就是靠着一盏简易煤油灯的灯光度过的。在那无数个夜晚里,它总能给人以极大的踏实感和信心,那些寒冷、蚊虫和偶尔爬上地面和桌面的壁虎、蜈蚣也驱走不了它。等到带有玻璃底座和玻璃灯罩的煤油台灯走进家庭的时候,我已经拖着木箱子,到几百公里之外的那个亮着日光灯的城市里去读书了。

我还见过许多用煤油或柴油当作燃料的灯火。比如最原始的火把,比如父亲拎在手上走夜路的装有防风玻璃罩的马灯,比如高挂在放电影的平地上或大队开会的现场、发出巨大的光吸引了无数人和飞虫的嘶嘶作响的汽灯。后来有了酒精灯、蜡烛,以及装上几节粗大的电池安了亮晶晶的小电珠的手电。再后来出现了白炽灯、日光灯、三原色灯、LED灯,以及可以充电的便于携带的各种灯具,其供能方式、光源性质和用途也有了极大的拓展和延伸,不仅亮度越来越高,造型越来越好看,体积也越来越小了。

煤油灯和柴油灯从此销声匿迹。

星　光

乡村的夜晚,最美的光亮就是天上的星星和月光。

天空犹如一张薄饼,贴满了无数闪着光芒的星星,很多时候,还会有一个银色的月亮挂在半空,移动的流星和打着灯笼的飞机的亮光也不难遇见。在蚊虫鼓动翅膀的声音、打灯虫撞在地上的声音、山洼间山羊叫唤的声音、山顶上夜鹰悲啼的声音里,最好看的就是天上的星星,那才是夜晚里真正主宰了一整个乡村的光芒。只要不是下雨和浓云遮蔽,它们总会准时出现,一个、两个、三个、五个、十个、一批、一群,直到满天都是。

那可是一场无数颗星星的大聚会!在无穷大无穷远的天空里,像是住着一位善于奔跑和播种的仙人,他在每一个夜幕降临的时刻,就顺着满天空到边到拐地晃荡,一边走,一边从腰兜里抓出来一大把、一大把的星星,这里撒一把,那里撒一堆,直到把整个天空都撒满了。奇怪的是,这些星星总也长不大,像一粒粒死活也不肯发芽的金豆子,待在漆黑的天空里干眨巴。那仙人却并不着急,他只是夜复一夜、年复一年地撒呀撒,也不去管它们有没有收成——典型的"靠天收"。

一颗星星眨着眼睛,两三个星星凑在一起窃窃私语,四五个星星躲在一旁拉帮结伙地密谋,七八个星星摆成固定的队形从西边移到东边……有的星星不屑于与别人为伍,干脆自个儿发着光玩自个儿的,有的星星性格孤僻些,躲在远离别人的地方低头沉思着孤芳自赏,有的星星一定有自知之明,知道自己的亮度比不过人家,朋友也没有别人的多,就独自躲在偏僻的地方不声不响地舔着伤口……一群星星聚在一个角落里比各自的大小和亮度,一大片星星铺满天空跑来赶场子,一些比不过别人的星星就羞红了脸躲了起来,看不到踪迹了。仔细去看,那里面总有一两个调皮捣乱的,拎着个灯火瞎跑,顺着直线跑,拐着弯儿地跑,直到最后把自己给跑丢了。

看星星看得久了,我发现了一个秘密,那就是所有的星星都有一个弱点:怕月亮,更怕太阳。月亮出来的夜晚,月光越是明亮,星星跑得越远,大多数都不见了踪迹。有几个胆大的,还在离月亮不远的地方闪闪烁烁,可能是因为胆子是虚的,那亮度也大不如以往。天气太热的夜晚,我常常躺在外婆门前谷场的竹榻上,一觉睡到天亮。当我睡眼惺忪地去看时,东边已经出现了鱼肚白,鸭蛋黄一样的太阳从山坳里一点一点地爬上来,这时候,月亮还在西边挂着呢。那太阳就是厉害,不光是把星星全部吓得跑光了,就连月亮也怕它,不是偷偷地加快脚步溜下了西边的山口,就是慢慢地变得低调沉默,最后就完全看不见了。

光芒泛滥

我喜欢乡村里的灯火,甚于喜欢城市里的灯光。

在乡村的夜晚,就是这些灯火,这些微弱的光芒的舞台和天地,给了我无数美丽和值得回味的遐想,给了我一回回受伤后又一次次迅速升腾起来的勇气。这是世界上任何幸福都难以比拟的。

15世纪初,人们为了驱赶黑夜,开始在城市的街道上进行人工照明。又过了一些年,英国的伦敦开始在室外悬挂灯具照明。然后,路灯迅速得到普及,铺天盖地一般消灭了城市里的黑暗。射灯的光束刺破了天空,霓虹灯在街区无处不在地闪烁。金碧辉煌的写字楼和商业区亮起了不知疲倦的灯火,它们一点一点地模糊了城市和乡村的界限,一点一点地吞噬了乡村,彻底改变了农业时代无数乡村的底色,让"黄昏"这个原本存在于白天和夜晚之间的词语走向消失,让那些关于黄昏的诗词、歌曲、图片、画作、遐想、思考、安静和灵感,一个一个被无声地杀死……

这是一个光芒泛滥的年代。

城市因此依赖上了电,一旦停电就会大面积地陷入停摆;人们因此依赖上了光,当光芒缺乏的时候,人们会变得无所适从,消失了遐想和勇气。过度的光芒还带来了严重的光污染:玻璃幕墙的反光导致的白亮污染、人工白昼污染和彩光污染造成的气温上升和人们的眩晕不适;过度的光还会带来黑暗,在强烈的光线下进入正常环境时,你的眼睛会因为暗适应过程而产生黑蒙,当你在接触电光的时候,很容易导致角膜、结膜的损伤和瞳孔失调。同样,过多的城市的光芒,让我们的心灵之眼也开始失明,感觉不到自然和天然的美丽与快乐了。

过于丰富的灯光总是容易让人产生芜杂之感,因此,城市的灯光总是难以被人珍惜。不像乡村的夜晚,人们为了省下一点燃料早早就吹灭了煤油灯,不像辛勤劳作的村民为了节约一点电费早早就拉灭了白炽灯,让黄昏的风景和自然的神秘无拘无束地笼罩四野。

稻草垛

我所生活的长江中下游地区是华东的粮食主产区之一,这里良田万顷,四季分明,土地肥沃,气候适宜,一直有种植水稻的传统。20 世纪八九十年代前,人们种植水稻除了养家糊口,还要将收获的粮食拉到粮站出售给国库。这也是农民家庭增收的重要渠道。

为了生产生活的需要,实行联产承包责任制后的人们大都种植双季稻。第一批早稻秧插下去,到农历六月最炎热的季节进入双抢(抢收、抢种),一到中秋时节,第二季稻穗又在无垠的田野里低下了沉甸甸的脑袋。因此,每一个仲夏和秋收时节,在除了城市之外的广袤大地上,都是稻浪翻滚,一片无边的醉人的金色。

等到收割了的稻子铺晒在谷场上的时候,田野里就只剩下了一簇簇躺下的稻草。那些被脱去了谷粒的稻草被锁住上端,扎成一个个圆锥形的稻把,站立在大大小小、高高低低、形状不一的稻田里,像一排排金黄的列兵、一个个忠实的稻田守望者。

夏天的稻草把是早稻留下的,大部分在双抢的时候被铡刀铡碎,随着白亮的犁铧翻卷入泥土,成了稻田的肥料。冬天的稻草把却有更多的用途。秋收过后,它们在阳光慵懒的照耀下渐渐被晾晒干,农民把它们一担担、一捆捆地挑回来堆在稻谷场的一角,砌成了一处处高高低低的金色的草垛。

秋天的草垛是有着真正的香味的。它们躺在深秋到冬天的天底下,直到来年的春天和夏天都还散发着泥土和稻穗的芳香,充满了阳光和成熟的味道。

更重要的是,传统的农耕环境下的村庄,几乎没有什么可以不与草垛有关。

草垛是人类最忠实的朋友——老牛们——越冬的食物。

在整个严冬的考验下,所有的草木都枯萎了下去,这些被晒干后堆起来的稻草垛就成了过冬的牛羊们必不可少的食物。那些只有在冬天才能真正得到休养和生息的耕牛们,就是靠着咀嚼这些黄灿灿的稻草度过一个又一个漫长的冬天的。如果你也曾经历过那些乡村年代,你一定还会记得站在牛棚门口的老牛们一脸安详地凝望远方、缓缓咀嚼着稻草的神情。在冬天的阳光和微风里,在厚厚的白雪和刺骨的冬雨里,在漆黑的寒夜中,在辞旧迎新的烛火和爆竹的光亮里,在牧牛的农民和孩子的目光里,肃杀的季节送走了一茬又一茬的人和事物,老牛们却始终保持着低头沉思的样子,它一声不吭地扑闪着又大又圆的眼睛,慢悠悠地摇着尾巴站在那里、卧在那里,面对着失去了最后一丝水分的稻草把,一根根地把它们衔入口中,翕动着阔大的双唇来来回回、回回来来地将它们摩挲到羸瘦干瘪的腹中。

——那是无限淡定和安详的时光的况味,让人怀疑所有日子的流淌都波澜不惊、无声无息,都是枯瘦、孤单和寂寞的模样。

草垛是让土地变得丰腴的天然肥料。

20世纪七八十年代,化肥用得少,磷肥、氮肥、钾肥及复合肥的出现和普及大多是后来的事。因此,让田地维持足够养分的基本办法,春天主要靠红花草和稻草秆,双抢过后的田间肥料主要来源于稻草秆和撒下的按斤两称了买回来、平时不舍得一用的农用化肥。

除了在双抢时节被铡碎了卷入泥土的稻草把之外,那些过了一冬的稻草垛依然是稻田里最有效的肥料。春种即将到来的时节,分田到户的农田袒露了胸怀,它们或开满红色紫色的花朵,或顶着无数碧绿茂盛的小鸡草,向人们捧出了准备接受耕种的黝黑的肌体。稻种子撒进秧田里半个月,青乎乎的秧苗就在白塑料膜蒙着的育秧棚里呼之欲出,那呼啸的碧绿是农民丰收的渴望,也是收获季节的稻草最初的模样。

天气开始变得温润,土地开始松软,浅水开始发出叮咚叮咚流动的声响,"阿公阿婆、割麦插禾"的呼唤响彻四野,四下里都是布谷鸟和不知名字的鸟儿们的歌唱。人们在黄土一样金色的土稻床上,从旧年的草垛里抽出一捆一捆的稻草,铺开,卷起,将掺拌了晒干的鸡粪、牛粪和猪粪的黑土一锹一锹地捆进稻草把,拿绞把摇起来的草绳将它们捆成一个一个篮球大小的叉包子(秧包),再用两头尖的长锚担刺穿,四个、六个地挑上,一一地将它们带回到旧年的田野。在挖开一垄垄沟槽的稻田里,它们一个一个被覆上更多的泥土。人们拿火柴点燃了它们,一排排、一溜溜随风摇荡的轻烟便在无数个高高低低的梯田间、稻田里、旷野中升起,直到渐渐稀释、融入蔚蓝的天空。烟火燃尽,那些裹着泥土又回归泥土的稻草垛又化成了稻田里丰厚喷香的草木灰,那是最天然和廉价的钾肥。

好一片壮观的人间烟火!

草垛也是农家土木房子的屋顶。

那些铺在屋顶的稻草是最廉价和实用的风雨遮挡者。它们铺在贫穷人家的屋顶和脚屋上,铺在普通人家的茅厕、牛棚、猪圈和鸡栅上,且被一年一年隆重地更换:旧年的稻草经历了阳光雨水,被卸下陈黯的外衣,新一年的稻草又被编成平整的草垫铺上去,顺着尖顶的屋脊铺成一面面金色的斜坡,在阳光露珠、清霜雨雪、风声雨声中发出扑簌簌的声响,送出一年四季淡淡的稻草香。麻雀在土墼的墙顶和稻草间的缝隙里筑成几个小小的窝,产下几个青色的鸟蛋。十几天过去了,那些鸟蛋又变成了嫩秃的雏鸟,而后变成羽翼渐丰的模样,一只一只地振翅飞走。

雨水滴落的天空下,稻草泗沤和发酵的气息在空气里弥漫;白雪皑皑的天地间,大雪覆盖的山村银装素裹,那些盖上了稻草的屋顶又变成了厚厚的白毡,在冒着炊烟的烟囱四周露出黑色的一圈。周遭一片寂静,人声变得寥寥。那宁静得令人窒息的纯粹,让人不自觉就想起唐朝诗人刘长卿"日暮苍山远,天寒白屋贫。柴门闻犬吠,风雪夜归人"的诗句:苍山如雪,屋顶上的稻草把被冰雪装扮得晶莹,晚归的人急切地推开了紧扣的柴门,雪原黄昏的旷野上,忽然就传出了一阵犬吠声,随着飞扬的雪花飘出去很远很远……

而今,传统的农耕生活已渐渐远去,可人们对曾经的田园的追忆却是越来越强烈了。于是,怀旧的人越来越多,想过上一回田园生活、渴望一把返璞归真的人越来越多。那么,梦里都难得一见的淳朴和自然,在如今的现实生活中是否还可以借一番虚构和重建,来得到一点满足和短暂的慰藉?

于是,那些模仿田园风光的农家乐,那些人工雕琢的农家庄园,那些被旅游业、餐饮业包装起来的一片片田园生活、一座座山坡青草、一处处曲水流觞,被刻意做成的土坯房、砖坯房、草帐篷、竹篱笆和亭榭楼台的顶上都搭上了木头的屋梁,盖上了厚厚的稻草,散发出浓浓淡淡的稻草的香气。它们吸引了越来越多的人奔向那里,人们争先恐后地去闻一闻稻草的香味,听一听被模拟和移植的乡村的鸡鸣,摸一摸那些被收集起来的老竹筒、老竹筛子、老篾稻箩、老斗笠、老蓑衣、老石碓宕、老石磨、老木风车和手摇的脚踩的老水车。人们在那里大把地花钱,肆无忌惮地歌唱,满面红光地喝酒;人们在燃起的火把的光亮里,围着篝火一圈一圈地转啊跳啊,仿佛回到了少年和孩童时代。

那些带着孩子、携着爱人、呼朋唤友的人们,循着如此的记忆,一定还能依稀地找到曾经的场景和思绪,甚至能让那些柔软的心灵感受到一阵疼痛和哭泣——就连点燃的牛屎和鸡粪的味道也充满了亲切，哪怕这一切只是虚构、只是短暂，也在所不惜。

这是人们在怀念稻草和土地的香味，是生活在紧张的都市生活之余让心魂回归和得以放松的渴望。然而，这一切最终都必将走向消失。农耕文化逐渐远离而去，我们的下一代不会再有关于它们的一丁点记忆，一些不再永恒的事物从此丧失了根系，像是断了线的氢气球，在空茫又无边无际的天底下变得孤苦伶仃，随风而逝。

这让我越发想念村庄里的稻草垛了。

草垛还是人们做着梦的安眠之物。

四根柱子的、镂空的或雕花的木床上，从稻草垛中抽出的稻草被铺成了松软的床草，上面再铺上一层棉絮和床单，就能承载住人们天然的温暖的梦乡。人们躺在稻草铺成的木床上夜复一夜地做着松松软软的收获的梦，梦里都是惬意，都是香甜。那些床草被一年一年地更换，旧的撤了下去，新的再铺上来，于是，在那无数个深夜的梦乡里，都顽强而执着地持续了令人心安和宁静的香气。

稻草的用途还远不止这些：稻草被编成放在椅子和凳子上的坐垫、草蒲团和遮挡风雨的草帘；稻草被切碎拌入盖房子用的土墼和青砖，让它们变得黏合和坚韧；稻草被绞轮顺着一个方向摇动编成草绳，当作捆扎柴火、木头等农产品的绳索；稻草被扎成套在钢钎和錾子身上的草圈，用来应付钻石打孔时对虎口的震动和伤害；稻草被当作柴火塞进灶膛，变成舔着锅底的火苗、变成村庄上空游荡的炊烟；稻草被编成栅栏，成了鸡们鸭们的家园；稻草被精挑细选编成篮子和笼子，做了盛放物什的工具；稻草被洗净晾干，铺成晾晒豆腐乳的草垫；稻草被人们立在墙边做成春蚕秋蚕吐丝做茧的蚕山；稻草被做成金色的稻草人立在田间地头，用来吓阻前来偷食的飞鸟和野兽；稻草凭借柔软凉爽的天性被用来编成行军、走路和下地的草鞋；稻草搭配麦麸豆饼可以制成食用菌种植的培养基；应急的时候，稻草还被当成防洪救灾的材料，用来堵塞管涌和加固堤坝……至于被城里人用来造纸和制作甜啤酒之类，则是属于乡村之外的事情了。

稻草甚至还具有某种神秘的、神圣的和庄严的力量。

压死骆驼的是最后一根稻草，溺水绝望的人最想得到的是最后一根稻草。我的老家也有"递一根稻草脉子接着，你押着舌头说一句心里话"的俗语。这是人与人之间发生矛盾争吵的时候解决问题的一个决绝的方式，意思是只要接住了地方递过来的稻草秆，就意味着双方把态度完全挑明不再藏着掖着，双方所说的话、所做的事情足以对天赌咒起誓都是真实和不容更改的——人们视提供粮食的稻田如衣食父母一般神圣，那么生长于稻田里的稻草必然是诚实和誓言的见证者,是来自于土地的庄严和不可侵犯的咒语,对方接住了稻草,也就是接住了不容更改的誓言和承诺。因此,对争论的任何一方来说,心虚的人、心里有鬼的人、心中有愧的人是断不敢将稻草递将出去,也断不敢伸手去接的。

稻草的庄严和神圣还在于它们对逝者充满仪式感的覆盖和呵护。村庄里老死和病死的人被抬上山安厝的时候,一定要在向阳的地方拿厚厚的干稻草覆盖起垫着脚的寿材。周年祭和每年清明时,后人或家人也一定要为他们更换上一槽一槽新年的稻草,直到将他们安葬进土黄土黄的坟冢。即便如此,那尖尖的坟头上也要年复一年地被安置上一块带着新鲜田土气息的稻茬,那是对老去的人最大的尊重,也是对心头的怀念最踏实的一种安慰。

曾经听过这样一个小故事:有位老师考三个学生,要求将一间屋子用最不值钱的东西来装满。第一位学生拉来一车稻草填满了屋子;第二位拿来一盏灯点燃让灯光占据了它;第三位则什么也没干,他只是打开了门,迎进了一屋子的空气。理所当然,答案完全错误的是那位扛来稻草的家伙——他不单是笨,还冒天下之大不韪地亵渎了那些稻草的神圣。

——稻草成了一种图腾,成了人们最接地气的寄托,成了农耕时代的村庄里永远不可缺少的一部分。

现在,乡下的稻草是越来越少了,尤其是城镇化高度发展的地方,很难再看得到稻草和草垛的存在。只是偶尔在街头卖冰糖葫芦的人的肩上,看到一根由稻草扎成的、插满了冰糖葫芦的粗大的棒子,那些被包裹在塑料薄膜里的稻草把,年轻人和孩子们都已经不认识它了。当然,经济发展是好事,摆脱农耕文明、进入现代社会是人类走向进步不可遏止的趋势,也体现了人们幸福感的攀升和社会制度的优越。

因此,我不再轻易地怀念稻草,甚至很少能想起它们,只是在偶尔想起的时候,隐隐地觉得有些遗憾,有些疼痛而已。

蛙声鼓鼓

那几天过于忙碌,一直无暇去倾听龙眼河两岸白天和夜晚的声音。且不说那些杨柳的枝头上已经是一片呼之欲出的新绿,不说几天前那场春雨之后匆忙的涛声和水声,就连深夜里河滩上已经渐成气势的蛙鸣,也恍惚间被完全地错过。

这个刚刚安静下来的夜晚,我惊讶地发现,有一袭月光忽然于朦胧中点亮了窗外。龙眠河上轻雾弥漫,丛丛青草在睡梦里响起鼾声,银白的水流行色匆匆不舍昼夜。在熹微中推开窗户,竟听见窄窄的河流上,那些春天的蛙鼓已经响成一片。

这是不可抵挡的春天到来的声音。

我喜欢这些声音,包括铺满这里的银色的草木的鼾声,包括河床里哗哗的水流的声响,以及即将接踵而来的夏虫的低吟和浅唱。

蛙声鼓鼓。蛙声鼓鼓。

蛙声鼓鼓的夜晚,那些夜色下的其他的声音不再能令我关注。只想搬一张椅子,捧一杯清茶,在半掩的玻璃窗前,于袅袅的水汽中安坐,专心地去听那河畔和水边的蛙鸣:它们从流着浅水的石坷垃里,从晚风吹拂的水草间,从幽暗灯光的缝隙里,从细如羊肠的小路和铺满地砖的巷道上顽强又虚弱地传过来。那些声音,有的从容,有的慌乱,有的孤单,有的亲密,有的舒缓,有的急切,有的又连成此起彼伏的一片,直到渐渐具备了某种气势,化为一些说不清、道不明的愁绪,一点一点地弥漫和占据了心间。听着听着,忽然就忘记了身在哪里,忘记了身外稀微的行人和匆匆的车喇叭声……

思绪翻飞,一如夜晚里黑色的蝴蝶。它扇着薄如蝉翼的翅膀,鼓着一对细长的眼睛,对着我说话——我知道它的意思,它是在怪我还不够安静,还没有在这响着蛙声的夜晚来一回认真的洗涤,从而得到某种足够的抵达和沉醉。

杯中的茶早已冷了下去。起身关了灯,坐下,闭上眼睛,复去听那些河畔的声音。慢慢地,慢慢地,在月光铺陈的夜色中,那蛙声竟又似忧郁的板鼓,似悠长的晚钟,似惊慌的奔逃,似犹疑的叹息,似越来越变得遥远和浓密的乡愁……

那是童年时候,一个个春天的夜晚里打谷场上的倾听。

无边的夜幕正一点儿一点儿地打开,满天的星星刚刚睁开了眼睛。吃过晚饭的我常常搬个小凳子,坐在堆满稻草垛的打谷场上。身后牛棚里,那头黑色的水牛一连串地打了几个响鼻。大伯家的那只小黑狗在我脚边转悠了好一会,看我还是不理它,只好无趣地离开。抄包子、打土肥的父亲和母亲还在一旁忙碌。春天的晚风吹着,送来了门前屋后稻田里泥土的气息。四周看看,才发现那些前不久才插下秧苗的早稻田里,已然是青乎乎的一片。

蛙声先是从西边的稻田里响起的,呱呱,呱呱呱,呱呱呱呱,一声、两声、五声、十声,渐渐蔓延到南边的水渠。紧接着,东边的稻田里也有了动静,三只、五只、几十只,领唱的、齐唱的、伴唱的、起哄的,爆豆一般地一起搞起了大合唱。这些不同领地的青蛙可真有志气,它们好像谁也不服谁,谁都想胜过对方,直到两边的声音快要发展到阵前对垒、短兵相接、刀戟相见,都不肯彼此后退一步,完全顾不上不远处的打谷场上还有一个坐着观战的我。也好,鹬蚌相争,渔翁得利,一不小心就让我捡了个大便宜,看了一场热闹——你听,这会儿西边的正拼了命地要将东边的声音压下去,东边的也不甘示弱,几百只青蛙在跳进水中的扑通声中和拂动的稻叶声里一齐鼓着腮帮子吹响了号角。还没分出来输赢呢,中间稻田里的青蛙们又凑起了热闹打起群架,终于煽风点火如愿以偿地将两边的声音连为了一体。还有你更想不到的,老屋后面的池塘里、牛棚和屋角的井丞里,后院里关着鸭子的小水沟中,甚至是老堂心中间的老天井里,也有几只青蛙被吵醒了,它们探出头一看,也气急败坏地一齐加入了战团。刹那间,小小的山谷里千蛙齐鸣,声震耳鼓,直到连成更加宏大和猛烈的一片。

　　此时,总有一两个走夜路的人打着马灯或是火把从田埂上和山路上经过。像是忽然拍了一声惊堂木,那一处的青蛙们猛地就一齐噤了声,蛙鸣声浅了下去。待人声渐远,那些蛙声才又壮着胆子次第响起,不一会儿就再次融入那宏大且猛烈的一片声音里去了。

　　夜深,露重。刚刚忙完农活的母亲催着我上床睡觉。我只好不情愿地爬上床,躺在铺满床草的床榻上枕着蛙声进入梦乡。窗外的蛙声依旧猛烈,它们彻夜不眠地奏响合唱和呼唤之歌,直到黎明时分,东边的山洼上开始露出鱼肚白,那蛙声才渐渐变得稀落。

　　那是坐在煤油灯灯光下的少年,在一个个火光摇曳的夜晚透过木格窗棂的张望。

　　那些夜晚最令人憧憬的光芒,从黄昏时候就开始一点一点地进场。先是母亲灶膛里跳动的柴火和挂在灶台上的煤油灯,然后是天上一只一只越来越亮的眨着眼睛的光亮,再然后就是我的书桌前玻璃罩里的煤油灯的火光,一跳一跳地照亮了作业本和油印的卷子。倘是晴好的天气,月亮就会挂在门前的树梢,拿狡黠的眼睛看着我,然后又一点一点地移到屋后的山岗去。

　　几只围着灯罩舞动的飞虫还在寻寻觅觅,窗外的纺织娘就开始拉响了琴弦;野鸟的翅膀偶尔划过空气,我不知道它们的叫声为什么那么孤单和神秘。于是,抬头再去看木格窗棂的窗外。远处山外的电灯光亮已经连到了天上,它们比天空中的星星还要耀眼和茂密;那连接起集镇和县城的公路上的一条条移动的灯光是那么的令人憧憬呀,那里一定有我想要追寻的地方!

当然,还有蛙鸣。那是春天的夜晚里响彻了一整个山谷的稻田里的声音,伴随着昏暗的煤油灯下写字的声响和一回回朝窗外张望的目光。它们的存在,令我的父亲和母亲不再担心稻田里害虫的侵袭,也令我在一个个做着梦的夜晚,睡得更加踏实和心安。

其实那不是灯光,把它称为灯火才更为贴切;其实那不是蛙鸣,把它叫作催眠曲也许才更加合适。

回忆里还有些什么?童年的倾听里有多少懵懂和萌动?少年的光阴里又隐藏了哪些期待?灯火下的夜读和张望,留在身上和心上的印记还有多少找不到答案?

那只黑色的蝴蝶告诉了我:那只是曾经的过往,是再也回不去的地方。正如眼下这龙眠河畔的蛙声,尽管它们依然还是蛙鸣,却早已不是曾经熟悉的声音了。

(吴旦,医学学士,现供职于安徽省桐城市卫生健康委,系桐城市科协副主席。安徽省作协会员,安庆市摄影家协会会员。发表小说、散文等作品百余万字,出版散文集《流年时光》[合著]、《望南或向北》、《路边的风景》等4部。散文《琴声》《垓下的风》分别获安徽省委宣传部、安徽省作协文学艺术一等奖、二等奖,散文集《秋风词》获安徽省政府文学奖三等奖。)

茶韵三叠

苏 北

不让卢仝

今年春天,我收到不少好茶。先是在贵州,朋友给了我两盒明前雀舌,我打开一盒喝了。清淡爽口,茶色明亮,说它是小七孔清晨的水,似乎淡了一些。近读张岱的《陶庵梦忆》,里面有一篇《仲叔古董》,说有"美人觚"一种,色如翡翠,青绿彻骨,如鬼眼青。这个比喻好。好茶的色碧绿中透出明亮,不是一味的深绿和浅绿。鬼眼青是一种什么颜色呢?我倒愿意用这种鬼眼青来比喻这明前雀舌的汤色。四月在高邮,汪朗兄给了我一盒黄金芽。回到合肥,我书的责编小宋,又给我寄来了池州霄坑的野生茶。她已经连续几年给我寄茶了。我对她说,不用寄了,我有茶的。她倒是轻描淡写:"一年就一次,有什么客气的。"池州生态极好。多年前我去过霄坑,那时路还不太好走。一路过去,路途艰险,但到了之后,山坳之中,一片平地。四围山色,翠色逼人。坐下得一杯清茶,正是饥渴待饮,三杯下去,疲乏顿消,手和脚都温暖了起来。

前两天学生来,又给带了一盒桐城小花。昨天刘兄来访,又给拎来两盒安吉白茶。我仿佛一下子成了富翁,感到这个春夏茶是喝不完了。

我喜欢喝茶,且喝得挺勤。一天要换两交叶子,早上泡一壶,喝到中午。午饭后重新泡一壶,一直喝到晚上,睡觉前还抿上一口。

至于喝什么,我并不太讲究。有什么喝什么。但茶太差了,就没法喝了。茶的好,无非两点:一是香,一是回甘(太平猴魁的回甘最好)。最爱喝的,还是太平猴魁,但现在好猴魁不易弄到。即使这样,一年还是要喝它几回的。我有一个朋友小文,就在离我家不远的一条街上卖茶,不时我也会过去坐坐,与她谈谈茶,增长一点茶的知识,也提高提高自己喝茶的品位。茶的知识,是要经过的人才能晓得。即如我们安徽茶,就说祁门红茶,也有很多说头。

祁门红茶有祁门红毛峰、红香罗、红功夫、红金针。红香罗是手揉出来的,其形是球状的。红金针是一根一根的。就祁红的香,也是似花、似蜜、似果。每一种的香味,都是不一样的。

说到香味,茶与茶之间的差别也是大了去。比如龙井就是板栗香,闻到它仿佛是从炒板栗的摊子面前经过。六安瓜片呢,就是豆香味,仿佛炒豆子的香味。而太平猴魁则是兰花香。小文说着,就为我泡了一杯刚刚上市的龙井。她用一套透明玻璃茶器,边泡边说,你先闻闻,是不是有板栗的香。她将一个玻璃杯,倒上热水,之后将水倒掉,放入龙井,盖上,过了一会儿,她将杯子递给我:"你闻闻。"我细细地闻,果然有一股淡淡的板栗香味。之后冲下开水,她说,开水要八十五度即可,否则将茶烫烂了。泡了一会儿,她倒了一盏给我,我热热地喝下去,果然是味淡而香。小文说,你慢慢喝,会越喝越浓的。她又将杯子举起。你看,每一片茶叶都是屁股朝上,尖子朝下。我一看,一朵一朵,果然都悬在半空,头下尾上。我说,茶不是都这样吗。她说,不是。只有龙井是这样。一般茶都是尖子朝上,屁股朝下。等一会儿,再泡一杯毛峰给你看,你看看是朝上朝下。她又举起杯子,"好茶都是三起三落。"——她指着那一朵一朵的三瓣的叶尖。每片都叶尖朝下,飘在半空,亦浮亦沉。

我连喝了几杯,端的是越喝越浓。龙井有一种特殊的涩味,几杯下去,舌底回甘,身上也微微有点热。本来已经是下午四五点钟,给她这顿好茶弄得更饥肠辘辘。唐朝卢仝有七碗茶诗,诗云:"一碗喉吻润。两碗破孤闷。三碗搜枯肠,唯有文字五千卷。四碗发轻汗,平生不平事,尽向毛孔散。五碗肌骨清。六碗通仙灵。七碗吃不得也,唯觉两腋习习清风生。"

我这好一会儿,七喝八喝,已经早超过了七碗,记得一位老作家在杭州的一次饮茶后,写下两行诗:

岂止七碗,
不让卢仝。

我今天也肯定是不会让过卢仝了。赶紧回家,弄点油水,中和中和。

吃　茶

我嗜茶如命。早饭后,必是一杯绿茶。好在安徽茶多,我根本数不过来,我喝过的安徽茶,少说也有几十种吧。

安徽到处是茶,皖西、皖南尤多。我曾到池州的霄坑寻过茶,也曾到霍山的东西乡的茶农家饮过茶。因工作关系,我多次去过徽州,曾得到过无数的黄山毛峰和太平猴魁。我以为太平猴魁天下第一,至少是绿茶中的第一。苏州碧螺春和西湖的龙井,我饮的少,没有发言权。这也许只是我的陋见。多年前,曾得到过一瓷罐的太平猴魁。我从来没有一次得到过这么多的猴魁。真是奢侈啊!那是一只大肚广口的青花瓷圆罐,实则是一只坛,瓷质细而白。掀开盖口,一层一层的猴魁码放得整整齐齐。坛口喷香,那是猴魁特有的一种清香。我姑且称为猴魁香吧。

那个夏天雨特别多。我就在雨中坐在窗台边喝。我爱读《红楼梦》,这一生读过红楼无数遍。有一个手抄本,是我早年手抄的笔迹。字虽潦草,却是自己青春的印记,所以拿起来就看。看自己的笔迹,仿佛自己写的作品别有一种滋味。我喝茶有自己的一套理论。茶当然热的好,但凉了也有凉了的好处。热饮最好是一顿美餐之后,比如刚吃完一只阳澄湖大闸蟹,这时饮一杯热热的猴魁(茶水在嘴里要滚动几下),那最是神仙不过的了。

我偶去登山,来回七八公里之后,坐下喝一杯茶。这时一杯凉透了的猴魁,一口气下去,喝干喝净。两个字,痛快!

我有一位朋友,在一个景点工作,平时客人来,有全程陪同参观的,也有直接让导游去讲的,他则坐在休息室休息,喝上一杯茶。他喝茶有个习惯,必一杯一杯清,中途一半从不续水。有时别人没注意,给他续上了,他则跌足不已。特别是喝好茶,他必杯杯清,三杯下来,他定一声断喝:爽!

喝茶有言:一泡水,二泡茶,三泡四泡是精华。但也未必。如喝猴魁,若是泡足了,必是浓、中、淡。这样三回下来,人不周身通透才怪呢。

那一罐猴魁喝下来,猴魁成了我的最爱。每年春天都思念猴魁。如若喝不到,仿佛这个春天就缺了点什么,于是就自己上街买。我住的街区,有好几家茶叶店,小区出门右转,没隔几个店面,就有一家专营猴魁的。我光顾了几次,女主人甚热情,每次都请坐下,先泡上一杯,供我品尝,尝了不买多有愧意,因此少则二两多则三两的散买,回来细细品尝,可感觉总是没有曾经的好。不知是心理作用,还是真的不好。

但这猴魁之心结,算是实实在在地在心里结上了。

茶也是有机缘的,它在于遇见。那年到厦门,因在网上发了一个微博,得以结识作家南宋。南宋面白而身单,可极有热情,爱书如命。他给我寄他家乡邵武的古树茶。我原来只喝绿茶,觉得红茶"甜","饱人"。喝了南宋的茶,才知道发酵的茶也有好喝的。他给我寄茶已经有几年了,可我每次喝,都依然好喝。

前不久又得一款"尤溪红",说是产于福建三明市尤溪县的台溪乡。这个地方我没去过,连尤溪县之名也是第一次知晓。福建多茶,尤以古树茶多而著称。这一款尤溪红,入口清而绵。香是自然的,清、绵是什么感觉呢?说不好,只有自己去感受了。

两天前的农历十月十二日,正是929年前苏东坡在黄州写《记承天寺夜游》的日子,我和老友丁兄忽发奇想,何不到郊区看一次月,也顺带祭奠一下这位千年文豪。于是二人于此月夜,带上酒与茶,专门找一僻静之所,看清月、祭子瞻。回来我记了一则:

> 辛丑年十月十二日夜,余与丁兄相约,至西郊蜀山之西一密林野坡。此时月在东山,吾俩至一沟堤,荒草漫坡,榛莽狼藉,然仰望天空,一轮冷月,四周清寂,万籁有声,惊鸟横塘而过,蓦然喇喇而飞,让人惊悚。至一坡处,豁然开朗。有一树孤立,下有石墩。此时月升中天,蜀山在望。于是二人席地而坐,置酒茶于石上,先祭天月,复焚一手书《记承天寺夜游》,以祭坡仙。之后二人饮酒啜茶,长啸低吟,心凝形释,似与万物冥合。夜深复归,尽醉矣。

手记中只说二人醉而复啸,其实那一处草地极为洁净,不远处几丛乌桕,叶已深红,落了一地,覆于草上。我们睡下打滚,仰望夜空,乌桕疏影交横,清瘦伶仃,孤寂之美,不能忘也。

静夜喝茶,荒郊看月,也是喝茶之另一境界,殊难得矣。

其实中国古人,对茶别有一种深情,而且浸淫之久,成为文化。李白、陆游、苏东坡、白居易等都有茶诗传世。白居易有诗《山泉煎茶有怀》云:坐酌泠泠水,看煎瑟瑟尘。无由持一碗,寄与爱茶人。自己喝着,还不忘远方的朋友,可有好茶焉?

看陆羽的《茶经》,他说,茶之为饮,发乎神农氏,闻于鲁周公。齐有晏婴,汉有扬雄……可见中国茶历史之悠久。《茶经》是一部妙书,他将茶从之源、之具、之造、之器、之煮、之饮、之事、之出、之略、之图等十个方面进行论述,甚精妙。比如采茶,他说,凡采茶,在二月、三月、四月之间……其日有雨不采,晴有云不采,晴,采之。蒸之,捣之,拍之,焙之,穿之,封之,茶之干矣。皆为见道之言,如果对茶事不精熟者,何以能有如此之精妙之语?

茶不仅要会吃,还要懂得事茶之道,这才可称为一个合格的饮者。我现在还只是一个吃茶者,对于茶事,还知之甚少,吾辈自当努力耳。

安 徽 茶

我原来在县里。这个县虽辖于安徽,却被江苏环抱,离扬州市不过咫尺之遥。因此,我小时候也只知道"上有天堂,下有苏杭"和"自古扬州出美女""烟花三月下扬州"。后来到省里工作,有机会跑遍了全省的许多地方,渐渐地对安徽的人文山水有了感情,也发现了安徽许多山水之美。比如茶吧,安徽的茶一点儿不逊色于江浙。说名气,杭州的龙井、苏州的碧螺春,似乎名头很大,但安徽的黄山毛峰、太平猴魁和六安瓜片,也不赖。连《红楼梦》里的富贵老太贾母,在妙玉的栊翠庵吃茶,还提到"我不吃六安茶"。

安徽确实物产富饶。一个皖南山区,就已令人陶醉不尽。皖南的茶,黄山的、池州的、宣城的,都甚好。原来我对太平猴魁五体投地,后来喝到池州的一种野生茶,虽名气不大,但味淡而清,清而甜。每天早起泡上一杯,中午午睡起来重泡一杯,是一件乐事。两盒茶我一人喝了半年,家里旁人不得染指。这倒不是我小气,而是他们不得要领,乱抓一气,泡上一壶,又不认真喝,平白糟蹋了好东西。

当然,在安徽,太平猴魁是不争的翘楚。它不仅是安徽名茶,也是中国的四大名茶之一。太平猴魁产于黄山太平县的猴坑,茶品质为尖茶之魁首,"猴魁"也因此而名。黄山地区崇山连绵,森林覆盖率极高,民间有谚"八山一水半分田,半分道路和庄园"。

气候条件得天独厚,单说一条,茶区的有雾天气一年中就有200多天。太平猴魁已有1000多年历史,唐天宝年间,民间就有"建茶亭以利行人"的风俗。采茶更是讲究,有朦胧雾中上山,雾退即收工之说,制作工艺就有采摘、拣尖、摊放、杀青、整形、子烘、拖老烘、打足火等八道工序。猴魁外形扁展挺直,苍绿匀称,两叶包一芽,叶脉绿中隐红,十分妖娆,也是茶中美人。泡出之后茶叶嫩绿,茶色明亮,叶底成朵。太平猴魁特别经泡,有"八开"之说,俗语:头泡香高,二泡味浓,三泡四泡幽香犹在。所以太平猴魁能在100年前就荣获巴拿马万国博览会金奖,成为国之礼茶,是毫无疑问的茶中奇葩呀!

除太平猴魁,安徽的其他好茶不下几十种,如桐城小花、六安瓜片、霍山黄芽、涌溪火青、泾县兰香、霄坑云雾和汤池春毫等等。泾县兰香产于皖南山区腹地泾县的汀溪镇,据说该茶与兰花混种,茶中有自然的兰花香气。霍山黄芽产于大别山,唐之后历代皆为贡茶,史载:"霍山有黄芽焉,可煮而饮,久服得仙。"黄芽滋味鲜醇,浓厚回甘,三盏之后满口生津。六安瓜片产于皖西以齐山为核心的方圆几十公里的山中,层峦叠嶂,竹海成林,自然植被极为优越。在唐时就有"六安茶"之说,清则正式成为朝廷之贡品。为什么六安茶能进贾府,也是因为贡品之缘故。

其实,最值得一说的是霄坑云雾和涌溪火青。涌溪火青产于泾县,形似珠粒,色如墨玉,然冲泡之后,汤色杏黄明净,入口芬芳持久。1979年,邓小平来到泾县,喝了后说:"此茶甚好,有黄山毛峰、西湖龙井之好。以后就喝此茶。"扬州八怪之一的汪士慎更是大加赞叹,咏诗曰:"不知泾邑山之崖,春风茁此香灵芽。两茎细叶雀舌卷,蒸焙工夫应不浅。宣州诸茶此绝伦,芳馨那逊龙山春。"霄坑云雾我每年都会喝它两盒,因之对它极有感情。有一年春天去池州,一日无事,还专程去了霄坑。汽车七绕八弯,开了足足有三个小时,才到山的深处。可以说山好水好空气好,深山凹中特别安静,溪水潺潺,击石有声。我们在一户人家吃了一顿真正的农家饭,绿色的山里野菜,林下散养的老鸡汤。霄坑位于西麓圣地九华山境内,山高林茂,盛产好茶,尤以五队的霄坑茶为最妙。霄坑茶的最大特点是经泡绵厚,俗语讲的:霄坑茶劲大。沏头遍时看似清淡,然至五六遍时,则满口生香,回味无穷。

至于岳西翠兰和汤池春毫哪一个更好,还真说不清楚。记得有一年,在庐江,与朋友到一家茶叶铺买了两斤散装的庐江小花,甚佳,回来自己喝光了。此汤池春毫,我想肯定是庐江小花的翻版罢了。喝茶,其实不一定要喝名茶,有时那山沟沟里的无名野茶,味道更胜一筹,也未可知也。

喝茶,有的时候,也是喝的一个性情。中国的绿茶,是慢生活的产物。俗话说,心急吃不得热豆腐。喝茶也一样,心急喝不得热茶。安徽茶好,水也好,实在该慢慢去品。

(苏北,安徽天长人,毕业于北京大学。中国作协会员,中国金融作协副主席,安徽大学兼职教授。近40年在《人民文学》《上海文学》《十月》发表小说散文200多万字。出版《呼吸的墨迹》《城市的气味》《秘密花园》《忆·读汪曾祺》《汪曾祺闲话》《湖东汪曾祺》《妄言与私语》《记汪小集》《书犹如此》等著作20余种。)

幸福戛然而止

郭翠华

一

天凉了,并且会逐渐地冷;你回来了,穿梭在我不曾冷去的记忆里。

记得那时树叶正走向秋的深处,我没有看见命运的魔掌就罩在我们的头顶,仿佛日子可以一如既往地朝前走。常常在傍晚时分,我们一家人在山边的小路上散步。我总是挽着你的手,爸爸跟在我们后面嗑瓜子,总会碰到熟人羡慕的目光,我的心里一边装着太阳一边装着月亮。抱着这种满满的幸福,我以为会到永远。

你的疼痛来临时,我们都以为那只是一个偶然,一个可以不必在意的偶然。从我有记忆时,你的身体就不好,病魔仿佛就是你身体的一部分,你挺着病弱的身体过了一关又一关,你的乐观和通达就像一根助力的拐杖,让你陪伴着我们一路磕磕绊绊地走到今天。

陪你求医的日子,我记得一个中医对你说:老太太你没有事的,你还有的活呢!我于是幸福地搂紧了你。带着你到这里,去那里。只要能解决你的疼痛,扎针、按摩、贴药膏、吃中药,什么偏方都试了,该找的人都找了,什么片子都照过了,可就是找不出原因。厚厚一摞的单子怎么就没有显现出一点蛛丝马迹呢?该用的办法都用了,而疼痛仍像一座山,刀削一般地站在那,我们怎么也绕不过去。现在想想,妈,你真的好勇敢,你的忍耐是常人不可能做到的。妈妈,从头到尾,你的坚守让女儿明白那就是你生命的尊严啊!我永远都不会忘记天凉了,风一天比一天紧,我的心就一颗螺丝被一只无形的手越拧越紧,但我还是坚信:我们总是有办法的。

二

每次经过南部医院,我都会侧过身体,那里藏着你的身影,和一段幸福的记忆,我不忍回头也不敢回想。温和的秋阳,每天早晨都会如约地站在你的床头。靠在床上,你的脸是红润,来看你的人都说,你好得多了。我记得病房是宽敞明亮的,你从容地靠在阳光里,你的面色挺好看的,你的微笑是那样的慈祥,你果真暂缓了疼痛。我的心放松了许多,爸爸也是。他要天天晚上陪你,他不放心你,因为你就是他的一切,他这一辈子,除了工作,内心里就只有你,所有人都说没见过感情这么深的夫妻。你们融合的身影如同一棵树,彼此遮风避雨走到今天。妈妈,所有的人都说,你是天下最幸福的女人。

可是这幸福有一天居然会戛然而止。当那些止疼的药恰当地起了作用时,我们都被麻痹了,以为你好转了,爸爸更是开心不已。我记得自己每天会伸手到你的背后,为你揉捏着疼痛的地方,我的手居然什么都摸不出来,我的心居然什么危险也没感觉到,唉——女儿的无知由此可见。

以为一切都在朝好的方向运转,而当疼痛再次袭来时,逆转的心境让我不知所措了。准备了去南京拍片,又找人带上所有片子去安医大请专家读片。妈妈,什么叫命中注定!那些日子,女儿真的就像一个渔夫,用尽了力气张开了一个大大的网撒出去,满以为会有收获的。那天,朋友带回了消息。他说专家确诊了,你的疼痛是可以治疗的。我觉得天空忽然出现了一道佛光。妈妈,你有治了!我像一匹脱缰的马似的从家里奔到了南院。我只想紧紧地抱住你,就像抱着最后一片树叶,以为那就是命运的逆转。妈!妈!我呼喊着,那会我大概就像一个被劫持的女人,披散着乱发,你被吓坏了。看着我流着的泪水,泣不成声的模样,你斥责我的大惊小怪,你说有什么大不了的事,我都不怕死,你怕什么!妈妈,这是我一生最不能原谅自己的地方,我怎么就这么容易轻信呢!我哪知命运打开的那扇窗其实只是虚妄啊!

检查的过程就像过关,一个劫一个劫地过,而那天就在你要做 CT(计算机层析成像)时,我害怕了。在此之前,每一次的检查我都害怕过,那本《药师经》被我一遍一遍地诵读着,我不知道发了多少愿,不知道自己流过多少泪。那天,我想去甄山寺为你点炷平安香,奇怪的是我们居然找不到那座去了一次又一次的庙了。岂知那竟是一个不祥之兆啊!

现在,那些地方都成了我致命的疼。我不敢回忆,那些留下过你身影的地方怎么会如此强烈地撞击我的心,到现在我也不敢回头,不敢去想,凡是你待过的地方都成了我内心的结和内心的疼。

三

佛祖是关照你的,他怕吓到了你。

我们按照命运的指示,坚定地转了院,就这样我们要了救护车把你带到了安医大附属医院。

妈,你回家了。合肥是你的生长地。听着家乡话,我也有一种回家的感觉。叔叔婶婶来了。我们期盼命运的转机,医生看了片,继续着他的乐观,而他的乐观让我们和你又过了一段幸福的时光。病房有点挤,你住在靠窗的位置。我和爸爸、弟弟围着你。我的心常常被其乐融融的感觉包裹着,像一枚回锅的粽子,冒着热气,血脉相连,恍如孩提,就像回到了从前的日子,还是我们一家四口人的日子。

每次去检查,我都用那条大红色的围巾暖暖地包裹着你。妈,你像个孩子一样乖。其实,我从小到结婚前都是怕你的,你对我们好严。那时,你是一位幼儿园的老师,你像对待其他孩子一样,要求我们只能做听话的乖孩子。后来,我开始叛逆,开始和你作对,直到我上了大学,直到我有了孩子,一切才在悄然中变化着。妈妈,我的肩膀终于有一天成了你的依靠,你倒变成了一个听话的孩子。

如果——如果——这世上有如果吗?也许——也许——这世上有也许吗?但愿——但愿——这世上有但愿吗?到了最后一项检查,终于要做 CT 了,就像红军的长征,草地的尽头等待我们的不是出口。妈妈,你进去的时候,一种不祥之感向我袭来,我的泪水忽然奔涌而出,我骤然控制不住自己,在走廊上失声痛哭起来。妈妈,女儿提前预感了不幸的到来,我最最害怕的事情在那一刻还是到来了。

记得你病床的窗口有一棵不知名的树,那些叶片很像天使的翅膀,可我的天堂在哪?我强忍着悲伤,每天装作开心的样子,而那个结果就像剪刀一样天天戳着我的心,我的心流着绝望的泪。妈妈,你只看见女儿日渐消瘦的身影,你心疼的目光一遍遍扫过来时,女儿都过转过脸去,我知道,你心疼女儿的日子已经有限啦!

我们住的宾馆和你住的医院隔着一座天桥。多么希望那是一座可以起死回生的桥啊!天灰蒙蒙的,风好大,我好冷,太阳不知躲到了哪里。我深一脚浅一脚地来来回回地走着,不知何为上何为下,上下还有区别吗?妈妈,你的病这次是致命的,佛祖也回天无术了,他放手了,可我的心怎能放得下呢!我掉入了万劫不复的深渊。妈妈,我放不了自己,也放不了你。继续寻找,继续期盼,弟弟的哭声震撼着天地,是你的天也是你的地的爸爸还不知道呢!我们得瞒着他,这个为你而生的男人面对这个无望的结局,内心该经历怎样的残忍和痛苦啊!

四

去时晴,返时雨,婶婶开着车送我们回家。路上,妈妈你有说有笑,从未有的开心,你以为自己已经治疗好了。那天,一直躺在病床上的你终于坐在自家的桌前吃了晚饭,而这就像《最后一顿晚餐》,定格在我的记忆里。

悲剧就此拉开序幕,我过不去了。妈妈,你是我生命的一个组成部分,就像《酒干倘卖无》里唱的:没有天哪有地?没有你哪有我?悲剧的结尾就像一把刀立在我的心上,我害怕那一天的到来。我想从此沉眠,不再醒来。每天夜晚都不能入睡,对于我时空仿佛一下失去了意义。我什么也看不见,什么也听不见,什么也不能做,一切都恍恍惚惚的。只有守着你时,我的心才有一份踏实。

你的生命就像一杯残茶,开始暗淡,开始枯竭。我不得不相信命运。既然没有奇迹发生,妈妈,我们不想你有任何折磨和痛苦。妈妈,你不会恨我们吧?为了你不被疼痛缠绕,我们选择了让你一半昏迷一半糊涂的状态。妈,那么聪明那么精神的你开始迷迷糊糊的。记得吟回来看你,你说好熟悉的声音,我怎么想不起你是谁了。你最爱的外孙女哭着、搂着你,她怎么也想不到自己最爱的外婆只能用这种状态接受她的爱了。妈妈,直到离世前的那一刻,你都不知道自己得的什么病,还是你的儿媳妇告诉你病因。我不知道自己是不是做错了什么。现在我才知道,爱到深处会让一个人变得愚蠢。妈妈,如果我做错了什么,请你一定原谅女儿的愚蠢啊!

马路上明明灭灭的绿灯对我来说不是放行,而是绝望和悲伤的关卡。我像个脆弱的孩子,坚强那两个字对我来说没有任何意义。谁来拯救我无名的灵魂?谁为我指出可以通往天堂的路?那段日子,我忽然懂得了珍惜的分量。每秒每分每刻,爱你的人,你爱的人不可能永远相随相伴,我们能够拥有的就只有那一刻。

妈,送你走的那天,日月同时出现在天空,我知道你一定去了天堂。

五

绣球花又开了,这个初夏却没有了你。那紫色的花开得好艳丽,我却没有欣赏的心情,那花色似乎在提醒我你曾经的存在是那般的旺盛。我不想看到花衰的模样,这也是我不愿意养花的原因。今年格外如此,半个月的光景,绣球花开始暗淡了。我真不愿意看见它逐渐残败的过程,因为那也是你生命的过程,这个过程令我不堪回首。

我忽然变得什么也不相信了,我忽然变得什么都不在乎了,我忽然发现自己失去了从前的快乐,我知道自己内心有一个角落是属于你的,从此,我的生命和我世界缺了一块。妈妈,再也没有谁能弥补女儿失去的那份母爱了!妈妈,天黑了,你再也不会等着我回家了;出门了,女儿也无法给你报平安了。母亲节,看着别人可以送花给自己的母亲,而你最爱的那些鲜花女儿只能送到你的墓碑前了。你的生日如今变成了忌日,而你的忌日却成了我们无法穿越的念想。

冬至那天,我点燃了象藏香,那是你最喜欢的味道。和你一块分享着,好像你又回到了我的身边。闻着久违的清香,那清香至今保存在你系过的那条围巾里,那条围巾藏着我对你唯一的念想。

从此,岁月就散成了断章。风好大,我好冷。如有轮回,来生,母亲,我还要做你的女儿。

风味江南

谈正衡

苏州景靓、人靓,美食不可抗拒。不说松鹤楼、得月楼的松鼠桂鱼、樱桃汁肉、鲃肺汤等地道苏帮菜,光是想到观前街稻香村、采芝斋那些老字号糕饼店里的椒盐香,味蕾就禁不住挑逗了。晨间,随便坐到河边一张桌子旁,叫上一碗奥灶面,奥鸭的浇头,加一筷头青椒炒干丝,面极细韧,入口利索。月洞门那边,一座假山,几竿修竹,属于另家小店的,客人也正倚窗而食,同看流水和古桥。

深秋的阳澄湖,坐上一条小船去买最肥的大闸蟹。这才是真正的网络世界,水道纵横,不见尽头,网墙上爬满蟹,众多水鸟在头顶飞翔鸣叫。拉起插着竹竿的网篮或地笼,里面全是蟹。捡那壳青背厚的蟹过秤付款,如要分寄亲友,给清地址,当面打包发货。留下几只,带去岸边餐饮一条街找家店加工,当然还有其他湖鲜和当地特色菜助阵凑趣。除了蒸蟹,还可做雪花蟹斗,剔出蟹肉、蟹黄,加上火腿配料,炒成蟹粉,再装回蟹壳上桌,精巧香艳,口水瞬间就乱了方寸!

说无锡是中国最甜美城市,借此表明锡帮菜色喜酱红,味必带甜。像酱排骨、肉馅面筋、桂花糖芋头,哪样都鲜甜。一条大河由南至北穿无锡而过,成就了古运河中最狭窄、最精华的河段。这里可寻得原生态风味饮食,比如老鹅杂碎汤、土步鱼蒸蛋、老豆腐炒青菜,扣肉霉干菜不错,肉薄如纸,霉菜鲜润无比。他们的爆鳝丝加了鸡丝与火腿丝,嫩黄艳红,油重蒜香,吃得舌尖起舞,连呼过瘾。在许多老无锡人口里,"圩""鱼"同音,这是故老相传的吴语发音。一道腮页打开的太湖鱼头,盛在汤汁红亮的青花盘里,在剁椒和青葱、白蒜掩映下,显得格外鲜香。还有做法奇特的糟熘豆瓣蟹钳肉,则是将江南风味和巴蜀风味融为一体。

上海古称松江，一条苏州河，让上海与苏州有着割不断的血脉牵连。吴侬软语，吴是苏州，侬是上海，老一辈阿拉所操之沪话，能与吴语太湖片其他方言互通。上海据江临海，背倚大江南，鱼虾海鲜、鸡鸭蛋肉取之不竭。早年上海滩经营本帮菜，香酥软肥，油浓酱赤糖重，与苏浙菜接近，有鸡骨酱、炒三鲜、红烧圈子等，像煨海参、红烧划水、馄饨鸭则源自徽菜。后来城市提升，成为国际大都市，发展出海派菜，清淡适口，风味多样，量少质优，追求一种高雅精致的情调和气韵。

上海生煎天下第一，大壶春、东泰祥、祥兴生煎，还有火车站旁的小杨生煎，都是底座煎得焦黄，皱褶处黑芝麻、绿葱花一样不少。后来又推出冬笋馅、虾仁馅、海鲜馅和蛋黄蟹粉馅的……一口咬到爆汁，也可以像对付小笼汤包那样开一小口先吮。汤汁甜鲜，肉馅饱满弹牙，真是欲罢不能，最后那一口焦香的底板，更是整个生煎的灵魂所在！

上有天堂，下有苏杭，苏杭总是被放在一起挂出。白居易忆江南，最忆是杭州。

西湖醋鱼是一张名片。鱼身剖成相连的两片，清水煮到恰好，盛在青花长碟里，深红的糖醋芡汁敷覆上去，发出檀香木般清亮幽雅光泽，吃入口中恍惚有缕缕蟹肉香。排队候食要有耐心，看看店堂壁上悬挂的题词，就知道有多少文化大佬和各界名流跟你一样趋之若鹜！在餐饮界，杭帮菜几乎就是"清淡"的代名词，口味以咸甜为主，"抢味"的元素不多。杭帮菜讲究鲜嫩和本味，追求香柔滑爽和回甘，就像最富特色的龙井虾仁一样，虾仁粒粒饱满，茶叶富有弹性，嫩白搭配着翠绿，无论是颜值还是口味都会让人精神为之一振。地标菜还有宋嫂鱼羹、东坡肉、糟烩鞭笋、叫花童鸡、西湖莼菜汤……即便是某处院落故人情谊相待的家常菜，一盘八宝豆腐，一碟肉丝新笋，一碟水芹干丝，一碗山菌汤，红黑绿白，一样收拾得清新悦眼。

杭嘉湖平原河网密布，地势低平，许多膏腴农田桑地由沼泽地改造而成，是江南最柔软的水乡，亦为美食盆地。仙潭位于杭嘉湖平原腹地，初名"陆市"，老是被淹，就找了一块高地更名为"新市"。这里最为人乐道的，除了色泽红亮、酥而不烂、汁浓味醇的"张一品羊肉"，还有春天里从太湖起程一路戗水冲流赶来的逆鱼。这种手指长的小鱼，仿似鯵条鱼，比鯵条鱼肥壮。刚从油锅里炸出，又酥又脆，腹中金黄硬结的鱼子几乎占去身子的一半，背脊上丰厚的肉，可撕成条蘸了放有蒜茸和姜末的醋卤吃，那个香真的没法说！街头的小馄饨既好吃也好看，馅少皮薄，盛入清汤荡漾的青花碗里，像一朵朵打开的银菊。还有粽叶扎肉和荷叶蝉衣粉蒸肉，皆自称祖传手艺。

塘栖是运河古码头,也是丰子恺的家乡。临河一线过街楼,下有长溜木靠椅,是早年泊船做米生意的经营场地,当地人呼为"米床",亦是游人歇脚和观景最佳处所。寻一处适意店堂,要一份葱油鲻鱼和老员外烤肉,烤肉必须趁热入口才香酥。或者是菜心竹笋豆干煲也不错,巴掌大的豆腐干被煮得泡鼓起来,一口咬下去,里面汤汁会一下滋出来。

南京山环水抱,虎踞龙盘,凄茫迷蒙的烟水气与金戈铁马的热血并存。

"烟笼寒水月笼沙,夜泊秦淮近酒家",秦淮这条在中国文学史上流光溢彩的河流,从东水关入城,至西水关出城,流经夫子庙前这一段,被称为"十里秦淮"。乌衣巷口,桨声灯影,烟波流转,万种风情。无论是秦淮八艳的青铜浮雕,还是迎面走过的衣香女人,眼底春色都是那般撩人。夫子庙广场前,人头攒动,"秦淮人家"傍水酒馆霓虹闪烁,齐芳阁、晚晴楼、永和园、六凤居、龙门居等老字号餐饮名店人进人出,光影恍惚。数十家各擅风味的小吃店依次排列,牛肉锅贴、薄皮包饺、开洋干丝、鸡丝浇面、熏鱼银丝面、桂花夹心小元宵,以及和黄桥烧饼搭配的小香干……只要你有时间有心情,就挑着口味一家家、一小碟一小碟往下吃,绝对很有获得感。

作为正宗南菜的江苏菜,分支到下面,除了徐海菜,淮扬、苏锡与金陵的菜肴都属于吃甜的江浙沪圈。大家的水稻田与沼池沟塘里都共生着黄鳝,称谓有别,吃法上各有各的路子。"若论香酥醇厚味,金陵独擅炖生敲",不点破的话,谁能知晓金陵名菜"炖生敲"后厨烹制手段哩?所谓"鳖要挑小,鳝要挑大",挑出肥厚鳝开片,平剡剔骨,用刀背呈"井"字状频敲鳝片,直至卷曲,切成斜块。投温油中炸成表面起"芝麻花",捞出稍凉,入锅再炸至酥脆,与五花肉和炸好的虎皮鸽子蛋同炖。成菜后,鳝肉酥软滋润,蛋则饱吸油脂和浓香,食入口中,鲜味立即漫遍舌尖……用南京地面有别于吴语的江淮官话讲,叫"打耳光都不能丢筷子"!

安徽人调侃南京城里打着野菜招牌的馆店之多:"南京人不识宝,一口鸭子一口草。"野菜入馔,自带流量,就是那种来自原野的清新香远。荠儿菜、枸杞头、木鸡(苜蓿)头、菊花脑、地皮菜,这些俚俗称谓,在南京和马鞍山及芜湖之间都是一票通,烹制也一脉相承。芦(读音"驴")蒿散落在长江沿线所有滩涂和芦苇洲上,草长莺飞的江南三月,正是它们清纯多汁的二八年华。芦蒿择得很细,都是青青脆脆的秆尖,和切细的腊肉丝一起炒,加上一点香干丝和红椒丝,油滑光亮,绿意满眼,要的就是那份冲冲窜窜又相与缠绕的清蒿气。

淮扬菜兴于隋唐，盛于明清，三大重镇淮安、扬州、镇江全在大运河旁，又得洪泽湖、里下河与东边的沿海之便，江湖河鲜手到擒来，成为主料。清炖蟹粉狮子头、梁溪脆鳝、三套鸭，还有清蒸白鱼和金钱虾饼，每道菜都能对味蕾进行深度轰炸。嫩豆腐切成麻将牌大小的方块，加蟹黄烩出，一白一黄组合，细腻中透着优雅……带盖的青花小碗人均一份，里面卧一只大煲狮子头，得用银晃晃长柄汤匙托着进口，颤颤的狮子头嫩如豆腐，却弹性十足，轻轻一咬，舌头稍一裹，整个口腔里都充盈了醇美的香鲜。

淮扬菜以典雅见长，选料严谨，味和南北，崇尚低开高走，追求妙手生花，把寻常物用心点化。一块豆腐既能切成黄白组合的小方块，也能切到细如发丝，称作"文思豆腐"……干丝切得细如火柴棍，几乎找不到有断头的，配以鸡肘、鲜虾仁、火腿丝，清黄的汤汁上点缀着翠绿细葱，有着惊艳之美。因为讲究刀工火工，不仅要好吃，还要好看，所谓"悦目，福口"，费时费力，故制作成本较高。

扬州许多顶级富豪出自徽商，且多以儒商自许，他们建会馆，修园林，养尊处优，一方面"小窗闲对芭蕉展"扮雅，一边却是灯红酒绿无绝期，尤喜带上家厨交游，宴席豪奢，烹艺顶尖。随便一桌私家菜肴，其丰赡都会超出今人想象。现在淮扬菜还有徽州菜的影子，像大煮干丝、咸肉煨笋，都可去芜湖和徽州探寻源头……当年若没有许多徽商起劲追逐长江运河的输盐运茶之利，就没有扬州的歌舞笙箫与灯红酒绿，正是他们将厨艺带到了扬州，扩充了淮扬菜的路数。

从徽山深处流来的青弋江，在芜湖与长江汇合，不仅带来十里长街的繁华，也带来了徽菜文化。芜湖本来就承接了江浙菜，1876年被辟为通商口岸，李鸿章将镇江米市迁来，众多米商又带着淮扬菜随之而来。各种菜系在芜湖交融演练，逐渐形成沿江风味的本帮特色，谓之鸠帮菜。鸠帮菜讲究刀工，注意形色，保证食物本原，擅长红烧、清蒸和烟熏技艺。代表菜有毛峰熏鲥鱼、生熏仔鸡、八大锤、卤羊膏、火烘鱼、蛋黄素鹅卷等。

芜湖步行街口的鸠江饭店一脉传承了鸠帮菜精髓，中式典雅与西洋古奢共同围聚就餐气氛，珐琅彩吊灯搭配文人书画和绿纱窗，仿佛就是民国年间高端海派老食肆。当年毛主席视察芜湖，尝过鸠江饭店的红烧肉，连赞三个"好"，说它"比湖南红烧肉还香嫩可口"，是"安徽第一红烧肉"。此菜取材于江南圩猪，只选前后胛最精华部分，切成方整小块，大火煸炒转小火慢炖，以冰糖提鲜，收汁上色，晶亮如琥珀，饱满凝重，丰腴软嫩。其他创新菜还有蟹肉虾盅、麻香翡翠卷和翡翠白玉汤等等,都是吃过了再难忘记。

芜湖街头有白鸭子和红鸭子两种,光是城区,每天有数万只鸭子经600多家小摊及门店卖出。白的是卤鸭,实际上是盐水鸭的一种,皮色乳白,肉质红润,肥而不腻,香嫩皆具。红鸭子是刷过糖浆放油锅里滚几滚,再挂炉烤至金黄透红,食时蘸卤,咸中带甜,脆韧皆具,有一种特别善解人意的咬劲和鲜香。

早年夏天小巷里,晚风正凉,常见有人赤膊坐在矮桌前,一手鸭头,一手生啤,吮一口髓喝一口,掏一缕肉再喝一口。至于江对面的无为板鸭,与腌过再卤的南京板鸭不同,是以新鲜的本地麻鸭卤制,应叫作熏鸭才对……一炉杉木锯屑,一锅数十年不换的老底卤,还有擦盐、挂晾和不得超过沸点温度的焖浸,其中窍门,既简单又深奥。

芜湖的鸭子当然也有高贵吃法。早先芜湖厨师考试,前辈们必得考验制作谐音"福禄"的八宝葫芦鸭。鸭肚后部开小口,整骨尽剔而皮无损,将六分熟的莲子、虾仁、干贝等八样辅料拌上糯米塞入,拦腰扎成葫芦状。上笼蒸熟,最终过油炸上一遍……出锅时鸭皮金黄通透,紧绷有光泽,打开"葫芦",浓香四溢,尽露腹中大千。

芜湖小笼汤包也是一绝。其他,还有豆腐脑、煮干丝、三鲜馄饨、刨凉粉、赤豆糊、酒酿圆子……

如果说苏杭是水的江南,那么清溪淙淙、古木参天的如梦徽州,便是山的江南。徽州之美,灵动而又典雅。田园人家或依山,或傍水,满满都是韵味,用"烟雨江南"来形容,也是完全当得了的。

许多饭局上,得知座中有安徽人,徽菜便成为深入探讨的话题。一说起臭鳜鱼、毛豆腐、石斑鱼以及胡大学士一品锅大杂烩,知者津津乐道,闻者频频点头称是。其实,徽菜并不能等同于安徽菜,徽菜仅是指徽州菜,南宋时发端于歙县,最初被称为"歙味"。其形成,与古徽州独特山水地理、人文环境、饮食习俗密切相关。在徽州旅游,当你穿梭在一幢又一幢蕉墙竹荫、时光深邃的老宅里,有时会看到门厅冬瓜梁上有一排吊钩,就是当年用来挂大红灯笼和腊货的。能住上这般雕梁画栋宅院的人家,都很讲究和挑剔,无论是火腿还是刀板香,晒多少日头,晾多少时辰,还有烹调时搭配的是不是问政山笋,用的是否枥炭……皆容不得半点马虎。

徽菜的典型特色是山林本味,擅长炭火煨、炖,而较少爆炒和煎炸,习用火腿佐味,冰糖提鲜,芡大,油重。臭鳜鱼则是先煎后烧,点缀些碎细红椒,盛入青花碟中,再撒一撮绿葱或青蒜。鱼形整,器具美,伸筷拨下一块蒜瓣肉夹入口中,舌头一抿之下,鲜得就像刚从新安春水里捞起来一般。一块块眼镜片大的臭豆腐,灰毛煎倒伏,隐透着一层金黄光泽,中心浇樱桃粒大一团水磨红辣椒,入口微臭,嫩得爆汁,滑溜下喉,醇鲜的辣香绕舌间不散。

山里人家慷慨大度,待客哪怕只是一只炭炉,却骨突突炖得满锅沸腾。端上桌,揭了盖,里面五花肉、熏鱼块、山粉圆子、萝卜、青菜和冬笋一同争相散发诱人香气。如果鸡和小排骨是新鲜的,肉片腌过,经炭炉小火慢慢"笃"透,便是师出有名的"腌笃鲜"。若再巧借名目用上一点心思,将鸡鸭鱼肉、蛋饺和千张结分层码放,相互掩得严实,就是"胡适一品锅"的底蕴了。内中若有炸得蓬松入味的油豆腐,吃时可要小心,别一口爆汤烫了嘴!

一蓑烟雨任平生,曾经隐忍多年的徽菜,靠着徽商雄起才走出大山,终在八大菜系里坐上一把交椅。但岁月流转,桑榆年年,栏角不可长倚。在强调环保和养生的当下,徽菜审时度势,借鉴改良,凭借底蕴丰厚的徽文化与气韵生动的江南山林味,走出了传承发展的新徽菜路子。就像已入驻高档食府的艾草馃和葛粉圆子,曾是民间底层食物,眼下不仅承载着古徽州传统饮食文化,更体现出食材配伍的和谐;镶嵌在半透明的琥珀色粉团里细碎的肉丁、笋丁、香干丁、红萝卜丁,沉静恬淡,入味清欢,粉皮颤颤的,咬劲十足。

(谈正衡,出版文集30余部,获得过生态文学奖和安徽省政府文学奖。出版的散文集《节气的呢喃与喊叫》《味蕾的乡愁》入选国家新闻出版广电总局向全国青少年推荐的百种优秀出版物榜单。《味蕾的乡愁》参加第六届上海书展,被《文汇报》公布为"最值得购买100本书"之一,《节气的呢喃与喊叫》被央视《夜读》栏目全程推送。)

杂花生树

姚大伟

荒芜记

几乎是,人前脚离开,那些杂草和意杨树苗,后脚便探出了头来。

它们,好像从没真正地离开过。

院子里那块裸露着的土地,仿佛只是暂时租借给人类使用,使用期限一到,便迅速收回到它们自己的脚下。

像客人起身走后,急于整理自己客厅的女主人。院子里的那些杂草和意杨树苗,此刻,正在一刻不停地清理着人类残留下来的气息。

一点一点地吞噬掉人类的边线和秩序。

那些被客人(人类)凌乱的秩序,几乎是在一瞬间,重新回到了主人们(那些杂草和意杨树苗)的习惯和意愿上。

它们在自己的领地上,无所顾忌地生长。

那些招摇而茂密的叶片和深色的枝干,仿佛把压抑了几十个春天的生机,一下子全部释放出来。

站在它们对面,你能感受到一种强烈的、扑面而来的能量在院子里横冲直撞。这股能量,像它们的生长一样无所顾忌。

那些杂草柔软而锋利的头颅,刺破那块油腻、肮脏的抹布,挑起那面暗黄失色早已风化的门帘,甚至,已经占领了那件长久地泡在泥水中的棉衣。

它们的根须,伸向院子的每一寸土地,直面那块平坦坚固的水泥路。这些水泥块,铺展,顽固,是附着在大地表面的一层宿垢。

这是一场硬仗。

对峙。硬碰硬。不商量。

每一株直面水泥的杂草,都必须要团结一致,竭尽所能。它们要把一部分的根须牢牢扎进泥土,用来站立,供给营养。还要把另一部分的根须袒露在外,用来寻找水泥路上那些细微缝隙。

它们个头不均,队形无序,但所有裸露在外的根须,一致如水铺展,流动,汇聚,直至渗入每一条细微缝隙内部。

直至不分彼此。

它们抱紧成团。根连着根,手挽着手,齐心协力,把那些松动的、表面皲裂的水泥块齐齐分割,一块一块从大地的肌肤上剔除出去。

那些原本被人类禁锢的泥土,仿佛一瞬间松了口气,挣脱束缚,不再紧绷,晾出本真的肤色。整个院子也松弛下来,情绪舒缓。泥土在自己的院子里自由呼吸,焕发生机。

这是一个新的世界。

它由新的秩序和新的规则支配。

新的院子是敞开的,开放的,向着天空、大地、道路。那些草木对着天空热情张开手臂的同时,从未遮蔽自己归根的通道。

与此形成对比的是,那扇紧闭的门、联辍的牢固的墙壁,它们无疑代表着人类的格局和固陋。这些门、墙壁,是人类留给院落、家园的背影,也是那些离去的人,立在异乡回望自己院落、自己家园的尽头末路和最大的阻碍。

在新秩序统治下的新院子里,那些土地难以消化的、分解的,或者说,一直以来从未被土地接受过的方便袋、塑料薄膜,将被举得老高——这些人类遗留下的、最不被接受的一群——也遭到院子的新主人们最无情的驱逐。

当然,对于那些草木而言,一只从屋檐上掉落下来的耐克运动鞋也是可疑的。它不会像雨水那样,被草木和土地立即接受。

它被那株峻拔的泡桐凌空托起,以便等待着它应有的处置。

另一只,则怯生生地悬在半空,无力张望,寸步难行。

这是一双被人类遗忘的鞋。

它们,分隔两处,一样上不着天下不着地,无法再次叩响院子里的泥土,找回那些曾经拥有的印记。

它们被人类的道路遗弃。

对一只鞋而言,你能想象到无路可走、寸步难行的绝望。你能想象出,当你站在院子的一角,放眼望去,却根本找不到一寸插脚的土地的悲伤。

你先是被绝情地放弃了,现在又遭到无情的拒绝。

你已经没有了过去。

你却依然要在自己的绝望中,目睹着那些残余的、所剩无几的、从前熟悉的依旧还有余温的一切,一点一点地消失。

消失殆尽。

钝刀割肉。

无力挽回。

或许,对于一只鞋而言,套在泡桐树身上的这只,是幸运的——因为,至少它还有路可走——只不过,这条路,从横向舒展,变成了竖立延伸,从紧贴着大地,变成了被裹挟在空气之中。

是的,它还在路上。还在行走。

它是一只穿在泡桐树身上的鞋。

它的路还很长很长。

它将走得很远很远——随着这株粗壮的意气风发的泡桐树一寸一寸、一点一点,拔高,拔高,越来越高。

越来越高,直到它重新回到被人类遗忘的高度,直到它与安坐在屋檐上的那只——同样被人类遗忘的伙伴,再次相遇。

到那时,久别重逢,并肩无言。不知道它们在对视里会看到什么?想起什么?从前的那双脚?从前的那个人?(在哪?)从前的那些巷子?从前的那些街道?(又在哪?)它们那时的归处?它们将来的归处?(又在哪?)

……

我知道,这一只穿在泡桐树身上的鞋,很有可能,永远不再踏上人类的道路。

也知道,它从不会忘记自己的真正归属——一只内长 27 厘米,码数 42 码半的男鞋。

在很长时间里,它将继续保持着现在的姿势:底朝上,面朝下,歪着嘴,掉着脸。

它的表情夸张，似有痛苦。

它倔强。

身上自始至终都带着强烈的人类气息——即使是腐烂。

它不会染上一丝一毫的草木气息。

这一只穿在泡桐树身上的鞋，属于它的路，永远朝着一只鞋子的过去、记忆、归属相反的方向，永远朝着泥土、院落、家园、人类相反的方向。

它每行一寸，都是在背离家园，背离自己。

身不由己。渐行渐远。

残酷的事

是那个人，不再给春天机会——

在村口的另一栋房子的前屋，我曾仔细查看每一条被齐齐斩断根的藤蔓。叶子鲜嫩，枝头蓬乱。等了一季的花，就要到高潮。

而它，戛然而止。

空气凝固。

我想，在春天里，这对于每一朵花，都是件顶残酷的事。

很长时间里，我就站在那些僵硬的藤前，看着一藤就要开了的花。花骨朵，已经呈毛笔头状了。多憋屈啊，在这个春天，它们愣是没等到这一季的花开。

我仔细地看着。每一条藤干在离伤口一指长的地方，都有一截分明的界线。界线这边是枯，那边是润。

一条条界线，分明；一把把枯与润，分明。

它们仿佛在动。

它们让我想到游走在烟草里的火。

我看着那条界线以上湿润的地方。那里枝叶鲜亮，似乎还藏着期待和欢乐，似乎还在为筹备一季盛宴忙活着。

它们亢奋。

它们向着枝头涌动。

它们向着展向四方的叶片涌动。

它们在刺激花蒂。

花期,春信,传了一遍又一遍。它们是倒数第二批信使。在它们之后,就是这个春天永恒或刹那的盛放。

所以,它们在藤茎中疯跑。

所以,它们不管不顾,义无反顾。

所以,它们看不到身后有火追来。

它们前方还有路。而且,是很长的一段路。

所以,它们只管赶路。

所以,它们也无暇考虑身后的事。

它们看不到,向上蹿的火苗;听不到,火在迅速地耗干身后每寸藤茎里的每一滴水。

它们看不到,这些藤茎的末端,骨已经先于皮开裂;它们听不到,一些风已经吹进骨头。

它们亢奋。春之乐章已经倒计时。

它们亢奋。鼓乐已经齐奏。

它们亢奋。一些风,已经成为火的帮手。

它们亢奋。所有注意力,所有热情,所有的所有,都给予了等待。

它们亢奋。身后的火苗已经无声袭来。

在这场盛宴将始之前,整个藤蔓都是安静的。在这场盛宴将尽之时,整个藤蔓也都是安静的。

等到那些花骨朵干枯到可以被风吹落的时候,我才听到它们发出的第一声声响。

我看到了这株藤蔓植物枯萎的整个过程。

当我看到那一朵枯萎的花骨朵时,我想起,早在春天之前,它就已经被人惦记着了。

它那时伏在这栋房子前屋屋顶,是那样的招摇,不能忽视。我想起它身下的泥土,在什么时候被人翻起的。我想起,那一天我的日记里,画了一坨杂乱的根须。

这些根须是在一整个冬天里,一直裸露着的。

……

我为这些裸露在外的根须盖过土。

没有铁锹,没有尖锐的铁具,我就用一双手,抠着被冬天冻得坚硬的土块,与土块和土块之间紧紧咬合的冰渣子角力,撕扯。

它们一环咬着一环,背后是一个冬天的意志。我的双手,没有足够的热量,无法与之抗衡。

最后,我跌坐在冬天里。

面对残缺,想象都将被限制

还有一栋村西的房子,犹如一只残存的碗底,只剩下平铺一地的地板砖。

在阳光的曝晒之下。那种白色的四四方方的地板砖,一块一块,拼接联辍,极容易让人想到干涸的河床。

河水,已经耗干。河底,一览无遗。

在它们身上,我还能准确地找到从前那些门和墙的位置。

还能认出哪里是客厅,哪里是卧室。还能估出大门的宽度,卧室门的宽度,以及客厅、卧室的大小。

我看到,卧室与客厅的边界还很清晰。看到,后墙根那些残留在地下的红砖,依旧规则排列。

一切,都还有迹可循。

在那些门和墙消失之后,我依然可以凭借想象,大致还原这栋房子从前的模样。当然,只是大致,无法精确。

就像,从一只碗的残底无法还原一只碗一样,你只能还原到它的半身腰,只能粗略地还原到它的碗高与碗深。你无法还原碗身的花纹,你也无法还原碗口的收与放。

总之,一切,都还有迹可循。但,也止于有迹可循。

面对残缺,连想象的自由都将遭到限制。

残缺,就只是残缺。

残缺,无法像根须一样,再次生成、还原。

在这一片拼接联辍、四四方方的白色地板砖上,我只能想到它的三分之一的高度。有时,甚至连三分之一都不到。

我不知道在离地面多高的时候,给它的正脸开一扇窗户。

我不知道要开的这扇窗户的尺寸、形状、材质、纹饰。

我不知道要开的窗户露不露窗台,有没有窗檐,不知道它是双扇,还是单扇。

虽然我有出色的想象力。我可以想象出卧室四个边角的潮湿与干燥,但,无法想象出阳光从窗户落进卧室时,是倾泻而下,还是趴在窗口。

我的想象无法呈现出一栋完整的房子。除了窗户,还有它的房顶。房顶也在我的想象力之外。

在一片断壁残垣之中,我只能想象出没有窗户、没有房顶的房子。虽然,它有卧室,有客厅,有房门,有卧室门;虽然,它像所有房子一样,角落潮湿,四壁干燥,阳光有时照进来。

虽然……

但是,残缺,就只是残缺。残缺,无法像根须一样,再次生成、还原。

被时间收走的部分

在一户人家,我看到了两幅尺寸袖珍、巴掌大小的名作:《勃鲁达的投降》和《拿破仑一世加冕大典》。

和那些撑起生活的物件——桌、柜、床、褥、瓶、罐、盆、桶、门、窗相比,这两幅画显得过于微小。

它们是人们选择遗弃、留下的部分。

由于长时间的日晒风吹,《勃鲁达的投降》远处的火焰和青色的烟雾早已苍白,画面上原有的光线、色彩和细节也早已模糊。

一副完整的画,仿佛重新回到一张草稿,只剩下一个构图者的填充空间。

名画《拿破仑一世加冕大典》和《勃鲁达的投降》一样,遭遇了相同的日晒风吹。所以,它拥有着相似的命运——

站在它的对面,你根本看不到拿破仑一世脸上细微的表情,看不清他身后的侍从、卫兵的眼睛投向何方。

甚至,那顶即将用以加冕的皇冠,也早已被阳光和风弄丢,消失在大典之中。

那些曾经被视为生活中最精彩的部分,作者最得意的,也最为人所注意、所称道的部分,最先被时间收走。

那些需要珍惜而不珍惜的,注定等不起,不为谁停留,也注定在想挽留的时候,无力挽留。

在这里,同样被留下来的,还有三张署名素描和三幅巨幅墙壁手绘:海豚、戴南瓜帽的女孩、曲肱而枕仰望天空的男孩。

它们是整间空荡的房屋中最显眼、最不容忽视的部分。

尤其是那三幅手绘。站在它们面前,你仿佛还能听到笔尖游走在白石灰墙面上的声音,仿佛还能看到那些线条从笔尖出发后的每一次交会与分离。

你甚至还能想到一个女孩被一个强烈的创作欲望击中的那一刹那——那是怎样的一个情难自制、心神不宁的时刻。

对于这个女孩而言,那寻常的一天,却因为拥有了那一刹那而变得不同寻常。

对于这个女孩而言,这面寻常的白灰墙,这间寻常的闺房,将在笔尖持续的游走声中,变得不再寻常。

这注定是美好的一天,一生中难得的一天。

当然,这一天也会被冲淡,被忘记。随着时间的推移,它将被淹没在众多平庸的日子里。

但,只要那些时间留下来的东西在,只要那墙壁上的涂鸦在,它就会被时时叫醒,它就会在平庸的日子里熠熠夺目。

……

可是,如果那些墙壁倒下,一切都被时间收走,那一生中美好的一天将怎样被唤回?唤回了,又是怎样的惆怅?……

了无凭据。

忠犬的守候

我忘不了那一只忠犬。

事实上,一条狗做到这个份上,也算仁义了。

整个院子,就剩下一道门。后院的墙壁已经打通,院内无遮无拦。院北两栋比肩并立的小楼,顶漏,墙倒,砖瓦满室。紧邻的老建筑,门窗紧闭,人去屋空。

荒草淹没。

身后,已没什么可守。

眼前只摆着一道门。或者说,给它留下的,只是一道门。

从身后看它,它并不强壮,矮矮的,瘦瘦的,趴在地上。旁边是铝制的狗食盆,空空,饿得发亮。盆侧是一块吃透油渍的泥地,此时,正被寸寸刨起。

它,饿得发颠。

可一旦有人从门缝闪过,它又全身紧绷,肋骨毕现,前蹄伸直,后腿纵起,仰首挺胸,尾巴如剑鞘上扬。

从声势上来说,这绝对是个厉害的角色。不惜力,肯发狠。尤其是那声音,尖,带锋,带钩,带馋,恶扑扑的。

可以说,长久的饥饿并没有削减它从前的锐气。不仅没有,反而越发拔出了它声音里的那些凶气狠气恶气,和怨气。

这声音,让人不寒而栗。

有一回,我从后院进来,见识到它的那股狠劲。那时我先是在它身后不足五米的地方,看着它对着门缝外的人发狠。后来,干脆就倚在老建筑的门边看着它。

它的毛色暗黄,脖子上套着项圈,项圈底部坠着指头粗的一条链子。链子不长,另一端扣在墙壁背阴地裸露的自来水水管上。自来水水管与水龙头连接处锈迹斑斑,水从其间缓慢地、不作声响地流出。

可能是它昂首挺胸的缘故,从后面看,它前高后低,身材比从门缝里看到的要矮小得多,窄窄的肚子,瘦瘦的屁股,后腿在用劲的时候还会间歇性地打颤。

而且,最重要的是,那吠声远没有在门外听得那样骇人——我在后面感受得真切,一度猜想可能是门楼的缘故——门楼空旷,在无形间充当了扩音器的功能,夸张了吠声的音量和饱满度。

不得不说的是,从它背后的声音和身材来看,它是有点可疑的,让我觉得,它有点扮猪吃虎的嫌疑。

但,从门外看,它是另一副模样。它不断地向前扑,那动作,叫人害怕。而且,从门外能听到,整个院子里都在晃荡着铁链撞击自来水水管的声音,整个院子都闪烁着恶扑向前的动作。

它不顾一切地向前扑,射出去的头颅不断地被紧绷着的铁链反作用力弹回来。一瞬间,口水凌空,光光亮亮。

对出现在门缝的那些人,它直截了当,没有废话,就直直扑过去。跳过了一切声明,严正声明,最后声明;警告,严正警告,最后通告。

它眼里,只有那一扇门。那道门,不可侵犯。

应该说,作为一条狗,它是忠义的。它只有眼前的事,没有"身后的事":房间里的事,院子里的事,杂草深处的事,自己的事,还有狗食盆里的事,都没有。它管不了这么多。

一天里,它除了发狠守门,其余的活计是在刨土。刨土可以视作一场娱乐休闲,打发时间,也可认为是自食其力,为了迫不得已的口腹。

因为,我看到,它吞食那些土。

那些带着油渍的土,乌黑,油亮。

但,土的味道似乎并不好。它在吃那些土的时候,总是先长时间掂量着,用前蹄,在土块上反复划过,翻阅,犁碎,一道道,一遍遍。若有所思。

我曾细细地打量这个院子。受链子牵制,它能到的地方、它可以选择的范围内,比土好下嘴的东西真不多。

吃土,可能是一场"有所选择"——

铁链,石头,裸露的自来水管,铜色暗淡的水龙头,锈迹斑斑的铁桶,陶制的海碗,寒光带刃的玻璃碎片,破烂褪色的塑料舀子。这些物品,要么是硬疙瘩,要么是软刀子。若说压饿,真压饿。只是,无从下口。

不说别的,就说那只最软的业已破烂的塑料舀子,都带着锯齿一样的侧脸。盲目地一口扎下去,费血的。

破屋的砖,倒是比较温和,方方正正,不扎嘴,而且风化得挺严重。啃上一口,最外层该是酥酥的。不管味道如何,口感倒是复合、有层次的。还有,破屋砖缝隙里面,灌的都是糯米的汁液。连着砖屑啃下去,蘸着唾液,细嚼、慢嚼,然后把它们长久含在口腔里,泡在唾液里,让唾液不断地稀释它,让舌头不断地翻滚它,说不定还能尝到密封百年的米香。

米香从来馥郁。哪怕一丝一缕,在寡淡多时的口腔里,必然是顶着的、激荡着的。那将是一场不小的惊艳和奢侈。

宅的门柱,也不错。

顺着底面腐化的地方下嘴。一层层地撕扯,剥离。视觉上,有吃肉的快感:木屑从木头上连皮带肉一层一层分离,丝状的,带状的,犹如肉丝从肉块表面一丝丝分离,丝丝分明,层层叠叠。还有,木头的颜色,似乎也不坏。至少,比那些黑不溜秋的铁、脏兮兮的石头、明晃晃带刃的玻璃碎片、黄不拉几的塑料,还有那些乌青青的墙砖,看着有食欲些。

最后,是那道门。

不得不说,那道门,是下口的最佳选择。首先,它经风历雨。里外都松动,下口处比门柱好找。其次,那道门是榆木的。榆木自带香气,而且木头的香气比砖缝里的米香更浓郁,也容易出香。再者,门板的外表腐,门板的里层并没有完全腐化,吃起来也比风化的砖头有口感。软不是特别的软,硬又不是特别硬,软硬适口。你把它想象成晾晒在通风口的腊肉,完全可以。

它,该吃那道门。

门里,也没什么。它挡在那里,其实,早已失去了门的意义。就现在来说,它不是门,不算门,只是两片木板,两片久放通风处、沾满风雨的木板。它形同虚设,放错地方,早该被卸下,被火烧掉,或者说被火吃掉。

它,没有理由不被吃掉。

门上的门牌号早已被取下,门外的锁也早已被敲掉。两块木头片,只是从里面用木棍别住而已。在我的眼里,这多像一场欺骗——先是在它的眼皮底下把家里所有的东西搬走,然后,又关上空空的院落,人从后院离开,给狗制造一次归家、闭门不出的假象。

它,该吃掉那扇门。

那扇门,从外面推不开。盼不来那些熟悉的影子。而那些不熟悉的影子,像我一样的人,早已看清了它身后的事:房间里的事,院子里的事,杂草深处的事,它的事,还有狗食盆里的事。

后院早已敞开。

荒草没膝。

我沿着倒伏在地的草径,长驱直入。

(姚大伟,生于1989年,江苏宿迁人。江苏省作家协会会员,鲁迅文学院2021届青年作家班学员。出版散文集《2018:新盛街笔记》《1958:骆马湖移民笔记》。作品《新居》入选江苏省第八批重大题材创作项目。)

苏雪林与冰心

沈 晖

苏雪林与冰心是现代文坛两位才华横溢又长寿的老作家。20世纪90年代末,她们相继在大陆和台湾谢世后,关于她们生前与晚年的交往,现代文学史料中鲜有提及。笔者现将二人之间来往的书信整理成文,以飨读者。

20世纪初,受五四新文化运动及《新青年》杂志的影响,古都北京迎来了女性文学创作的春天,涌现出一大批才华横溢的女作家,冰心与苏雪林就是其中的佼佼者。

1919年,冰心就读于燕京大学预科;同年秋季,苏雪林考入北京女子高等师范。两位正在读书的女大学生,几乎同时在《晨报》副刊上露脸:1919年8月25日,冰心以谢婉莹本名在《晨报》副刊上发表散文《二十一日听审的感想》。一个多月后的10月1日,苏雪林以"灵芬女士"的笔名,在《晨报》副刊上发表了政论散文《新生活里的妇女问题》。不久,还在读书的苏雪林受聘担任北京《益世报·女子周刊》主编。她利用办周刊的便利,写作欲望一发不可收,发表大量小说、诗歌、散文。此时冰心的创作也呈现喷涌的势头,她以冰心笔名出版《繁星》《春水》诗集,一时名声大噪。

两位同居一城,又时常能在报刊上"见面",却始终缘悭一面。苏雪林晚年曾懊悔地回忆道:那个时代的女学生,是十分害羞与矜持的,加上又没有人引荐,哪能无缘无故、冒冒失失地跑到燕京大学去找冰心呀。

1921年夏,苏雪林在女高师尚未毕业时,就考取里昂中法大学,到法国留学去了。1923年秋,冰心在燕京大学获学士学位后,赴美国马萨诸塞韦尔斯利女子大学留学。两位在京华崭露头角的写作者,就这样失去了在北京见面交流的机会。

八年后,机会终于来了,苏雪林与冰心在上海谋面了!她们第一次见面的时间是1927年9月12日,地点是上海亚东饭店。

1925年苏雪林从法国返国后,一度在东吴大学和沪江大学教书,经常来往于苏州与上海。冰心也于1926年在获得硕士学位后回到母校燕京大学任教。

1927年9月11日是星期天,苏雪林在徐家汇听人说冰心接受上海基督教青年会的邀请来沪演讲,下榻于上海亚东饭店。闻此消息后,苏雪林遂于次日前往亚东饭店拜会冰心。在冰心去世后,苏雪林曾在报上撰写文章《冰心与我》,文中就有这次会晤的叙述:

"到了1927年,我住在上海,冰心有一次因事来沪,住在沪上最豪华的亚东大饭店里,我因这时候性情比较成熟了些,也老练些了,竟不由人介绍,冒昧地独自赴饭店拜谒,才认识我们女诗人庐山真面目。当时同她说些什么话,今已不忆。她回北平后,我又写了几封长信给她,信中谈的是何问题,于今也忘得罄尽。"

两人的第二次见面,是十年后的1936年8月24日,地点是上海新亚大酒楼。

这年7月,苏雪林由武汉乘招商局"瑞和号"江轮,到上海夫家武定路武定坊度暑假。8月下旬的一天,她从报纸上读到一条消息:"著名女作家冰心与夫君吴文藻来沪会朋友,一周后即赴欧洲旅游。"她当即决定择日去与冰心女士再次会面。苏雪林与曾出版过她作品的北新书局老板李小峰很熟,与其夫人是好友,便通过询问李小峰夫人,打听到冰心下榻饭店的地址。

苏雪林在1936年8月24日的日记中如此记录:

"今日上午八时半,赴新亚大酒楼会见冰心女士。仅一晨,来往之客,已有四五人之多,半为其戚属,半则报馆记者也,盛名之下,真不易居哉!冰心装束,如所见相片貌,不甚美,而双瞳黑白分明,炯炯有光,聪明全系出此,谈吐风雅,尤极甜蜜,其交际之广,何由焉矣。其夫吴文藻传多髯,殊不然,疑似新剃。九时一刻,作别而归。"

关于此次两位女作家会面,上海《妇女生活》外勤记者彭子冈曾访问过苏雪林,苏雪林在8月30日的日记中记道:

"午后有一女士来访,持《大晚报》崔万秋介绍信,乃知此女士为该报访员彭子冈,来为余作访问记也。余从前来上海,殊无新闻记者包围,今年忽如此煊赫,大约系冰心女士河润耳,一笑。"

武汉失守后,1938年4月,国立武汉大学西迁至四川乐山办学。到了1941年暑假,苏雪林在乐山"让庐"(与袁昌英一家合租)已度过艰苦的三年多战时教学生活。放暑假前的一天,她突然接到北京女高师国文系同窗好友钱用和(钱为宋美龄英文秘书)自重庆发来的电报,内容是:钱受蒋夫人之命,请苏雪林赴渝参加"蒋夫人文学奖金征文"评选。没有料到,她这次赴渝,竟与冰心在山城重庆又一次会面了!

1938年12月,《妇女新运》杂志在重庆创办。这是一本由"新生活运动妇女指导委员会"主管的妇女刊物。为办好这本刊物,宋美龄特邀时在昆明的冰心到重庆,委任她为这个委员会的主任兼文化事业部部长。

1941年7月,"蒋夫人文学奖金征文"揭晓。这次征文竞赛,报名参与者有552人,实收到稿件386份,经评审后,优选120份入围。担任这次评审的10名委员,是由宋美龄亲自下聘书请来的,分别是陈布雷、罗家伦、陈衡哲、吴贻芳、钱用和、郭沫若、杨振声、朱光潜、苏雪林和冰心。总召集人,是宋美龄在韦尔斯利学院的校友冰心。

两人这次在渝会面,朝夕相处,交谈融洽,更加深了彼此的友谊。半个世纪后,苏雪林在《冰心与我》中回忆道:"抗战末期,蒋夫人把冰心自云南请来,想她帮助对妇女界有所鼓励,办了个《中国妇女》月刊,请她做总编辑,李曼瑰为副,我倒替这个刊物写了几篇文章。冰心为催稿,曾亲笔写封短简致我,我原想好好保存,作为纪念,惜因屡次迁移,竟归散佚。"

两位老人在睽违半个多世纪后,于20世纪90年代初两岸"三通"后才有鱼雁往还。

1990年10月,冰心90华诞,93岁的苏雪林在台湾《新生报》上发文章示庆。1993年8月,她又拜托到大陆访问的台湾作家秦贤次,带上自己的近作《遯斋随笔》及书信问候冰心。

她在这封信中说:"近获大陆亲属寄来剪报说,你有病入医院,使我十分担心。但该报说你不久即康复回家,又使我庆幸不已。你家有子女同住,还有一匹可爱猫儿做伴,又叫我羡慕你的幸福。今年夏季特别炎热,梅雨时期甚短,惯于这个季节光顾台湾的台风也不来,来了又改道,我来台四十年只觉今夏最热。北京夏天,我也度过,夏季也很热,只有早晚较凉,望你保重玉体,勿为炎威所屈服。你是天才诗人,也是天才文,为我所钦佩。那张剪报也提到我,说我收到你亲题上下款著作两本视为莫大光荣,每有客来必搬出炫耀一番,也是真的。我来台湾四十年,因摔伤腿骨,三次住院,出院回家,即写作如常。这次即第三次,回家休养已足足八个月,一字写不出,看来我的脑子已坏了,脑子坏,我的生命想也有限了。……我今年已97岁,也已活够,应该回老家了。"

97岁的苏雪林曾嘱成功大学寄《屈赋新探》四册给冰心,但未从冰心处接获消息,所以她在这封信的最后说:"我对这个研究,费了三十多年的心力,书出版,无人屑于阅读,只说是野狐外道,并非正法眼藏,所以毫无销路。前数年成大为我举行95岁寿诞盛典,各界都有捐款,庆典举行后尚有余款若干万元,我嘱印《屈赋研究》前二册,后二册因已售版权无法翻印,只好购买凑成全套,故版本不一。你若有暇,请宠赐披览,赞成或反对,能把意见告我,一律欢迎。"

这封信写于1993年8月12日,老人在信末最后又题了几个字:"你看我写得歪歪斜斜的,老人写字总这样可笑。"

1993年8月30日,冰心收到苏雪林托人带来的书信与近作后,回赠《冰心文集》《冰心读本》,并在扉页上亲题"雪林吾姊正",还在致苏雪林的信末,亲切地写上"亲您"二字,这给孑然一身在台湾的苏雪林以莫大的精神安慰。冰心道:

雪林大姐:

《屈赋新探》四卷拜领,我读了好几天,真是深入!我不是个学问家,不会研究,尤其是深奥的屈赋,您真是教育了我!病了一个月(肺炎)刚刚出院,心乱腕弱不能多书。老了只有多保重!亲您!

冰心
八、卅、九三(1993.8.30)

1995年5月初,台湾《联合报》等报纸上报道冰心与钱锺书都在北京一家医院生病住院的消息。苏雪林看到后,扶病驰函问候。此信全文如下:

冰心吾姊：

  你好。

  此间报纸记载你的消息颇多，说你因病住院，教我不胜惦念。天佑吉人，想必痊愈回家了。我去年奉到你收到拙著《屈赋新探》的谢函，竟未覆，因为我一直患病没有精神的缘故，尚望垂谅。

  你自谦不是做学问的人，对拙著《屈赋新探》一辞莫赞。我这部书台湾也无人赞成，说我是野狐外道，非正法眼藏。倒是香港及海外读者有二三人谬加赞许，但他们并不能写文章。你是冰雪聪明人，是天挺诗坛的奇葩，我不敢望你写长篇评论，只望说一句褒扬的话，我便如膺九锡之荣了。

  我自知年龄太老，不久归泉（我今年是98岁足龄，台湾文化界强为我举行一个百岁庆祝大会，实在无谓）。只希望在死前，能得绝代天才女诗人一言嘉许。北云遥望，期盼无穷。敬颂

吟祺诸维

荃照
苏雪林拜上
一九九五年五月十二日

  1996年春，应安徽文艺出版社之约，我编辑了一套四卷本《苏雪林文集》（140万字）。在文集即将付梓时，我突然灵光一闪，很想请冰心先生为这套文集题签。我于4月27日，贸然驰书老人府上，恭请她能题写"苏雪林文集"五字，为《苏雪林文集》增色。信驰京华后，我心中忐忑不安，深为自己冒失莽撞地去惊扰一位九五老人而自责。但出我预料的是我得到了意外的惊喜：5月3日，我收到冰心女儿吴青先生的大函，信中云："母亲年迈，近年已不再动笔为人作序或题词了。但你为苏雪林出版文集，母亲还是很高兴，按您要求为你题写了。"看着随函寄达的写在宣纸上的"苏雪林文集"五个铁画银钩的墨宝，凝视老人家那方独具魅力的肖形印"冰心"二字的朱文印章，一股暖流顿时充溢着我的全身。

  驹光飞逝，两位世纪老人谢世已20多年了。但她们留下的珍贵照片与墨宝，以及

留在书信中晚年的手泽,真实地记录着两位世纪文化老人款款的深情与纯真的友谊,这是非同一般的有特殊纪念意义的文物,吾将视为长物,宝而藏之。

(沈晖,笔名晓晖,1944年生,合肥市人,安徽大学汉语言文字研究所研究员。1975—1985年参加国家出版总署重点科研项目《汉语大词典》12卷本的编纂,为该词典主要编纂者之一。自1979年起,即对皖籍居台女作家苏雪林进行系统学术研究,多次赴台拜谒苏雪林先生,陆续在两岸学术刊物发表研苏论文及语言文字80余篇。已出版《李白在安徽》《黄山纵横谈》《东莱诗词集校》《苏雪林选集》《苏雪林文集》《绿天雪林》《苏雪林传》《苏雪林年谱长编》《苏雪林笔下的名人》《文字生涯五十年》等十余种。)

朋 友 圈

王 巍

自从有了微信朋友圈,生活似乎不如意起来。

人生不如意,本是常态,但一地鸡毛久了,又看到他人在朋友圈里晒出各式幸福,愈加"羡慕、嫉妒","恨"如江水。

后来,我自己学会了发朋友圈,心情逐渐转好。

"唉,我也能装!"

文忽然拷问我,知道英文"朋友圈"怎么说吗?

不就显摆她是英文老师吗?

我脱口而出,"Circle of friends"。

文笑说,错,是"Moments"。

我猝然想起,我的那些朋友。

我们都是自小在子弟学校里长大的。很长一段时间,世界对我们来说,就是红砖围住的那口蓝天。

恬妞是我人生中第一个朋友。他是我小学时的班长,细白胖子,有唐僧的味道。我们天天黏在一起,他教会我学习,下棋,偷看金庸或琼瑶,所以我很小的时候就期待有个女朋友。很多女生和我们一起玩耍,后来想想,是因为喜欢恬妞。我们这种友谊一直保持到了初中毕业,他上了重点高中、重点大学,又出国留洋,联系越来越少。从那时我明白,每一个十字路口,都会有朋友的分离。

我上的高中比较普通。我以为我会一直这么"摆烂"下去。

直到有一天,人潮汹涌中遇到了兰,安静如水的兰。看似安静的人,内心大多汹涌澎湃。我喜欢找一个能斜视她的位子上自习,故意和她偶遇,故意和她攀谈,故意成为她的朋友。那段日子,就像夏天的风,是她让我在人生摆烂中振作起来。我一直不敢告诉她,我喜欢她。那是因为害怕,害怕连朋友都做不成。我们都在期待或恐惧中奔赴高考,却不知道,高考后迎接我们的又是什么。

我们上了同一所大学,经常约着一起散步。那个深秋,兰带我去主楼顶上看焰火,一片绚烂中,她脱口而出:"东风夜放花千树,更吹落,星如雨。"我以为离爱情只有一步之遥,她却对我说:"我有男朋友了,以后再也不能一起散步了。"我泪如雨下。

我变得很孤单,天天和几个兄弟混在一起。小强、豆子、猴子,加上我,就是"四大金刚"。谁敢瞪我们,就是找啐。我们经常在一起打一夜游戏,吃三块钱有土豆丝的盒饭,买八毛钱塑料袋装的冰啤酒,看一块钱的武打录像,再就买张火车站票结伴出游。有一回在无锡跟人理论,差点被派出所抓走。我一直以为我们会混到白发苍苍,要不是他们一个个都找到了女朋友。

我知道,我必须恋爱了。

我的缺点就是在女生面前胆怯。母亲怪我不争气,只好到处找人相亲。

文是我遇见的最斯文的女生。我发现我喜欢的女生都安静如水。和文走在一起的时候,经常会有人问,这是你男朋友吗?她总是浅浅地答,就是普通朋友。这让我心中七上八下。国庆节那天,我请文看了场电影。电影散场,我把她带到主楼顶上看漫天焰火。我轻摇折扇,对着文念:"东风夜放花千树,更吹落,星如雨。"那是我装得最成功的一次,从此我有了女朋友。

我结婚了。

人都不大可能和最爱的人结婚,但多年以后才发现和你结婚的人才是最爱。我和文一直像个朋友。我摇身一变,也成为一个斯文人。是文让我知道,人生不仅需要烟火气,还要有这背后渗透着的对生命的思考和总结。

猴子去了上海搞工程,总说忙,忙着换女朋友吧,连去看他都要预约,没有了当初的爽利。豆子娶了个姑娘,在家洗衣服做饭伺候着,又添了个儿子,再喊不出来了。小强一直喜欢邀我喝酒撸串。市府广场门口的红棚子远近闻名。三九天冻得哆哆嗦嗦,但羊油的香味铺天盖地。我们吃一肚子羊肉串,再加上一扎啤酒,回家一躺,一个月长十几斤。我能成为一个胖子,小强功不可没。后来,电视台曝光,这些羊肉串其实就是老鼠肉刷上羊油,我吐了一地,从此再不碰羊肉。更让我气愤的是,小强居然说我把他带胖了,要和我断绝往来。

昔日的狐朋狗友们渐渐散了。我以为我不在乎。有一日,偶然看到一起去上海旅游的照片,眼泪簌簌地下来。我承认,我非常想念他们。他们,是我的青春呀。

人生的路口,谁也不会为谁停留。如果有,请你一定要珍惜。

初进职场的时候,有一个欢快的团队。逢年过节,科室5个人在我家聚餐,还组织到水库边团建烧烤。不知道什么时候,一个二个不来往了,因为升职,因为竞争,因为待遇,因为人事变动,甚至是因为一句无关的话。很久以后才知道,职场中憎恶一个人要放在心底,喜欢一个人也要放在心底。去年间我们偶然聚了一场,又觉得亲热起来。再过些年,与世无争了,应该更好了,想想偷着乐了。

我和兰一直朋友般往来。孩子小的时候,两家经常在一起吃饭打牌。我想和她成为一辈子的朋友。再后来,为了家人,为了孩子,为了一些异样的眼光,相聚越来越少。我不开心,一直想追问世俗,男女之间就不能有些纯洁的东西吗?人到中年,读了《中庸》,渐渐明白过来,朋友交往,也需要分寸、度量和余地。只是遗憾,真的遗憾,不能再像从前那样,厮混在一起。人生确实不是想干什么就能干什么的。有些人远在天涯,有些人近在咫尺却又远在天涯。

恬妞打电话说回合肥了。我花了八十块钱的车费去见他。他不再是细白胖子,秃顶瘦削,孑然一身。我笑他,女妖精没了。他摇摇头,仍是当年的彬彬有礼。我说羡慕他,他又说羡慕我,人生最重要的是,有亲人,也有朋友。

论起来,我的朋友也不算少。妞妞濒临高考,我只好停下所有的应酬。我经常在朋友圈里看他们,也隔三岔五给他们打电话。我老炫耀自己混得好。文却笑我,放下手机,看有几个打电话给你。我真的就这么放下了。

一整天两个电话,一个卖房子,一个卖保险。

那一个月,我都觉得人生没有意思。某些人以为是你的,其实属于这世界。

近来记性不好,三两天的事,转眼就忘了,但总是忘不了当初那些人。

再过几年,估计陪伴的除了老伴,唯有一只老狗而已。

所以我打算养条狗。

烟波,江岸,渔船。万事缥缈。

电视里唱着:爱你,恨你,问君知否?

我欲言又止。

人生许多事不过是场好觉睡醒。这世上哪来天长地久的朋友,此时此刻在一起罢了。

文说我虚无,尽是些负能量。

我心说,怎么就不懂我?正是这虚无,才催醒我,处处珍惜。世上有多少情,就有多少无情。

我放肆怀念我的那些花儿,因为他们都是我生命中最重要的人。

谨以此文,致时光中走散的我们。

(王巍,1974年生,工科男。出版小说集《普通爱情》,在《安徽文学》《中国校园文学》《红豆》《作家天地》《金融文坛》等杂志发表文章近8万字。)

最先锋

并非可靠的叙述

沙 马

一

一个意外,我认识了她。认识她之后的某一天,我敲了她的门。她打开门,站在门口迟疑了一下,还是让我进去了。我的并非可靠的叙述便从这一天开始了。

这个"意外"我后来想了好长时间,也没有想出"情理之中"。一个人在"情理之外"的处境会有点儿尴尬。后来我想通了,不管是什么意外,都不过是个现象。当然,从表面现象深入一个女人的本质是困难的。如同那天她站在门口迟疑的表情、慌乱的眼神和伸出双手拉拉衣角的动作都不是那么自然,这使我觉得对她的叙述应该谨慎一些,含蓄一点,不要让意外的事过于外露,也不要让主观上的东西过于扩张。她的房子不大,有点儿灰暗,但很整洁。由于房间是三角形的,我和她坐的姿势有点儿别扭。她正面坐在床上,我侧面坐在窗口,我和她说话时要转过脑袋,她在被动中接受我言语的信息。这似乎是一个不太自然的开始……

一个午后,我和她坐在白鳍豚咖啡馆。这次我们是面对面坐着的,中间隔着一朵淡黄色的塑料花。她身体收缩,两手交叉地坐着,眼神有点儿散乱。一会儿看看窗外,一会儿看看我,好像有什么话要说,但又不想说。这个娇小的女人,身体在岁月的烟火中还没有膨胀,还保持着优美的体型,看上去像是一个年轻的女孩。为了掩饰冷场的尴尬,我没话找话说。我对她说了乌鸦的形态、鸵鸟的动机、孔雀的美丽,还说了角马遭遇鳄鱼的危险。她听后,眼光从窗外收回来,漫不经心地看了我一眼说:孔雀的美丽是因为它会开屏,但孔雀开屏不会是随意的。她说这话时有点儿喘息,胸脯一起一伏。也许她是带着某种情绪说这话的。人与人之间是有边界的,彼此的言行都得在这个边界之内。两个人之间的事只发生在两个人之间,如果另一个人抽身离开了这个事件,这个事件就随风消逝了。但也有意外的事发生,正是这意外的事件构成我并非可靠的叙述。为此,她提醒我不要轻易对眼前东西抱有虚妄的念头。这个瞬间的人,到了下一个瞬间,也许就不是了。对付瞬间最好的方式,就是漫长地活着。我不知道她说的是什么意思,我厌烦她每次相聚都会留下一些谜团让我揣测。当一个人揣测一件事时,会在不知不觉中留下一些主观上的痕迹,从这个痕迹深入,会触动到一个人的隐私。隐私,不是现象,也不是本质,而是介于现象与本质之间。那天我和她在白鳍豚咖啡馆度过了一个没有意义的午后。根据我的揣测,这是一个浮在事物表面的女人,是一个带有唯心主义倾向的女人,也像是一个走在柏拉图夜晚的女人。那天我们在咖啡馆大门口时,彼此没看一眼,也没说再见,就各自匆匆朝相反的方向走去。

坦率地说,我喜欢本能意义上的女人,直白一点儿说,我喜欢女人的本身,而不是一些"思想的念头"和"精神的痕迹"。奇怪的是每次和她接触都感受不到她的本真,而是一个映像,一个幻影。她的本真在哪儿呢?谁在接近她的本相?从一个第三者的叙述中,我得知,这个娇小的女人曾经在开往深圳的动车上对他说,她像一本书,无意中被人打开了。打开后深入她文字的深处探索、触摸、抵达,然后像一阵风似的消失。第三叙述者说,裸露、歧义、深入、闪电、穿越,是她在动车里言语中的关键词。我几乎是不假思索地,抑或本能地否定了这个"第三叙述者"的叙述。这个娇小的女人不可能让一个男人在歧义和闪电中穿越她,抵达她。她皎洁的面容、健美的体型和说话时略带慌乱的神态都可以证明这是一个"小心翼翼活在世界里的人"。虽然我有自身的看法,但我还是在某些事件中给这个"第三叙述者"提供了"在场"的机会。我所要做的就是保持文本的可信性。为此,我必须克制、谨慎,把握好叙述的道德分寸,防止文学性在文本中失控。

二

"文本失控"体现出一个叙述者面对客观存在的事物,失去了耐心和分寸。一个在文本上失控的人,更多的是"站在虚构这边"。

一个午后,我和她从一个立交桥走过,四周空荡荡的,不远处走来一个盲人,他一边唱歌,一边笑着。我轻声地,几乎是耳语似的对她说,世界的真相,恰恰是留给看不见他的人的。这句话仅仅是一个观念,不存在是与非。没想到这个娇小的女人很快做出了反应。她瞥了我一眼,语气有点儿生硬地说:"我们都生活在别处,不要妄想真相。"她认为人内在的东西,很多是经不起实践的。尤其是一个人的外在失败以后,就靠着那么一点儿内在的东西来支撑自己,安慰自己,这是"自恋"的前兆。

在我的叙述中,她的言语和她的行为有些脱节。她用大胆的言词,掩盖了行动上的怯懦。用波伏娃的话说,这是一个难以阅读的第二性。当第二性在自身的语境中清理掉了"第一性"的迹象时,就会像《囚鸟》这本小说中所说的那样:男人在她的夜晚之后走了,空出的地方,站着一个女人,这个女人终生都在叙说着那天晚上发生的事。问题是她每一次叙说的情节都不一样,从而使那个男人在她纷乱的叙述中安全地逃离了。就我而言,在纷乱的往事中,难以摆脱对她的臆想。她的行为,展开了我一层一层的叙述,剥开我一层一层的外壳,抽离我一层一层的物质,导致我成了一个"单面人",在片面的街区里游荡、徘徊。这样的境遇会使一个叙述者因词与物的贫困而走向文本的终结。对此,我唯一补救的方式就是"站在虚构这边",再现这个娇小女人的生活场景。

这是青岛海边的一个场景,她在海边捡拾色彩斑斓的小海螺带回安庆送给我。她把彩色的小海螺送给我的时候,正是我富于幻想的年龄。那是一个明亮的夏天,她走来的时候,风散开她淡紫色的裙子,宛如一朵盛开的花。到了我的面前,她低下头,抿着嘴巴一笑说,送给你,做一个纪念。我伸出手接过她手中的小海螺,无意中触碰到了她的手,顿时心跳加快,有一种晕眩感。她缩手,怅然地看着我,然后转过身一笑离开了我。这瞬间的场景,几乎占据了我漫长的岁月,扩大了我叙述的空间,空间里出现了岔口,每一个岔口都通向一条陌生的路,从而,迫使词与物在不该相遇的地方相遇了。此刻必须警惕的是要保持文本的可信性,不要在主观上有过多的设想和疑问。比如一天傍晚,在北正街,我站在她楼下喊她,她打开窗子,伸出上身,向我招手,这是什么意思?我进入她的房间,她侧身坐在床上张大眼睛看着我,这是什么意思?还有,每次在大街上相遇,她投下的影子和我投下的影子总有那么一段距离,这又是什么意思?这些疑问,使我的叙述显得单调和沉闷。从写作角度看,我不愿意让一个读者逃离我的叙述到另一个场所寻欢作乐去,这意味着我的文本失去了"文之悦"的意义。

三

"文之悦"是巴尔特站在理想读者这边提出的,理想读者之于文本在现实中是不多见的。我深知在我和她意外的相遇中,很难给文本提供更多的快乐。在接下的一段日子里,我与她几乎是空白的。空白的日子里我不说什么,也不做什么。有时候,一个人,就这么空着。但我不会把一些糟糕的东西塞进这个空虚里。有时候操心天气的变化。操心母亲的时针是不是停了。操心飞过的乌鸦还会不会飞回来。操心会不会有一只无形的手伸进娇小的女人的夜晚。我还操心着动物园为何没有后门……如果一直这样,还会出现令人快乐的文本吗?为此,有一段时间我放下修辞,放下虚构,放下本体性,放下对第二性的妄念……有些事,不,很多事,有它自身的逻辑轨迹,对我来说,却是个意外。

那天我和她,在一个路口旁边的小矮子超市相遇了。这个超市在北正街某个逼仄的拐弯口。货架上的物品看上去有些陈旧,摆放得有些乱,物品与物品之间各自散发出自身独有的气息,丧失了其间的"互文性"。在我看到她的一瞬间,身体和意识有着某种被挤压的感觉,我直直地站在货物之间向她招招手,她也向我招招手。然后面对面站着。我说,你还好吗?她说,你呢?我说还好,她说她也还好。我说,你,你……忽然间停了下来。她看着我,眼珠儿在转动,有点疑惑。我本来想说:"你现在还是单身吗?"觉得不妥,中途停下来没说下去了。如果我真的这么问了,她可能有以下几种回答:一、你怎么问起这样的事?二、我不想回答这个问题。三、单身怎么样,不单身又怎么样?四、我单身不单身与你有关吗?(写到这里,我全身发冷,有一种窒息感,这个娇小的女人总得有一个温和一点的回答,来平衡一个叙述者的内心。)五、我还是一个人呢,你有空来我家玩玩。这一种回答有点儿画饼充饥,有时候画饼充饥也不是一件坏事。她见我木讷地待在那儿,就转身离开了。在她转身的一瞬间,我说,你就没有一点儿话要对我说吗?她回过头看了我一眼说,这是说话的地方吗?我说,找个地方说好不好?她说算啦,这年头就没有说话的好地方,然后直直地走出小矮子超市。

这是一个把自己藏得很深的女人,一个没有主语的女人,一个生活在别处的女人,一个喜欢告别的女人。那么,她从哪儿闪烁出灿烂的性感,引诱着我,驱使着我,导致我在叙述中留下某些潜意识的残迹呢?让我感到恍惚的是,在她身后还躲着某个"第三叙述者"。这个叙述者说他亲眼看到这样的场景:五月的晚上,香樟树下,她娇小的身躯被一个硕大的男人紧紧拥抱了。她一边喘息一边说,抱紧些,抱紧些。不一会儿,男人的手开始在她身上游动起来……第三叙述者说,那天很黑,但他看得很真切。接下来发生的事就不用说了。此刻我感到有点沮丧,很多事,关乎真相的东西,被"不用说了"四个字遮蔽了。我想,不管第三叙述者怎么叙说,在女人那儿是得不到证实的。而"得不到证实的事",在叙事中是不可靠的。拿"不可靠的叙述"去换取艺术审美价值是困难的,啊,几乎不可能。为此,我不得不坦率地承认,在某些事件还没有得到证实时,叙述就会留下一些空白,我只能用揣测和想象去填补。填补后的文本虽然丰富了一些,但我依然感到不自在。

四

"感到不自在"是我与这个娇小女人交往中常有的形态。她的行为、语言、性感、理智,在她的现实与我的叙述中有着明显的差异。有人说,一个诗人的危险,在于他的片面性。我说,一个诗人的危险,在于他过于迷恋词与物的关系。恰恰是这种迷恋在词与物的路上产生了一些障碍,从而使彼此不能顺利地相遇。无疑,那个第三叙述者有"窥视癖"倾向。即使他与她有过目前还不能证明的某种关系,也没有理由进入"手开始在她身上游动起来"这个私密场面。而且还说"接下来发生的事就不用说了"。我想,对于不用说的事,永远都不要说了。涉及我,有些事,距离文本的理想主义还很远。

这是一个有月光的晚上,她走进我西门小巷的房间,没说什么要紧的话,没干什么要紧的事,男女之间,在这个宁静的晚上,在一间狭小的房子里,没有出现一点儿实质性的行动,在叙述中可能会留下"不真实"的嫌疑。这个时候我觉得最好的是如实说出发生的事。大约过了半个小时她就走了,干干净净地走了,走得简洁,走得利索。走到门外,她站住了,回头望了我一眼,月光透过灰色的瓦片照亮她眼角的几滴泪水,在黑暗中闪闪发光。就在这个时候,假设她还没有走出门口我就一个箭步冲上去,一下子将她揽入怀中抱住她,紧紧抱住她,体现出男性生命的力量,以后的情形也许会是另一个样子。但我没有,到了门口我就站住了,双腿像灌了铅似的沉重得迈不开步子。当我走出门外追赶她时,她已消失在黑夜中深深的小巷里,还能依稀听到皮鞋踏在青石板上发出笃笃的声音。我现在回过头再看那天晚上的事,觉得自己活得就像"一个思想的影子",丧失了生命勃发的肌体。同样,我对这件事的叙述,在她那儿得不到证实。她说,这不是发生在她身上的事件,倒像是一件发生在小说里,或者泡沫电视剧里的事。她说她不是一个随意进入男人的房间的女人。她说她从不认为女性是第二性。她说她讨厌一个有性幻想的人。她说要珍惜一个人的精神事件。她认为她与我仅仅是"熟悉的陌生人"。

为了缓和一下人与事物的冲突,我已经承担了词与物相遇时的不确定性,承担了现实与梦幻间的混淆,承担了一个唯心主义者的狭隘。在以后很长一段时间里我都无法卸掉压在身上的这些负荷。老师曾明确地说我:"以丧失自己的中心为前提,进入另一个人混乱的现实,从而使叙述出现了偏移,进入了与自己没有关系的边界。"我想,这大致是我不可靠叙述的根源。

五

"不可靠的叙述"会导致文本陷入危险的场景,这一直是我警惕的事。

场景一:在路上,在渡口,在天桥,在超市,在车站,在墓地,她,娇小的女人,一直在我意念里伴随着我。漫长而迷茫,几乎耗尽了我年轻时光⋯⋯

场景二:房间里,她前倾着身体,两腿微微岔开,一只手放在另一只手上面,脸上现出红晕,眼里闪烁出灼热的光,说话时带点儿颤音⋯⋯

场景三:公园里,我们坐在一起,彼此很近,似乎能感受到对方呼吸的气息。太阳下山了,我们还坐在一起⋯⋯

场景四:QQ聊天室,她说一只猫的感受力高于人的感受力,我没有吱声。她说女人的深度就是世界的深度,我没有吱声。她说你不要让一个女人陷入你不可靠的叙述中,我没有吱声⋯⋯

场景五:麦当劳,她一边吃着蛋糕,一边提醒我,不要随意揣测一个独身女人房间里发生的事。她说,灵魂大于肉体。吃完蛋糕,分手前的几秒钟,她说,干燥的一天,比潮湿的一天好。这些话,我想了很长时间,也没明白她的意思⋯⋯

有些事已经在危险中发生了,显现出破碎的场景,有些人已经从我的文本中抽身离开,留下了裂缝,我知道,一秒钟的存在填补不了一秒钟的空虚。

六

面对"一秒钟空虚",娇小女人说,一切都可以等待,等待的日子比身边发生的事更有意味。

2019年的一天,七号码头,我又一次见到她。她渐渐老了,脸上有些皱纹,头发有

111

些花白，身子有些松弛，说话声带点儿沙哑，姿态依然优雅，装束依然体面。此刻我想起杜拉斯的小说《情人》经典的开头："对我来说，我觉得你比年轻时还要美，那时你是年轻的女人，与你年轻时相比，我更爱你倍受摧残的容貌。"我感觉这个开头有点儿夸张和主观化，不那么从容。相对于这个娇小的女人，"倍受摧残"还不适合于她。这个出现在七号码头的女人是在自然中衰老，而不是在艺术中衰老的。

我与她，每次都是在匆匆忙忙中相遇，又在匆匆忙忙中分开，其间没有什么值得叙述的东西。我之所以叙说了这么多，还在于我在主观上放大了她存在的意义，抑或在我青春时代的价值。放大了她的画面在我时空里的重要性。如同那个夏日的晚上，她微微喘息的胸脯散发出性感的气息，这性感气息伴随了我很多年，也使我晕眩了很多年，几乎缠绕了我一辈子。

在往后的日子里，我该拿出什么东西来支撑文本的价值？老师曾告知我："一个需要理论支撑的文本，不是好文本。文学，是一场伟大的行动，好文本就出现在行动的后面。"而我耽于幻想，犹疑不前，致使我的叙述出现了某些漏洞，其中的差异、歧义、偏离、延宕都含着不确定性。我已到了理智之年，还常感受到过去的东西、现代的东西还在压迫着我的内心。为什么我不能取消这个"压迫"呢？我该采取有效的艺术手段，在文本里阉割一些东西，再添置一些东西，在叙述的路上为读者提供"惊讶"与"喜悦"，让不可靠的叙述在愉悦中获得平衡。

（沙马，诗人，安徽省作协会员。散文发表于《安徽文学》等，出版诗集《回家的语言》等。）

桥(外二篇)

耿 耕

那是一座桥,一座狭长的桥,一座可以通向彼岸的桥。它隐藏在一片从激流中显出的浓雾里,它似乎一直在那里,如同一条巨蛇,横跨河的两岸。我知道这不是事实,它只有在河流枯水期才会出现,到了平水期、丰水期,这座桥会成为一堆木头、木板,堆放在队部的屋子里。就是这样一座桥,却长期占据我的梦境,想让我认可它的存在,而这却不是事实。

梦境里的那座桥,四周都是雾霾,只能看见桥的轮廓,一切却又那么清晰,桥上木头的纹理似乎都印在脑子里,还有桥下的流水声,包括走在桥上的人,给我的感觉,我就是那座桥,桥就是我。

每次踏上那座狭窄的桥,走上用一块块狭长木板搭建的桥面,在雾霾中,总会有个模模糊糊的声音传来:"你干什么去?"

那声音不男不女,每次响起时,我都会想起关于奈何桥的传说,这个关于生命的拷问,使我不由自主地停下脚步思考。

桥是通向彼岸的,彼岸有什么?为什么要过去?过去干什么?这样想的时候,我会回身望去,看向我的身后。身后有一条路,这条道路通向城市或者乡村。那么新的问题出现:我从哪里来?为什么要到对岸去?这一系列关于哲学的命题,因此成了一个个圆圈,将我紧紧地困在其中,使我整个人陷入迷茫之中。

所以,所有关于这座桥的梦境,总是在这里戛然而止。我在梦中从来没有走过那座狭长的桥,也不知道浓雾里的那座桥将要通向哪里。我如果坚持走下去,会达到一个什么样的彼岸。

每次从梦中醒来,记起的却是村子里的另一座桥,那是座简易石桥,长五米左右,却只比成人巴掌宽一些,桥下有两个石墩,也就是说那是用几根石条搭建的桥。它横跨一条不深不浅的水渠,通向我们的学校,我每天要走四趟这座小石桥,而且一走就是五年。

这座简易石桥,从没有在我的梦境中出现过,我的记忆却同样清晰。最深刻的是一个玻璃瓶与石桥的故事。

石桥,就算是简易的,也不会轻易地拆除,所以这座石桥是固定的,也是紧固的,到夏季丰水期,河里的水会漫过桥面。而丰水期的水不只是疯狂的,也是混浊的,你根本看不清桥面的准确位置。在这个季节,每次过桥都战战兢兢地探索着前行,稍不留神,会落下石桥,被水流冲进水渠,然后奔向真正的河流。

夏季对河流来说是丰水期,对人类来说却是干枯期——炎热使我们每天需要很多的水,我们这些上学的孩子,基本是人手一个玻璃瓶,里面装满了从家里带来的饮用水,我也不例外。

那年夏季,我已经走过了危险的石桥,在上岸前竟然心血来潮,从桥往岸上跳去,脚底的水与土地接触后会打滑,所以我摔在了地上,握在手上的玻璃瓶因此破碎。那时在乡村弄到一个玻璃瓶不是件容易的事,唯一来路是医务所俗称的盐水瓶,学名应该叫葡萄糖注射液瓶子。

望着地上的玻璃碎片,我没来由地有种恐慌,因为可能会面临父亲的愤怒,所以我开始号啕大哭,为自己那一天的命运。因为怕后来的人扎了脚,我只能泪流满面地蹲在地上收拾玻璃瓶的碎片。因为阳光的反射,加上自己的泪水,那些玻璃碎片上出现五彩的光芒,我因此停止哭泣,记下了这种光芒。我现在只要想起这座石桥,就会想起那片五彩的光芒,如同一片神光,照耀着整个大地,包括河流与那座小小的石桥。

其实那座狭长的木头桥跟这座简易的石头桥,都存在于我童年生活中,只是相对简易的石头桥来说,那座狭长的木头桥我走得很少,不只是因为它出现的时间短,也是我没有到对岸的必要。除非对岸有露天电影,我们一个村的孩子才会成群结队地往对岸而去。可就是这样一座走得很少的桥,却常常出现在我的梦里。

这使我很不舒服,一座相对陌生的桥会出现在我梦里,一座我熟悉的桥却突然消失了。所以,我在白天经常回忆那座简易的石头桥,想将它拉进我的梦,我想看看这座简易的石头桥,在我梦里会有什么样的精彩。可每次梦醒之后,留给我的是失望,那座简易石头桥一次也没出现过。

所以，我认命了，我总是在梦醒时候，继续躺在床上，用被子盖住自己的脑袋，如一只鸵鸟一般，想着自己那座简单的石头桥。

过　客

每次想起"过客"这个词的时候，都有一种苍凉的感觉。

一个人背着行囊在旷野里孤独地行走，或者在繁华的闹市匆匆而过，没有停留。他在别人的眼里是个过客，而别人在他的眼里也是过客。没有记忆，没有怀念，只有匆匆在道路上行走的脚步，所有的一切似乎都在风中飘散。

我一直没弄明白"过客"与"流浪者"这两个词的区别。没弄明白的原因，是不想弄明白。因为我喜欢"过客"这个词，它带着一种诗与哲学的意味。过客可以是一个人，也可以是一群人，他们走过一个地方，留下自己的脚印，却不留下自己的历史，就像一个影子晃过你的记忆，可以给你留下一点什么，也许什么也没留下。

这些年，我背着行囊走过很多地方。在行走的过程中，总是无法找到自己，好像我是飘浮在空中的一朵云，一直看不清自己。所以我也常常想起"过客"这个词。一个人的生命只是不停地走，却找不到停下的理由，这种感觉其实是可怕的。因为你的心一直飘浮在空气中，总落不到坚实的土地上。

当然，这是我年轻时的想法，随着年龄的增长，我对过客有了新的认识，生活中其实每个人都是他人的过客。就如同一首诗写的一样："你站在桥上看风景，看风景的人在楼上看你。明月装饰了你的窗子，你装饰了别人的梦。"我们都是别人眼里的风景。而作为一名过客，是你生命中必须存在的过程，这也许是人生的意义。

一个人的时候，也常常想起我生命中曾经出现的过客，思考他们在我的生命中扮演了什么样的角色。但不是所有的人都能想得起来，能想起来的人绝对曾经带给你一些东西，比如老师、同学、朋友，但因为我们都是生活的过客，有些人已没有联系，可你想起他们的时候，一些事、一些人还是会触动你的神经。在想起这些人的时候，我发现一件很有意思的事，那就是你能记起的人，不是对你很好，就是对你很坏，而那些平平常常的人，却会在脑海中消失。偶尔会有一张面孔显现出来，但你怎么也想不起他的名字。也许生活中有些事真的需要绝对一点，那才能让人深刻，就比如曾经的痛，无比的幸福，让你怀念。

过客是一种生活状态。近几年因为工作，跑过多个城市，当然也接触过很多的人，在工作的交集过程中,我们合作得很好,在酒桌上也如同多年的朋友一样。可离开那座城市,失去了见面的机会,大多没有联系,但再回到那座城市,我们就如同多年的朋友,见面自然而亲切。这是生活教给我的态度与方式,过客真的有过客的意义。也许应了一句哲学上的话,存在就是合理的。

还有一个现象:每次想起过客这个词时,看见那些从我面前走过的人,我都会有种痛的感觉。可当我自己背着行囊在路上行走的时候,却没有这样的感觉,这一点很奇怪,我自己也无法解释。也许当一个人身临其境时,只能感受事物本身的过程,并不能感受事物以外的东西;要不就是做一个过客,真的是人类的内心向往,我们渴望着那种如浮萍在外飘荡的生活,将自己的根留在身后等待。

天　空

天空中有什么?总是让我们抬起头,望着那广阔而深远的天空。我们可以看见什么?蓝天、白云、阳光、月亮、星星,或者几只偶然飞过的鸟儿与飘落的树叶。天空似乎一直是那么简单而纯净,也许就在这种简单中,隐含着无限的可能与想象。所以我们总是抬起头看着明亮的天空,让那变幻的云彩左右我们的心情。

其实这么些年来,我已经很少抬头看那蓝色的天空,只有一个时间例外,那就是当天空变得阴暗,空气中有着潮湿的成分时,我会抬头看看天,来判断今天会不会下雨,要不要带上雨具,因为这是生活教给我的知识。我很少看天空的原因,似乎跟生活有关,生活的压力已经让我无暇关注生活以外的事物。难道经常抬头看看我们头顶的天空,就不是我们生活中的一部分吗?我现在不能回答是或者不是,因为我也不知道。

但今天因为偶然抬眼望向了天空,我知道我的生活和以前不一样了。我的生活因为不再经常望向天空,失去了很多的乐趣与想象。

这是一个接近冬天的日子,毛衣刚刚穿在身上,也不知是一个夏季使皮肤还不能适应这种温暖,还是因为毛衣的穿法让我不舒服,总觉得脖子上痒痒的,不时要伸展一下自己的脖子,或者昂一下头,用手在脖子四周划拉一下,让自己的皮肤觉得舒服一些。当时我正走在阳光明媚的道路上,用手划拉脖子周围的毛衣,同时随意地昂了一下头,眼睛也随意地看见了头顶的天空,我的动作因为天空停止了。我看见一片蓝蓝的天空,飘动着一片片的白云,还有那耀眼的光芒。那是种什么样的感觉?洁净、明亮、辽阔、诗歌、思想,一连串美好的词全部涌了出来,我似乎有一个世纪没有体验过这样的感觉了。

记得自己童年时，很喜欢头顶上这片蓝蓝的天空。每次放牧牛羊时，就会躺倒在一片绿色的草地里，放松自己的躯体，看着天空上那些变幻的云朵，对天空产生一些幻想。比如天上是否真的有神仙，那些云朵为什么不掉下来，鸟儿为什么会飞翔，等等。有时也会跟同伴们讨论，那片变幻的云朵像某种动物，或者像一个人的脸。但多数总是有争议，因为那云朵的形象总是在变幻，而想象是不能够那么统一的，所以那片辽阔而干净的天空，隐藏着无限的秘密在等着我猜测。

　　到了少年时期，因为读书与生活，白日里看天空的时间在减少，可我总会躺在床上，透过窗户看夜晚的天空，那些月亮、星星、飘动的云，组成与白日不同的风景。晚上的天空没有了蓝天白云，少了白日里的明亮与色彩，却多了一些神秘的东西。我们可以借助月亮那微弱的光芒，分辨出天空中的事物，比如飞过的鸟儿、飘动的云朵，就算月亮没有出现，我们还可以看见星星，辨别方向。夜晚最实际的作用，是可以根据月亮的光芒，判断明天白天是什么样的天气。

　　只不过随着日子的变化、年龄的增长，关于天空的想象与感受，在慢慢地走出我的生活，我每日里低着头看脚下的道路，迈动着脚步在城市的夹缝中前进或者后退。就算偶尔抬头看看天空，天空在城市的建筑物上空，也只是窄窄的一条，或者呈现出阴暗色，缺少了那种纯净的蓝。可这不是我们忽略天空存在的理由，也不是我们拒绝感受天空的理由。天空从来不在意我们的态度，总是年复一年地悬挂在我们的头顶，关注着我们的生活。也许在今天的都市里，我们更应该关注天空。是什么让天空改变了颜色？是什么让天空缺少了风采？现在我们关注天空，就是关注我们自己，关注我们热衷的生活。

　　我当时站在路上望着天空的时候，心就剧烈地跳动起来，透过那片片白云，我看见了我现在的生活。这生活真的是我想要的吗？我无言以对，因为所有的人都是这样生活。可我们的天空在哪里？天空平静而自然地展示着它的美丽，它不对我做出任何的回应，也许每个人心里的天空还得自己去寻找。我不知道自己是否已经找到了自己的天空，但我看着天空，想着一些往事时，一滴泪水悄悄地划过我的眼睛，我知道那是幸福的泪水。

　　天空，我的天空，你在用无言的美与无言的爱，净化我的灵魂。

（耿耕，在《小说界》《小说月刊》《青春》《四川文学》《天涯》《散文百家》《诗歌月刊》等杂志发表小说、散文、诗歌、评论约百万字。出版散文集《雨声不断》、诗集《时间的碎片》。）

皖地风

徽州的三面墙壁

余同友

1

朋友老湾一定要带我去他老家古徽州歙县霞坑镇萌坑村看看。徽州的古村落太多了,老湾说他这些年扫了五百多个村庄。对,他说的就是"扫"。有五百个古村落打底子,萌坑村就显得不一般了,这个村号称"徽州墙头壁画第一村"。坐在老湾的车上,听他介绍,才知道"徽州墙头壁画"这个文化概念就是他第一个提出来的。

萌坑是老湾的老家,以前处在绩溪县到歙县的交通要道上,因此有着数百年历史。村落规模较大,商业繁华,骡马的蹄声,挑夫的杵声,独轮车的吱呀声,夜夜在村口流淌。自从20世纪80年代后,徽杭公路通车,它的交通功能才被削弱,直至被现代车辆们彻底撇开。而村庄的衰败也从那个时候开始,衰败的速度越来越快,先是零星的人外出,再是全家合族挪窝,后来,户籍一千多人口的村庄平时只有二十多个人常住。空了的徽州老房子,马头墙依然像隶书中的蚕头雁尾,氤氲在宣纸般的空中,鱼鳞小瓦还浮游在遍野的油菜花丛里,只是,没有了人居住的屋子,就像丢了魂的老人。

老湾是个业余画家,在市里工作的他频繁地回到萌坑,既是写生作画,同时,他又隐隐觉得自己是在寻找萧瑟故乡失落的魂魄。一个微雨天,他端坐在村中一座老房子前,在画本上勾勒完了徽州古民居惯有的粉墙黛瓦、远山近岭，突然瞥见老房子墙壁上的画，有一刹那，他怔住了，那是一幢大宅子后窗上的一幅墙画，不过一尺见方，画的是一丛墨兰。长了苍苔、爬了雨痕的老墙上，那一丛兰，在细雨的润泽下，像是活了过来，像是一直生长在墙上，此时正散发出阵阵香气。

那一刻，老湾认为，他找到了古村的魂魄了。

从前徽州一府六县的平民人家，建房时，营造不起像富贵人家的木雕、砖雕和石雕，一般新屋落成后，便请泥瓦匠在墙壁上画上画，算是代替了那昂贵的三雕，主要在门楣上、窗户顶和门头两边画，这便有了"徽州墙头壁画"。

从1999年起，老湾便开始关注、发掘、研究徽州墙头壁画，不遗余力地推介这一文化遗存。萌坑在他的"鼓吹"下，成了徽州墙头壁画的"博物馆"，吸引了好多人来打卡。

我们进到萌坑村时，恰好有一班人从村里走出来，他们也是来参观墙头壁画的，端着相机对着墙壁"扫射"。老湾为此颇有些得意。

萌坑的老房子保存较为完好，墙头壁画从四五百年前一直到20世纪七八十年代的都有，既有徽州本土匠人作品，画的多是"教五子""打金枝""文王访贤""加官晋爵"等传统题材，古装人物站立在古老的墙上演绎着古老的故事，也有当地文化馆准专业画家们的新创作，如"水电站""萌坑颂"等，画面上解放牌大卡车在大坝上奔驰，高耸的电力铁塔牵着电线跨过大山，土黄色的村集体蘑菇房一溜儿排开，这些画很写实，反映了20世纪七八十年代这个村子里的大建设情况。走在村中的一排旧房前，我看着似曾相识，才发现这就是墙头画上表现的那排蘑菇房。

慢慢看这些画，像是游走在不同的年代，在时空里往返穿越，而一幅幅画的风格也不一而足。有些一眼可见是干粗活的砖瓦匠们画的，古徽州的砖瓦匠是必须具备画画这一技能的，他们画得很大胆，比如，画鸟时，比例明显失调，鸟腿粗壮高大，一看就是劳动人民的腿，甚至能看见鸟腿上人的汗毛，但整个画面给人的感觉却朴拙有味，并不违和。

走在村庄里，老湾指点着家家门前的墙头画，每一幅他都能说上个道道来，和他的热情相比，村庄还是显得有点冷清了，家家户户几乎都是铁将军把门，从门窗上的灰尘可以推断，这些房屋已经好久没有人居住了。"徽州墙头壁画第一村"的名头似乎并没有挽回这个村庄的颓势。老湾为此又很有些伤感。

2

萌坑村与绩溪县临溪镇汪坑村相邻,连接这两个村庄的便是那条以前绩溪通歙县的交通要道——徽州古道。在老湾的大哥家吃过了早饭,我便和同事老王一起背包登古道。

古道保存得相当完好,红沙石板被踩出了包浆,道旁的灌木上不时飘着彩色的绳带,那是真正的背包客们为防迷路做的记号。走了十多分钟,到了岭头,是歙绩两县分界,岭上建一亭,石板道从亭中穿过,这就是古徽州的脚店了,古时行人至此可歇脚打尖。亭上两端匾额站在各自的角度各题四个字,歙县地界这边书"路达华阳",绩溪那边书"径通徽歙",照例,这墙壁上也作了画,从墨迹看是此前亭子新修缮时画的,一边画的是"喜鹊登梅",另一边画的也是鸟,但看不出是只什么鸟,其鸟嘴长眼大,全身的毛是炸开的,貌甚凶,不知道是什么寓意,也不知道是不是老湾画的。

翻到绩溪这端,古道往下蜿蜒,沿途立了一些牌子,写了一些文字,告知往来者,这是"雪岩商道"。老湾介绍说,当年绩溪小伙计胡雪岩去歙县当学徒,走的就是这条道。这些牌子上还不惜笔墨,记载了有关胡雪岩的一些传说,比如"拾包记",说的是胡雪岩因为拾金不昧而得遇贵人,从而改变命运,等等。胡雪岩是近代从绩溪走出去的大名人,在这样一个崇商的年代,他确实是绩溪的大 IP,将徽州古道以他的名字重新命名,也是用名人来背书的意思,地方上发展经济的苦心和急迫由此可见一斑。

但除了我们俩,整个古道没有一个行人。路两边层层叠叠的,曾经是梯田,是山里人种水稻的地方,现在梯形隐约可见,田里却长满了树。到汪坑村外时,已是正午时分,阳光炽烈,道旁石缝中不时钻出条当地人称为"蛇郎中"的小蜥蜴,它们钻石般的小眼睛盯着我们两个闯入者。

汪坑村也是个大村落,进了村堂里,老房与新居杂间,从古建保护来看,大不如萌坑,新起的小洋楼明显要多。我们本来还想看看这个村子里的墙头壁画,但村中不论新房旧屋,所有墙壁从头到脚均刷上了各种颜色,大色块的黄、红、蓝、紫、绿、橙、青,像堆积着的一块块大魔方立在徽州大地上。

我不由得在阳光下眯起了眼睛,随即又睁大了眼睛。大块面的彩色墙壁上,还绘上了造型夸张有异域风的各种图像,穿长裙的欧洲中世纪公主,鬼魅的二次元世界魔法战士,歪斜着头颅的佛祖,畅游海底的巨鲸尾巴翘到屋檐下,或写上"好想和你一年又一年"之类的似乎很文艺范的话语。

我怀疑这不是徽州,但老屋上的马头墙依然很醒目,终于在一面墙上,看到一个说明,方才知道,这个汪坑村,这个涂着各种色彩的村落,也有一个称呼,叫"七彩村"。

村庄安静,走到村中心,见到三位老人。一位老太太靠门而坐,屋门半掩,老太太佝偻着身子,她身后的屋子里却站着一个高大威猛、铁臂铁胸的变形金刚,跟屋子差不多高,正以睥睨一切的眼神瞪着我。我不禁好奇地询问他们。

老太太说,是孙子买的。

买来做什么?

给人看的。

给人看的?这得多少钱?

老太太说,我不知道。

老太太屋对面是一座废屋基,两个老汉坐在屋基老墙青砖上。他们说,这个村子所有画的都是她孙子花钱刷的。

我问,那村子里的人同意他刷吗?

一个老汉说,之前一家一户问过的,都同意。

那要花不少钱啊。

老汉说,一百多万哦。

我问他们,画了这些后村子里来人多了吗?

三个老人都说,多了,放假的时候许多人来拍照。

我问,那些人拍拍照片就走了?

拍拍就走了。

我又问老太太,你孙子是做什么的?在外面发财了?

老太太始终说,没发财,打工的,在杭州。

也不知道老太太说的是真是假,我不甘心,又问,你孙子多大了?

老太太说,三十五了。

她说完,就不大理我了。

强烈的缤纷色彩中,晕乎乎地,我们走出了汪坑的巷子。我突然对那个老太太的孙子充满了好奇,那是什么样的一个年轻人?他到底出于什么样的想法对故乡的村庄做如此的大笔涂抹?或许,从美学和文化角度审视这个年轻人的行为,似大有可商榷之处,但断然评判他是粗暴的,则我们本身就可能是粗暴的,因为现实的徽州古村落,大多数十室九空,田园荒芜,面对这样的现状,那个年轻人的行动应该是可以理解的吧。

3

走出汪坑村,小何正好开车到了村口,他是来接我们去绩溪扬溪镇的笆篱村的,那里,是他的"三味书屋",他笑称之为"巴黎"。

作为一位90后年轻人,小何却拥有多重标签,青年诗人,建筑设计师,乡村建设人。他本来研究生毕业后在上海工作,一个偶然的机会随同学来徽州玩,就喜欢上了这里的山水人文,便想弄个地方给自己和朋友们一起玩玩。走走看看,他就租下笆篱村原先的村部,利用他建筑设计师的理念进行改造。

这一改造,小何将自己的异乡人和过客的身份改造成了一个"徽州人"。他越陷越深,辞去了在上海的工作,改造后的屋子成了民宿,取名"三味书屋"。民宿刚开始营业,便遭遇新冠疫情,投下的真金白银收不回,他只好利用当地资源,办起黄茶厂,试图在徽州古村落乡村建设领域探索出一条不同的道路来。

村部的房子是20世纪70年代建的,并非典型的徽州老房子,但通过小何的设计,在村中一片徽派民居中并不突兀,倒是处处见趣味。比如当地人遗弃的徽州篾蒸笼屉,他捡回来处理一番,放上一面镜子在中间,再置于卫生间墙上,老器物突然复活了;再比如村里人废弃的木楼梯板,他将之抛光后再钉上废旧的铁道枕钉,做成衣帽钩,也别有一番味道。至于屋子的外墙壁呢,则是朴素的纯灰白色,并无墙头画。

那一夜,在"三味书屋"的楼上,木质的楼板沁出木头好闻的香味。小何关了电灯,点了一盏油灯,昏黄的一豆灯火中,我们的影子放大后粘在四壁,我们喝茶聊天,聊诗歌,也聊营生。民宿和茶厂的经营并不顺利,甚或遇到了想象不到的阻力和困难,现实的"笆篱"毕竟不是想象中文艺的"巴黎",但我没有听到小何有一丝叹息,他还在试图和乡亲们一起去经营这个古村,他还每天读诗和写诗。我们说着话的时候,远远地,传来一阵鸣笛声,那是一列绿皮货运列车从村庄边经过。

火车过后,村庄陷入了更深的寂静,我看看屋子的四周,在想象,当年在这个村部,在油灯下,是不是也有年轻村民的身影在四壁摇晃?他们有没有探讨过村庄与自己未来的命运?听着远去的列车声,他们又会想些什么呢?

一晚睡得很好,清晨被细雨叫醒,拉开窗帘,大玻璃窗框住了外面的一幅画:轻盈的雾岚在山腰流动,油菜花在低处暗自闪光,一群白色鸟驮着雨滴振翅飞翔。

萌坑,汪坑,笆篱,我脑子里变幻着这一路看见的三个村落,以及和村落相关的三个人。我突然想,同样的徽州古村落,它们的墙壁上表现的却是大相迥异的色彩、视角、立场。

三面墙壁,似乎暗合了三条道路。

条条道路都努力,路的尽头是什么风景?我不知道。

有人声称,古老徽州美丽的村落终将消亡,作为曾经的徽州人,我也曾作如是想。但这三面徽州墙壁却让我重启信心,古徽州的美是不会那么轻易倒下的。

(余同友,男,祖籍安徽潜山,1971年生于皖南石台县,现供职于安徽省文联。有中短篇小说若干在《十月》《大家》《青年文学》等文学期刊发表,多篇被《小说选刊》《小说月报》《中篇小说选刊》等选刊及年度选本选载。出版长篇小说《光明行》及中短篇小说集《站在稻田里的旗》《去往古代的父亲》《斗猫记》等。)

新安江上

程勇军

1

渔梁在歙县府城东南，至今仍有条保存完好的古街。街上有清代篆刻名家巴慰祖故居，还有 2015 年去世于青岛的现代画家鲍黎健老屋。沿着河街，能看见对面西干山峰岭下的长庆寺塔。那是一座建于宋代宣和元年（1119）的七层古塔，飞檐系有铃铛，空气里每每有风吹拂时，铃铛便发出清脆的激响。

让渔梁传名的，是古镇依伴着的练江，是练江上那道始建于唐代的滚水坝。按《黄山市水利志》测量数据，渔梁坝坝长 143 米，顶宽 6 米，底宽 28 米，高约 5 米，断面呈不等腰梯形，坝头近乎垂直，坝体由花岗岩、条石以榫卯形式固定，竖向每隔 1.5 米左右埋设石柱，以增加上下层间的结构强度。从前徽州游子走出家乡，那里往往是水路上的一个隘口。他们离乡多年后，或回忆或回归，渔梁必定是情感寄托的符号。

当代画家黄宾虹早年作过《渔梁》一画，画中题跋：歙之渔梁，束富资、布射、丰乐、扬之水诸流迤十余里，合渐水而归之浙江，通称新安江。鲁得仁兄曾游歙中，与余同寓于问政山麓，昕夕过从，忽忽数年，重逢海上，写此志感。

渔梁坝将练江一分为二。上游不远是始建于宋端平元年（1234）的太平桥，连接着古城与披云峰麓的建筑群。下游有明代万历年间建的紫阳桥，这是歙县古桥中最宽和最高的一座桥。

然而我们这一次到访渔梁，不仅仅是寻古。当年国家下决心建设新安江大坝，库区移民逆水而上,渔梁是他们弃舟登陆的一个码头。生于1966年的凌志华老家在小川,他生活的轨迹几乎没有离开过新安江。

2021年12月18日上午8时,我们按约定到达深渡,前往他现在经营的歙县山水画廊丝绸文化园。拨通电话时,凌志华还躺在床上,他连声抱歉:"我以为你们没有这么早来。"

当天天气很好,太阳照耀在身上暖洋洋的,蔚蓝的天飘游着少许白云。我们在园区的几幢老宅内转悠。只一会儿,凌志华就出现在我面前。

个头不到1.7米的凌志华看上去很精神。我们跟他来到园区酒店二楼办公室,太阳明晃晃地照进屋内,窗外的视线很开阔。

沏上一杯园区自产的蚕桑茶,凌志华讲起了他的故事。

小川属于小洲源,始建于唐,旧时属长寿乡。古人作《新安江路程歌》,所说的"坐对山茶坪下望,小沟新月挂银钩",这小沟即小川,又称小沟口,为小洲源汇入新安江之处。1949年后,小川有过几次区划调整,现归属小川乡,东邻新溪口乡、武阳乡,南交街口镇、璜田乡、长陔乡,西连森村乡,北接深渡镇,是新安江承上启下的重要埠口。

生长在新安江,凌志华3岁开始就随家人在水上公社跑运输。

1958年新安江大坝建设之前,从小川启程的货船,前往下游浙江省境内的淳安、建德埠口,一路顺水下行,速度较快,船夫亦很轻松。然而河道里隐藏着暗礁,稍有不慎便会造成船毁人亡的惨剧。返程逆水行舟,则需数名纤夫沿岸拉纤。清代诗人黄仲则沿江而行,写过一首有名的诗歌,里面有这样的句子:

一滩又一滩,一滩高十丈。三百六十滩,新安在天上。

旅居沪上的画家、原籍歙南坑口金滩人汪观清,历时10年创作,在2010年上海世界博览会展出了一幅长60余米、宽1.8米的山水长卷《梦里徽州——新安江风情图卷》。汪观清在长卷中追忆了他年少记忆里的家乡风景,蕴含的人世间悲欢离合令观画者不禁动容。

这幅长卷从新安江上游的雄村起笔,经三江合流的浦口、画家祖居的金滩险滩,抵达千年古镇深渡。这是一段著名的水上历程,是从古至今走过新安江歙县航线的人,倾注了无数情感的永恒记忆。

曾绘制过多幅新安江美景的黄宾虹,亦披露过一段他终生难忘的记忆。

那是清光绪二年(1876),寄居浙江金华的黄宾虹乘船归乡,随父亲黄定华参加歙县童子试。那一年黄宾虹11岁。一路的行程既紧张又漫长,从淳安进入歙县,急水滩头逆水而行,船夫上岸背纤,用力之苦、喊声之急令黄宾虹心惊胆战。直至抵达潭渡老家,船夫震耳的呼声似乎数日不绝。几十年后,黄宾虹作画给族孙高旭,勉励族孙好好学习,题跋道"学如逆水行舟不进则退",绘下的即是他少年时在新安江舟行急流的情境。

但凌志华记忆里没有这样的场景。他出生时新安江水库已蓄水6年,航道早已水平如镜,轮船运输更趋繁忙。

2

新安江水库现今有一个更为广知的名字:千岛湖。

这座大部位于淳安,小部连接建德西北的水库,1960年建成蓄水后淹没的山体分布成岛,据说数量逾千个。站在大坝上,晴朗的日子可见水面湛蓝,倒映着的白云似水般缓缓流淌,微风徐徐中有水天一色的惊艳。

查水文资料,古时,库区沿线是舟船上至徽州府、下至杭州的水路主道,沿江两岸集镇列列,码头点点,商贾云集,农副产品繁多。新安江从歙县流入淳安,与东向的东溪港、进贤溪及南向的遂安港汇合至港口,流出铜官峡。铜官峡即为兴建的水库坝址所在。

从铜官峡回看,新安江曲折奔流于群山,一路河床坡降很大,水面落差节节递增,200余公里水程,天然落差竟然有百余米。水库建成,铜官峡以上流域面积达10442平方千米,其中60%的流域面积(汇水区)在安徽省境内。

1960年建成的水库,原淳安县淳城(又名贺城),原遂安县狮城,原淳安县威坪、茶园、港口、进贤、桥西五镇和原遂安县东亭、安阳、横沿三镇被淹。受此影响,淳安与遂安两县合并为一个淳安县。

2010版《歙县志》对新安江移民有过概述。引文如下:

> 水库建成,淳安、遂安两县共淹没49个乡镇1377个自然村,耕地良田307838亩,外迁移民289951人,淹没国营和私营企业255家。安徽歙县为上游主要涉及

区,受淹11个乡镇167个自然村。受淹水田1.35万亩,旱地122万亩,茶园349亩。受淹各类房屋3.17万间,水碓61座,磨船33只,窑29座,水井122眼,石桥33座。

外迁居民采取挤居和投亲靠友的办法,后靠移民自行借用房屋和架设临时房屋。对于解决永久性住房问题,当地政府部门统一安排建造或购买、征用空余房屋。淳安、遂安两县的移民,安置在县内的82544人,安置在省内桐庐、富阳、德清、金华、常山、武义、龙泉、建德、临安、开化、衢县、遂昌、云和、兰溪等县的13580人,安置在江西省的64680人,安置在安徽省的5630人,安置在其他省市的1293人。歙县外迁移民36092人,迁往旌德版书、南关、板桥、俞村、华坦、乔亭、朱庆、双河、兴隆、孙村、庙首、白地、祥云等地1076人,迁往黟县红旗、碧山、阳光、西武、渔亭、宏潭、美溪等地656人,迁往歙县岩寺、城关、许村等地10551人,后靠安置23421人,投亲靠友100人,返回原籍288人。至2005年底,该县还有两至十年一遇回水线以下1.21万人有待搬迁安置。新安江库区沿江居民以无私无畏的毅然决定,舍小家顾大家,谱写了一曲曲感人肺腑的乐章。

凌志华一家属于歙县后靠安置的新安江移民。

老话说"靠山吃山,靠水吃水"。

生命里既然出现一条清澈碧绿的新安江,小川人凌志华就不能不如"浪里白条"一般如鱼得水。眼见长辈和同龄人或在家门口捕鱼,或驾船从事水上运输,他的心思立刻活络开来。

1982年,国家进入改革开放的第四个年头,市场经济大门慢慢打开。刚走出校门的15岁少年,开始谋划他的人生"水文章"。

那一年徽州地区的皖赣铁路正式通行,山区运输多了新的快速方式,水路运输不再一家独大。

那一年轰轰烈烈的基建正在兴起,到处是生机勃勃的发展景象。凌志华开动脑筋,抓住机械动力的挂机船发展良机,依靠一艘小船装水泥、装石灰、装砖头,常年不懈地辛苦忙碌在新安江沿线。回报很快到来,凌志华挣到了人生的第一桶金。

像这样依靠水运图谋变化的故事,在新安江沿线还能找到不少。

从小川走出的江伟民主创过一档系列电视专题节目《行走新安江》,将镜头对准普通人,讲述他们的变迁,讲述他们的希望。

在其中一期节目,江伟民将镜头对准了叙事里的故乡,追忆起20世纪70年代前后,小川村民时常能在门前看见一艘冒烟的拖轮,挂10余只吃水极深的货船缓慢行进。那时这条水路是山区的动脉,日常的粮食、山间的特产、一家老小生活的物品,基本都由水上运输提供。一艘船往返于深渡和建德,来去一趟十天半个月是经常的事。

小川的传统农业以茶叶、杂粮为主,1983年后蚕桑、水产等多种经营开始发展。闲不住的凌志华在小川收购蚕茧,运到深渡茧站贩卖。返回时又载满采购来的日用百货。一艘四五吨的小轮船将淳安威坪及歙县深渡、街口、漳潭、绵潭串联起来,带动当地的融入。

2021年11月13日,我们去过一趟威坪。东汉新都郡治所在的威坪,旧址于1959年新安江库区形成时淹没。现在的威坪是1982年12月21日在虹桥头重设的新镇。

我们乘车从屯溪出发,一路沿水岸边的公路行驶,经篁墩、王村、绍廉、黄备、小川、新溪口、街口,去往威坪。所行的道路以一个椭圆形环绕经过小川。

这一段区域大致就是歙县人常说的水南。

走马观花地看过威坪,镇里社区规划得很有条理,有一点小县城行政区的感觉。道路方正笔直,隔不远路口均设置了交通灯。滨江公园亲水露台有模有样,一片即将进行商业开发的市场已构建完成。

据说威坪居民有一定数量来自歙县深渡和小川,他们因开店铺做生意,选择在这里定居。镇内汽车站停着几辆待发的班车,我们过去询问,答复目前没有发往歙县方向的班车。

3

还是继续说说山水画廊丝绸文化园里的凌志华。

2001年,深渡街上的新安绸厂经营不善,谋求改制。一个600多人的工厂,怎么能说倒就倒?早年卖蚕茧到深渡,凌志华大略知道丝绸行业盈利的空间。徽州丝绸有长久的历史,绫罗绸缎也是徽商在外的标配。抓好质量,做好宣传,徽州丝绸会有复兴的一天。

凌志华动了投资入股的念头。

新安绸厂因安置新安江库区移民而建,得到过国家水利部的重视和支持。位于深渡港坞口的地理环境,有绝佳的交通优势。文化加传统,凌志华认准这是一个机遇。

230多名老员工回到了熟悉的工厂,60余台织机很快隆隆响起。在杭州和合肥,面向市场的办事处和专柜开张营业。年丝绸面料生产能力达100万米、蚕丝被生产能力近万条的企业按经济规律正常运行。

但单一产品在市场波动很大。2003年"非典"迎头一击,整个市场出现停顿和萎缩。凌志华苦思冥想,领教了"不进则退"的古训。凌志华那段时间频繁去杭州,在中国丝绸博物馆转来转去,琢磨企业除了能生产,还得谋划发展的出路。

这一年,他们在阳产投资建立十万人家桑蚕合作社,扶持桑农,也依托基地,丝绸旅游产品品质得到了提升。围绕基地,周边开发的蚕桑茶、桑葚酒等产品很快进入了市场。

2013年8月,徽州旗袍制作传统技艺顺利跻身黄山市第四批市级非物质文化遗产。

新安江生态保护管理,要求越来越严格。拆并迁移化工厂等污染企业,厂区改建为物流园,深渡向货物集散中心发展。绸厂的老式设备,员工的老龄化问题,一下子变成台面上的问题,解决迫在眉睫。

新安江山水画廊是凌志华自幼熟悉的景观,企业转型,他觉得旅游文章可做。"研学游"悄然升温,为什么不能打造徽州丝绸的文化品牌?2017年,全新的山水画廊丝绸文化园诞生,红火时候,上海、杭州的游客纷纷举家前来。

从养蚕宝到制丝绸,茧丝绸农业产业化与文化旅游结合,研学旅游和新型丝绸工业经济综合,老车间被设置成体验馆,新园区被塑造成文化厅,步入其间,游客能感受到一只春蚕到一件丝绸衣裳的飞跃。

凌志华想,靠山吃山,做基地、推展馆、试水旅游,这条路值得尝试。

在采访中,凌志华推荐我们读三本书:歙县文体局等编印的《一江清水出新安》,深渡镇编印的《山水画廊 深渡有约》,张昌炎编著的《定潭村志》。他说,这里面有深渡发展的秘籍。

在因为新冠疫情而安静下来的早上,凌志华愿意躺在床上养养精神,顺带清理一下近期要做的事情。他年轻时往返于淳安新安江水库和歙县深渡码头,见多识广使他萌生"一条江同源发展"的念头。

从前威坪的日用物品需要到小川批发,现在威坪人举家开着汽车到深渡旅游。一条江上,前后的互补,生态的维护很重要。

凌志远告诉我们,歙县和淳安的旅游是互通的,像生态农庄、研学展馆、短训基地,两边都有很好的资源,也有各具特色的项目,合作才会更好地共赢。

一条江上,从"吃水"到"护水",这是如凌志华这样的新安江沿岸移民生活变迁的一种缩影。

(程勇军,本名程有军,安徽肥东人。现为黄山风景区管委会《黄山》季刊执行主编。出版随笔集《在旧居读信》、评论集《简说:诗歌的面孔》等。)

长江三鲜

甘传炳

百度：长江三鲜是指在中国长江下游水域中出产的三种肉质鲜美的鱼类——刀鱼、鲥鱼和河豚。自六朝以来，由于士大夫阶层和文人墨客的极力推崇，撰写大量有关的诗词文章，长江下游城市形成历史悠久的品尝江鲜的狂热嗜好，例如苏东坡拼死吃河豚。

刀　　鱼

同事吃鱼的时候不小心让一截鱼刺卡住了咽喉，跑到医院用镊子夹出来，开了点药，居然花费了好几百。同事的遭遇让我想起20世纪80年代的一个春天，我也被鱼刺卡过，也是到医院让医生给夹出来的，但一分钱也没花。当时我过意不去，要求到门诊挂个号，医生说鱼刺都夹出来了，还挂个什么号呀！以后吃刀鱼的时候注意点就行了。我说您怎么知道我吃的是刀鱼？医生笑了，这么细长的刺，是刀鱼特有的，我也爱吃刀鱼。告诉你吧，吃刀鱼要在清明前，那时吃，刀鱼的刺是软的，不卡。过了清明，刀鱼刺就硬了，极易卡嗓子的。

刀鱼体狭侧扁，色白如银，状如篾刀，鳃鳍细长，宛若胡须，在江水中异常灵活，游速快若闪电。清诗有云："扬子江头雪作涛，纤鳞泼泼形如刀。渔人拿网巨浪里，银光耀形腾光豪。"书上说刀鱼不但肉细味腴，而且含有较高的蛋白质、脂肪、磷脂和维生素A、D。刀鱼以清蒸最佳，不用去鳞，若将其主骨剔除，捣烂后滤去细刺并和入面粉，可做成别具风味的刀鱼面和刀鱼馄饨。刀鱼，像一把刀，削去舌头上被苦涩裹挟的味蕾，让我们尽情体味世间的鲜美。它躺在盘中的那份闲淡和矜持，颠覆了我们对刀鱼的认知。

小时候，吃过清明前的大刀鱼。那时刀鱼的价格还赶不上内河的鲫鱼，因为上市量大，又无法保鲜，傍晚的时候，河边码头上，渔民把船摇过来，三毛两毛就能买上四五条，回家蒸蒸一大碗。到清明以后，捕到的刀鱼个头小了，刺也硬了，所以，廉价买回来后往往是用面粉裹着油炸着下酒，小孩子一般就因为刺多而没兴趣吃它了。

曾有若干年的初春，北方的同学来我这里，我都要带着他们去采石翠螺山脚下的老饭店品尝刀鱼，以至于他们中有人在后来的岁月里把我叫"刀鱼甘"。现在，在我们居住的城市，吃到清明前刀鱼的可能性已经没有了。前两年，到五六月份，偶尔可在菜市场寻觅到刀鱼的踪迹，它们被放在冰盒里，个头小到比筷子还短，价格要好几十块。即使这样，每年我都要买上一两次，毕竟还能体验一下那细腻而包含江鲜特征的美味。另外，总有一种抓住最后机遇的恐慌，来年，我们还能再见到刀鱼吗？

刀鱼像一把匕首，已在切割着我们对长江江鲜的最后记忆。一颗流星划过天空，那是一条精灵般的刀鱼吗？

鲥　鱼

在我二十岁之前，几乎每年都能吃一次鲥鱼。

老家住长江下游的天门山附近，镇里食品站每年五六月份，都能收到长江渔民交来的江鲜鲥鱼。印象中每斤一块多钱的样子，一整条五六斤，一般人家买不起整条的，所以食品站会割开来卖。父亲嗜鲥鱼的鲜美，即使家中分文不存，也要变卖几十只鸡蛋，甚至不惜断烟一周，也要买上一段，回来清蒸给全家解馋，给自己下酒。

鲥鱼的样子有点似鲢，只头略扁，嘴略尖，浑身银鳞，体型颀长俊美，雍容华贵。食时切块清蒸，不刮鳞，用以保护鳞下那层肥美的凝脂不被破坏，鲥鱼最鲜的部分，就是皮下那层肥腻的嫩脂了。

鲥鱼基本吃不到活的，因为它离水则亡，这使它显得神秘而高贵。父亲曾跟我们说过，早年，他花了极大的代价，跟着渔民放舟江上，置锅煮水，再趋棹起网，试图水煮活鱼，吃到最鲜。然而，怪了，水在锅里翻滚，可网网不见鲥鱼，只落得败兴而归。这种充满灵性的东西，对水的依恋竟是如此执着，哪怕是须臾的分离，便决绝地结束生命。这在所有鱼类当中怕是极少见的。

我不知道长江其他江段的鲥鱼是何时绝迹的，但在芜湖、马鞍山一带，在20世纪80年代中期，就几乎看不到鲥鱼的身影了。有个朋友妻子在本地，但他的工作单位却在外地。托了好多人想调回来，终于找到了一个在政府部门的主任，答应帮忙。送什么人家都不要,最后朋友打听到主任最爱吃鲥鱼,便一头扎到江心洲,在那里苦等了一个多月,用两千五百元的价格买到一条鲥鱼,送到主任家。当年年底,朋友终于与妻子团聚。这条鱼的代价,相当于当时一个人两三年的工资啊!这之后,就再也没听说过哪里还有人吃过鲥鱼。

浩浩长江依旧年年流淌,但娇贵而富于灵性的鲥鱼,几乎再没投进过长江的怀抱。是长江水变质了,还是鲥鱼变心了呢?

河　豚

在网上读到一个典故,说春暖花开的四月,鲥鱼、刀鱼、河豚结伴游进长江,以飞快的速度向上游游去。哪里晓得,游到江阴江段,碰到了网罟。刀鱼自以为聪明,碰到网罟就往后缩。谁知它嘴边长着一对锯齿样的胡子,往后一缩,刚好牢牢地粘在丝网上。鲥鱼看见刀鱼因后缩而"被俘",就凭着体重力大,拼命前冲相救。谁知鲥鱼头小身大,用力一冲,身子正好钻进网眼,被网丝紧紧卡住了。河豚在后面看见朋友被俘,气得呼噜呼噜直喘气,结果,失去了游泳能力,也成了"网中囚"。就这样,它们成了人们桌上的佳肴。

在长江三鲜中,如果把刀鱼比作娇美的"靓妹",鲥鱼为华丽的"贵妇",那么,河豚则像马戏团里的"小丑"。我见过的河豚只有几寸长,两三两重,无鳞,皮肤毛糙似彩色沙皮,锐尾膨腹,不时发出咕咕之声。河豚集刀鱼、鲥鱼之优于一身,其肉味美至极,而无刀鱼、鲥鱼之芒刺,被誉为三鲜之冠。河豚的滋味与口感,颇具个性特色,不仅鱼肉鲜嫩美味,那带有肉刺的鱼皮,胶质浓厚,食之粘口,味觉美感远胜于鱼翅、海参,人称"吃了河豚百无味"。可是,河豚有剧毒,河豚的生殖腺、卵巢有剧毒,非经行家精心侍弄、烧制,不得食用。但终因河豚味美诱人,人们争相食之,故有"拼死吃河豚"之说。河豚"立春出江中,盛于二月",苏东坡曾作诗:"竹外桃花三两枝,春江水暖鸭先知。蒌蒿满地芦芽短,正是河豚欲上时。"

今生今世,我只吃过一次长江野生河豚。那是在十一二岁的时候,公社鱼苗场用大拉网在通江的大河拉鱼,起网后,得到两大桶河豚。在拉鱼人中,有父亲的一个好朋友,给了我一只活河豚玩,并且中午把父亲喊到育苗场。后来我才知道,是让父亲指导他们杀河豚,烧河豚,并且烧了两大脸盆。下午,父亲喝得醉醺醺地回家,带了一瓷缸烧好的河豚。父亲迷迷瞪瞪地跟我们说,老子要是到晚饭的时候还没死,你们就可以吃这碗鱼了。晚饭桌上,父亲大笑,老子一条命给你们换来这碗鱼,给我吃干净喽!只记得那顿晚餐我多吃了一碗饭,那河豚具体美味到什么程度却已经彻底忘了。

有一年,一个在南方混得不错的朋友在南京请我们几位同学吃了顿大餐,其中有一道烧河豚,吃过之后我高叫是养殖的,同学们不以为然,逼着问我野生河豚究竟是啥味,我说不出来。而在场的,又没有一个吃过长江野生河豚的,于是都说我吹牛瞎扯,说河豚就应该是那个味儿。

我很想把大家叫着,像父亲他们那样来那么一大盆,拼着身家性命就着河豚喝通老酒,可这样的机会再也没有了。几十年了,我再没见过蝌蚪一样的那种小东西,肚皮鼓鼓的,嘴里咕咕叫。

后记:《农业农村部关于长江流域重点水域禁捕范围和时间的通告》指出,对于长江流域范围内的水生生物保护区,自2020年1月1日0时起,全面禁止生产性捕捞;对于长江干流和重要支流、大型通江湖泊,最迟自2021年1月1日0时起实行暂定为期10年的常年禁捕,在此期间禁止天然渔业资源的生产性捕捞。10年后,长江会不会再现"三鲜"呢?

(甘传炳,20世纪80年代开始文学创作,作品散见各类报刊。他的作品多关注生命状态,留恋乡土情缘。小说《暗界》曾获安徽省青年文学奖,散文《一只水鸟》《穿过梦境的火车》《圩区散记》分别获得第三届马鞍山市政府太白文学奖等。)

遇见阳产　遇见小河

黄龙河

　　宽不过丈,长不过十里,这就是小河——阳产的小河。河水清清,水草丰茂,山环水绕,游人如织。是阳产造就了小河,还是小河护佑了阳产?不管怎样,小河和阳产都是两个真实的存在。细说来,小河既是一个地名,又是一个人名。作为人名的小河姓郑,全称郑小河;作为地名的小河,全称上清河。上清河贯穿全村,是阳产的母亲河。

　　是孙磊、朱坤两位先生带我认识了郑小河。小河是阳产的小河,阳产是小河的阳产。这样说,也不为过,因为是小河最早开始了护佑阳产土楼的行动。阳产土楼是皖南歙县深渡镇一个保存十分完好的自然古村落。

　　每个人心中都住着一座黄山,每个人心中都藏着一个徽州,每个人心中都流淌着一条新安江,每个人心中都憧憬着一个阳产。

　　说阳产就绕不开土楼,阳产土楼是人与自然共同构造的杰作。俯瞰阳产,土楼群依山就势、千姿百态、布局合理、错落有致。沿着盘山公路而上,视野逐渐开阔,阳产土楼就藏匿于群山之中。

　　一条上清河贯穿全村,把一座座、一排排,密密麻麻,一幢接一幢的土楼衔接得密不透风又恰到好处。人与大自然和谐到浑然天成的一体,浓郁的山区民居建筑特色扑面而来。无论是单栋土楼,还是整个村落的土楼群,都有一种乡土的美感,体现出独特的意境美、雄浑美、气势美。

　　土楼与土楼之间有石板台阶铺地,村落空间的道路由石梯、小巷、水垌构成。土楼紧密地挨在一起,前后只隔着一条青石板巷子,土楼与石巷之间只一臂距离。行走之间,一不小心你就有可能踩到别家的屋顶。曾进入小学课本的福建土楼,你感觉非常震撼,而被世人遗忘的阳产土楼则是震撼中的震撼!说她震撼,是因为她拥有摄人魂魄的淳朴之美。看阳产土楼,就像看一幅美图,看一部童话,看一座精彩绝伦的群雕!

阳产土楼犹如大家闺秀不显山不露水,一旦闯入你的视野,你肯定惊艳得招架不住。自2012年阳产村建成旅游村落,皖南第一土楼群的美名才广为传扬。

提起安徽,你可能会想到徽州,提起徽州,你可能又会想到名气很高的古村落宏村、西递和呈坎。可是你做梦都不会想到,其实在徽州歙县还有一个具有特殊韵味的古村寨,这就是阳产。

土里土气的古村寨,吸引了一拨又一拨游客前来。这里的房子建造材料很特殊,完全是用土建造。村子说大不大,说小不小。旅游的主题就是土楼群。错落有致的黄泥小楼,一栋挨着一栋,很有特色。不论是其中的一座土楼,还是整个村落,都能看到她们是那样的特殊与别致。保护土楼的发起人郑小河说,土楼群差不多已有400年历史了,直到现在仍然保存完好。近距离观看,这些土楼的确有种浓郁的年代气息。

跟安徽其他古村落徽派建筑很是不同。歙县阳产土楼群,是徽派建筑的又一奇葩,是徽州人智慧的结晶,是落后生产力和高度文明两者奇特的交融,是东方土建筑文化艺术的瑰宝。

这是一个很别致的地方。说她别致,同样是皖南村落,却与西递、宏村、呈坎等皖南村落以马头墙、粉墙青瓦为标志的徽派建筑大相径庭,我只能用别致的阳产、别样的土楼来形容。她是土生土长的徽州建筑,尽管徽州文化在中国的文化历史中占据重要的位置,可是知道她的人也应该清楚,徽文化依旧是众多文化的集合体。阳产土楼保留了土越人的生活建筑风格,是徽州地域独树一帜的地方文化代表。遇见阳产土楼,你就会遇见不一样的徽州。

藏在深山人未知,小河哗哗润阳产。阳产,一个既有西北土楼的恢宏、闽南土楼的大气,又有江南水乡的轻柔、纯净的自然所在。原生态的土楼依山就势而建,鳞次栉比,从山腰直至海拔八百米的山顶,巍巍然矗立300多栋。土楼群的周围古木参天,翠峰环绕,扑面而来的是灵秀、自然之气。土楼与土楼之间有羊肠小巷,大都由青石铺成,一块块血脉样的青石板,把一座座土楼连成一个和谐的整体。

因地势的梯度,小巷的道路高低不平,中间又有很多台阶,行走在土楼之间的石板路上,游人的脚步或急促或轻盈。来到一处土楼前,我站了足有五分钟,抬头望着那历经数百年风吹雨淋的墙体,我感悟到如刀的时光,斑斑驳驳地刻下往日的萧索。再低头细看那反映着天光云影的青石板,我不禁感叹岁月如画,真真切切画出了时间的沧桑。置身在高拔、宏伟的土楼群,你不得不惊叹徽州山民的智慧,这是怎样的建筑工艺!

这是一个从沉睡中醒来的土楼村。

具体说,阳产全村有372座土楼建筑,生活着400多户人家1600多口人。全村都姓郑。400多年前,郑姓先人为躲避战乱从河南荥阳迁徙至此。说起阳产,不得不提起一个人——郑小河。毫不夸张地说,如果没有郑小河,就没有阳产土楼的今天甚至明天。

郑小河今年77岁,居住在一幢建于1756年的土楼里。在村子里上了小学,考上了初中、高中。19岁娶了山外的姑娘胡宝琴为妻,婚后一年,郑小河从军入伍。退伍以后,他成了教书先生。从教一年,郑小河招工去了马鞍山钢铁厂,成了一名工人。业余时间,他跟随刘墨纯老师学习书法,1997年退休回到阳产。他在家一边带孙女,一边搞书法研究。多年来,研究出一种人体书法。2005年,他的一幅四龙图在全国书法大赛中获得金奖。

郑小河说,数百年来,山民就地取材,采山上的石头铺路架桥,用山里的红土及树木筑巢而居,形成了以黄褐色、红棕色为主的土楼群,最古老的一座有近400年历史。2011年,县里以阳产村是地质灾害点为由,给村民提供安置住房,以每户补贴一万元的方式对阳产土楼进行部分拆迁。在首批四座土楼被拆掉后,郑小河颇感心痛,这么一处原始古村落真的毁掉了实在可惜!在关乎阳产土楼存亡问题上,郑小河先生立即开展对土楼的拯救行动。

他东奔西走,四处呼吁,八方联络,拯救阳产土楼,就是拯救华夏民居民俗,就是拯救中华传统文化!可是收获了了。究其原因,与当地政府开发理念冲突。"山水护土楼,但愿能长久。平常鲜人问,我救黄土楼。"这是郑小河写的诗。几经周折,黄山市政府相关领导经过实地考察调研,给予明确答复:阳产要保,保比不保好。

自此,阳产土楼的保护进入健康的轨道。2012年,安徽电视台在阳产拍摄了郑小河如何保护、如何梳理土楼理念的电视纪录片《大黄山》第四季《梦筑徽州》,在中央电视台首播。最后,阳产村不仅没有再拆迁,还成就了"皖南最后一片净土"的美誉。

在阳产,郑小河很受人尊敬,不但因为他的书法好,还因为他是村里保护土楼的发起人。可是仍有部分村民指指点点甚至是辱骂他,妻子和三个儿子也不理解他。他将多年前买的宅基地无偿捐给村里建旅游厕所,给来阳产的游客做义务导游,每天在上万阶石梯上奔波劳碌仍乐此不疲。在郑小河及郑小河们一次次真诚的呼号护佑下，阳产土楼一下子从沉睡中醒来，开始向外面世界张望。

旅游开发公司建立了游客中心，尽管目前进村不要门票，但游客上山要乘坐当地旅游公司的小巴车，往返30元。这是由于那一段盘山路非常狭窄，会车很困难，所以外来车辆是不能进的，私家车只能停在游客中心。这在客观上也阻滞了阳产土楼的旅游开发进度。

郑小河担心的是，会不会有一天，阳产土楼真的被开发成商业化景区，纯朴的小山村撩起了面纱，腰包也许会急剧鼓胀起来，但对于阳产土楼来说，不一定完全是好事。郑小河说，土楼还在，可村子的魂魄已渐渐死去。年轻人都去了城里，曾经喧闹的学校成了空壳，那些读书声和铃声只能在梦中追寻。

干净整洁的石板路，夜晚路灯下安静祥和的村庄，一次次激发着郑小河护佑她的热情。既要保护好阳产土楼群这处古村落自然遗产，又要使村民走上富裕之路，是目前摆在阳产和郑小河面前的一道相互抵牾的难题。

对于游客来说，没有谁像郑小河那样整天思考着阳产的前世今生，追求的是情趣、是享受。走出自己那片司空见惯的天地，到这里来踏石阶，蹚晨露，顶烈日，把时光消磨在村野阡陌、荒草乱石之中，找回童年的感觉。

如今城市越来越大，荒郊野外越来越远。在喧嚣的市声、稠密的人群和炫目的灯光面前，不闻秋夜墙角的虫鸣和庄稼的絮语，不见明明灭灭的流萤和灿烂的星空。现代文明的发展和壮大，伴随的却是自然野趣的稀少和荒芜。阳产，展现在我们面前的形象，远远超出我童年的天地和儿时的想象。在人类聚集的地方，很难再找到一块纯净的天空；在喧嚣繁华的所在，很难再找到一条完全没被污染的河流。到阳产来吧，这里就有。

小时候见识的种种：天空中飞翔的鸟儿，石阶下鸣唱的蟋蟀，雨后墙角爬行的蜗牛，梁上呢喃筑巢的燕子，雪地瑟缩啄食的麻雀……这一切阳产都会给你，毫不吝啬。

穿山越岭而来，行走在村落的石阶上，触摸干裂的墙体，感受阳光照射在上面的温暖和炽热。这是一个用阳光建成的村落，她有阳光的颜色，有阳光的温暖，还有阳光带来的希望。因此说，这里从不缺少阳光，她是阳光眷顾的地方，一年四季充盈着阳光的味道。

阳产土楼最佳的观赏季节似乎没有明确的分野。我们总说去一个地方，一定要在她最美的时节。可是，我们往往忽略了大自然千变万化的本质，每个季节都会有每个季节的风景,每个季节都会有每个季节的感受。你的成行应该与众不同,你的选择应该在你心情恰恰好的时候,那样的话你就可以收获意想不到的东西。不论哪个季节,不论什么时候,只要你来了,你都会收获满满,你都会惊喜。这就是阳产,每个季节都有自己不一样的美丽。

春季油菜花盛开,这里处处洋溢着春天的和煦之光;夏天山野四处大树林立,郁郁葱葱地将村落隐藏在山林深处;秋天是最绚丽的时候,黄色的墙体,搭配各色的作物,一副梦幻山村的晒秋图景硬往你眼里钻;冬天大雪飘落,温存的暖阳会包围整个屋子,让你在暖阳的怀抱中看雪光映照星星。

阳产土楼看风景,新安江畔有惊喜。放下你的浮躁,放下你的懒惰,放下你的迷茫和惆怅到阳产来。阳产之美,美在没有修饰,美在原汁原味,美在她的别致和精妙。

阳产山民习惯用平和的心态与艰苦的环境交流,正是这种不屈不挠激发了山民更大的想象力和创造力,从而造就了一幅皖南绝无仅有的风情画。阳产土楼深居高山,远离喧嚣。古朴、祥和、静谧是阳产年复一年日复一日咏唱不衰的乡曲。

逐渐接近杳无人迹的自然,进入蓝天白云的无垠空间,进入小溪流水的田园山庄,滤去战争的硝烟,获得永远的宁馨。这就是阳产。

今天的我们,披着琥珀色的山野光影,踩着长长的青石板路,穿行于旧巷道、老瓦檐、颓墙根,看矗立的土楼,读苍黄的老书,写苦涩的文字,抒别样的情怀,我们拍土墙,拍巷道,拍村里的老人,拍天光云影……为的是释放一种情绪。

正赶上如诗如画的季节——中秋节加教师节。双节联手,在丹桂飘香的掺和下,丰硕饱满的阳产更加使人流连忘返。这个秋天,在阳产,我遇见了最美的风景;这个秋天,在阳产,我遇见了最值得尊敬的土楼呵护者郑小河。美丽、原始、古朴、恬静的阳产,因此就呼呼啦啦流淌于我的笔端。

谁说过,找繁华的地方容易,寻拙朴的地方难。歙县阳产村就是一个罕见的拙朴的山寨。这个村落给我们提供了一种美的类型,一种历史的深度,一种治愈喧嚣的选择。

不来阳产,你当然不知道中国竟还有这样一个如诗如画的村落!一座座质朴的土楼,仿佛童话绘本里故意用笨拙的笔触画的房子。

现在新农村建设,每个村庄的房子和道路都修得很好,但是审美还没有跟上。很多村庄,房子越来越高大,越来越精致,但是美没有跟上。

现在生活条件好了,很多人每天忙于工作,因此无暇欣赏风景。一旦到了节假日,不少人就想逃离都市,想让自己过得悠闲一些,因此一些古村镇,就受到了大家的欢迎。阳产完全符合你的要求,符合你的情趣,符合你的审美。而且,阳产物产丰富,板栗、山核桃、茶叶、玉米、南瓜等等。春天去的时候能吃到桑葚和覆盆子;秋天来的时候,山果的香味能一直钻到你梦里。

渐行渐远阳产,辞别郑小河,车子在狭窄陡峭又曲曲弯弯的山道上缓慢行走。回望阳产,再看那些错落有致充满着无限诗情画意的土楼群,心底不由得升起一种复杂的情感。同行的友人孙磊、朱坤先生似乎也有同感:历史与现实的碰撞、保护与开发的相遇,值得我们每个人认真思考。

车子驶离阳产停车场,身后传来哗哗的流水声,极具韵律。我知道那是小河在歌唱。阳产不能没有小河,小河滋润着阳产。在这个季节,我庆幸,遇见了阳产,遇见了小河!

(黄龙河,真名孙传义,安徽省作协会员。)

金蔷薇

触摸岁月(组章)

陈志泽

温　暖

温暖是笑脸映照明丽的天光,是拥抱,是携手,是在大地上随意行走。

温暖是劳动者一串串汗珠坠落腾起的氤氲,是男人和女人真情目光的碰撞与交融。

温暖是翻腾的大海飘出云朵,青葱的山峰举起长虹;是鸟翅在天空中剪辑霞彩,鸭掌在春江里嬉戏着游鱼的喋喋;是穿着花衣裳的树,在风的吟唱里,起舞婆娑;是顽皮的牧笛挑逗着早霞;是家的灶火亮堂,炊烟袅袅……

温暖从上天给人间抛出的太阳里释放出来,除了夜晚回去歇会儿,这一轮火球每个白天都高挂在天上,即使是乌云包围了它,也播洒着不尽的金辉。

温暖更从母亲怀里的太阳透射出来。母亲们没有夜晚——不管黑暗或光明,无论动荡或安宁,她们的全部空间都被爱充满。

寒冷是为了让人血肉咬紧认知,雪落大地更凸显温暖的宝贵。

酷热让人几欲融化,淋漓汗水叙说着母亲养育儿女的辛劳。

幸福的温暖是全人类永远的祈求与感恩……

牌　　坊

雄狮守卫着,蛟龙盘踞着。狮吼似远还近,大地微微震颤;深沉的龙吟,在时空里弥漫……

牌坊随处可见,挺拔的风骨撑起不老的矍铄。岁月的洗礼,诗性的想望,镌刻出岩石的精神。

牌坊是古城举起的嶙峋骨节,是筋脉凸起的手,是内心沧桑的发言。

牌坊是生长在古城大地的一种器宇轩昂的植物,没有叶,没有花,只有峥嵘的枝干。不枯不烂的根,牢牢扎在古城文明史的深处。

牌坊是古城泉州站立的一段府志,砌筑的千钧信仰,敲响的一记洪钟……

高山上的睡莲

偌大的一个水池,是她的睡眠的床,微风吹过,睡梦中的莲随着水的床轻轻地摇。

伸展着薄薄、圆圆的身躯,阳光如注,每一丝风声流过,每一枚鸟鸣滚动着,依依不舍地远去。

花,盛开着灿烂。单一色,纯粹得不见一点儿瑕疵。

碧水之下,她默默扎着只有自己才感觉得到的根。

高山上,夜来霜露重。

睡梦中,她竟能擅自珍重,闭合绚丽的绽放。

明日里,她的花——依旧舒张自己的情怀。

既然生长在高山,就不要畏惧离天太近,不要畏惧风云变幻,只管静下一颗心来,安睡。

睡,是她应对纷繁世界的法宝。

但当我目不转睛注视着睡莲时,又真切地感觉,睡莲,并不是都在睡……

盼

我的心跳弹奏着一曲琵琶,生命的琴声在探寻着前行,不能再有什么声音的磕碰啊,即使是鸟的叹息,即使是轻风摩挲草叶。

我出行时,最好天气晴朗。如果旅途中突遇大雨,我有防备的伞抵挡狂射的箭矢。

又是在那里,野花散发出无数芳香的针刺,我却敞开胸怀朝它走去……还好,那一刻,曾经的誓言在我的眼前劈出了闪电:千万不要在同一个地方第二次跌倒,那里的泥沙浸染过你的血,那里的石头缝里藏匿着一只蟋蟀的耻笑,你将再也爬不起来!

我有病,我愿意服药。但愿医生开出的处方,不是一挥而就的狂草,而是一帖治病的良方。

焦躁甚或忧郁时不时袭来,我渴盼,每一次都能舀来一瓢快乐,将它浇灭。

愿河山无恙,同胞康健,我亦安然。祈祷,再祈祷:即使遭遇敌人来犯,我也能稳稳站立,脊梁骨挺直。

围头,围头

急驰的岁月在围头的心坎上猝然刻下一个日子:1958年8月23日。

炮弹在海峡的头顶飞闪,炮弹撕裂了海峡的胸膛。

炮弹的燃烧交织成火网,布满了不再辽阔的海空。

炮弹压下了围头所有的言语、涛声和鸟鸣。

炮弹席卷了围头的绿树红花,粉碎了围头人的居所,岩石和泥土,让最漂亮的"毓秀"大洋楼千疮百孔,让安业民的英魂难以安歇……

直到有一天,岁月转过身来。

当年炮弹的爆炸、战士的呐喊、紧急的号令,全都逼真地录入了模拟的资料。在围头,美丽的贝壳攀缘上和平公园高大的支柱,日夜聆听彼岸飘来的每一个音符。

炮弹以丰满果实的形态,在大地上长成一种独特的饰物。

炮弹全都凝定肃立,朝向天空祈祷。

两岸的船只千帆竞渡,激荡起骨肉同胞鱼水相亲的柔美浪花。

(陈志泽,1943年9月生,现居福建泉州。中国作协会员,中国散文诗研究会副会长,中国散文诗作协副主席。出版文学评论、散文、散文诗集等27部。曾获首届、第二届"柯蓝杯"全国散文诗大赛特别奖,福建省优秀文学作品奖等。在纪念中国散文诗90年活动中,被评选为"中国当代[十佳]优秀散文诗作家"。)

北方印象（组章）

胡庆军

稻田收割的时候

稻田收割的时候，北方的天气就凉了。

南飞的鸟儿，才刚刚几只。把艰辛隐藏在云间。

还好，田里还散发着浓郁的稻香，还有季节的声响，如同历史的回声，乡村的经卷，整理成一粒米，把乡愁和温馨遗留给时间。

父母的脸上写满了生活的日常，秋阳散在看得见的地方，日子的修复者，沿着节气寻找细节。

时间的乐谱，让乡村和城市相连，那些在稻田里享受收获的人，被别人定格在了照片里。

于是，那些笑声会被收藏很多年。

一些修辞在一张纸上摇摇晃晃

一些修辞在一张纸上摇摇晃晃，一架无人机，放飞了再也没有返航，一声无可奈何的叹息，点缀日子的硬伤。

备好一桌酒菜，一起把酒言欢，那些吟唱的诗句沿着原野的辽阔，婉约或者豪放。那些文字，如同递上的有关四季的请帖。

夕阳下，那些炊烟，在父辈们的诉说里停留。有时，一切都与生活相关，年复一年，皱纹爬上我们的额头。

枣儿红了

那片枣树林,站在厚实的土地上,已经很多年。等秋风出来的时候,那些果实,就红彤彤挂满树丫。

乡村的四季宛如撕碎的书谱,延续的幸福在语言里清晰,栽种这片树林的人早已作古,一些故事被光阴遗弃,仿佛什么都没发生。

目光里的枣林,穿了一件艳丽的衣服,遒劲的树干一笔一画,书写着吉祥和甜蜜。树的脊背上,是生命的印记,布满了疙疙瘩瘩的年轮和空洞。

说起日子,那些枣儿的脸就红了。

那些顽皮的孩子,竿子举到哪里,哪里便落下一地星光。然后把粘连上的泥土气息,一起吞下。

也许就是一份可乐吧。一年一年。

岁月的黯淡和人们的遥想,曾传给了多少游子和异乡人。谁,在风中发出朗朗的笑声,丰满秋天最动人的景致,悬挂在生活里。

乡间的枣子紧挨着老屋和土地,能把日子照料得火红,有喧闹,有安静。

落叶满街听秋声

秋风,吹落满树的舞者。用一支翰笔书写一身飘逸,画一道绝美的半弧,覆盖所有心事。

落叶满街,几个打闹的少年跑过,转眼间,消失在了路的尽头,只留下一个温柔的画面。

风慢慢把这个秋季裁剪,风景、人海,以及对假日的渴望。寻找一种借口,把收获读懂。每一个远方都是一道风景,秋风擦不去最真的年华。

让时间超越梦想,秋天的声音守望故事的开始和结局。

拾起一片枯黄的落叶,让这一刻凝固。街上的落叶被清扫过,裸露出冰冷的地面。秋天是不能没有落叶的,好比春天的鲜花、夏日的细雨、冬季的白雪。

一叶知秋,生命短暂的轮回是如此清晰,让人触手可及。却唤不回时光的停留,没有人赞赏,更无人抚慰,孤寂的心坚定了逃离的愿望,与秋风做伴。

一个又一个故事,一块又一块时光碎片,在记忆里生根,发芽。诠释落叶的情怀,坐在秋阳下,看落叶最后的美丽,仿佛听见了生命哗哗啦啦的碰撞声。

秋风抒写着一页长长的诗意图

如同小小的红灯,挂在高高的树上。

风把它们点亮了。

季节在梦中醒来,以沉默的方式说出一种别样的情怀。柔软的光,恰到好处。

这小小的精灵,让枣树枝幸福地弯曲着,也让枣农的幸福舒展了秋天的日子,这一定是大自然献给秋天的加冕礼。

温馨沿着所有的思绪蔓延,此刻,乡村像一个生过孩子的少妇:幸福,慵懒。

远处的、近处的收成,都承受着正午阳光的爱抚。

甜蜜里有轻轻的呼吸。在微微的起伏中,让我的心涌出了一层层细浪,邻居家的老奶奶送给我满筐的红枣,我品尝到变迁的乡村里的烟火祥和的味道。

听,秋声塞满了天与地,风正抒写一页长长的诗意图,在平淡的时光里,让乡村显露出一种还原亲切的真。

秋 风 吹

秋风吹,落叶和我的思念堆积在一起。

一朵白云,落单了,在蓝色的天空缓慢地行走。田野里,成熟的庄稼依次排列:稻谷、高粱、玉米,还有结籽的草。

阳光为秋天打开了精美的画轴,一把美丽的古琴正弹着古朴的民歌。意蕴之外,所有的一切都让我们兴奋。

一只秋蝉,穿着薄如蝉翼的凉衫,鸣叫着降临在我们身边,她用尽了最后一丝气力,向着太阳洒一杯白水,如同把生命挥洒在万物之中。

赤、澄、黄、绿、青、蓝、紫融为一体,柿子树上,金黄色的地毯铺展着,一个个沉甸甸的果实挂着,晃来晃去。

听得见秋天的使者在大笑,看得见她们在树枝间荡秋千,伴着泥土的芬芳,是万物为秋姑娘准备的香水。

秋天的田野,诞生许多贵族。鸟儿的翅膀被风拉了几下,鸣叫一声就飞得无影无踪。

故乡的秋天在想象里舒展,故乡的亲人一定像一个个喝醉酒的汉子,在田野里深一脚浅一脚地收获着快乐和幸福。

秋天来啦,谁吹响唢呐,传播秋天的信息,放大秋凉如水的空灵。

而我们,慢慢走进秋天。

(胡庆军,笔名北友。中国作协会员,中国民俗学会会员,曾出任多家刊物、网站编委、副总编、总编。作品被收入100余种文学选本,著有诗集多部。)

在内心养一轮圆月（组章）

李俊功

晒

一万年的跋涉,只为温暖的一见:时间闪光,清澈的年月日!
我们固执得太久,沉醉于人间的一杯酒、一顿肉、一场场狂欢。
固执,最大的一粒灰尘。
沉醉,眼睛的失火场。
哎呀呀,也许找上许多年,才能开辟通往光芒的坦顺之道?

提出活着的命题:谁去拯救模糊的自己?
理解一层层光芒,在身上的反照,若沉默,若歌吟。
晒一晒阳光吧,恰如内心的庞大,世界本来光亮。

月可饮,日可饮,身怀紫气,你若直立的长剑,已然擦拭刃上霜寒、漫天雾幛。
当嘟嘟,当嘟嘟,当嘟嘟,你和光阴的热烈碰撞,火花迸溅。

倾听:花开脆亮亮

它绽放它的内心。
它博施它储蓄的香甜。

所有美的时刻,响亮着,流过泪折身而去的人将重新回来。

花朵般最小的祈愿,将被照耀。

厌弃那些灰暗之词,更不在意过度装修的人世、上冻的情感。

花瓣飞着,赋予安静无限意义,当它猛然接近你,和你的沉思或者微笑,所谓的衰老岁月,已是崭新的定义。

神秘而遥远,且聆听,一如你的心跳。

安宁,抹去围绕身边万事万物淡淡的影子。此刻,沉静的中原汉子,他等待缓慢的花开。

他将在一朵朵花上认读清醒的世界、含蓄的力量。

还听到,还听到……花朵,携带一盏小小的灯,往前走……

旅 行

千年前我认得你。之后,山川再度邀请,我们熟悉如同少年,石上卧雪,枝头歇月,树下一人,领取辽阔远古。

自然皆留白。

我撷一小片山色,收留累了的风中瘦马、落魄书生、结实的草木,三千轴经文在手,五千卷流水在侧,一心一意地净化。

一座山,一座多么大的亭台!

沦茗煮泉,陪你坐谈的清风,吟诵了一个多么修长的句子,那么多静止的事物,正跟随着合辙押韵!

扛 住

古人"且能挈月致之怀袂"。——题记

如同:静听松风翻雪,与雅士交游。

我在内心养一轮圆月。

清风两腋,黑夜不惧,掬捧所贮月光照亮前面的路。

素馨茉莉,慢慢浸润的今日明日,即在眼前展现。放下骤雨多余的重量,忽然被慧光照透了,比往常值得纪念的时光场景,减少了空洞的喧哗。

一束一束的光,扛住无边的阴影。

让我体会彼此照亮的花朵,仅仅在一念之间,我已经完全属于它。

世上总有事情过于稠密

古人曰:读书有味蘖盐好,对境无情梦寐清。——题记

设法使生活变得简单,不要牢牢地盯视,任何东西最终化为乌有,名誉和权力,利益和欲望,我们懂得如何称呼内心的时候,所有的天光来临,快乐如常,凡动人的故事必将归于布衣素食。

你认为的正常判断,多为谬误,容易陷入常识性错误的人,他一直坚执这样的背道而驰。他以汹涌、烟尘、迷惑,折腾一生一世,躲于个人化尘埃,宣誓主张,刀刃上舞蹈,针尖上旋转,猫身上撸快感,狗身上遛跳蚤,半个脚面的高度,动物打转转的圈子,在大口大口嚼着空气的夸张中,骨头磕碰着磨白的牙齿,在餍足的齁声中一次次昏昏睡去。

从　　未

人类从未真正了解客观世界,更别说一颗纯净的心。

一道粗糙的线将人的思维阻隔在一边。

在一边。

在另一边。

哪怕各自距离一步之遥,而他企图喊回他。

而他们全白费功夫。他们说着:你是错的。你不理解。你难以说服。

虽然他们正努力逼退自然,赢得自身的得意。

虽然他们有精力闲谈时间。

虽然他们忘记了居于一粒土之上。

他们最为华贵的衣服包裹着高贵的肉身,他们最大的占有意味着破坏。

他们的自身被自我的光环圈起来,打造自大的风景,注目吧,反正吸引过来的是各式各样奇怪的目光。

慢,慢下来

> 抖音上,武当山道士一席谈。听后一悟。——题记

慢是静美。慢是发现。慢是蕴蓄。慢是无限。

慢是你和我。慢是近和远。慢是低和高。慢是大和小。

慢下来,慢下来,慢下来,说上三次,世界但愿能够慢下来!

慢下来的光阴,是美好,是道德,是慈悲,是吉善,是焱焱灯火,嫒嫒笑脸,溶溶江水,蔼蔼春候。

自然至美:水流的呼吸,阴阳的平衡,草木的滋长,快乐的永恒,天地畅通合拍你寰宇般的内心。

真的没有好好地闻闻花香了,真的没有宁静地仰望蓝空了,真的没有亲密地接触一泓碧水了,真的没有耐心聆听田地上的鸣虫了,真的把身体的一副空壳装得太满了,真的忙得只剩一团凌乱的思绪了,真的找不到自己的静夜思过了。

真的应该扶起滑倒的稀泥,谈谈关于归来的话题了。

内黄:一千三百年的古枣林

旧黄河的转折句,将三千年转换成新的历程。

开封迎接它三百里,内黄欢送它万丈天。我在唐人锹动铁锹的栽植中,想象六村乡千口村每一株枣树生活的正面。

沙土成堆,枣树自然长,和我有约的一行,三行……数百行,着一身红袍,登上压弯的枝头,咯咯咯笑声的重量,比横卧过的唐代月亮,多出几斤几两。

一旦想起往事,成长便闪闪发亮。

当我们共商当下,暂时受困的心,皆浸润于甜蜜。仿佛等待修补岁月的漏洞,化身于贤人,他已有了可靠的消息。

缓步一望,一行十几人,企图听懂被黄沙印证的事实:前朝人间,难于言喻的声音,仍然在癸卯中秋喜盈盈的小清风里连续回响。

在　　此

群山平静,站立无言,围绕着我们。

流水始终坚持谦卑的方向。

平原厚土,以庄稼和卉木代言,它们告诉我,萤火虫虽小,有照亮黑夜的宏愿。

跟随的不仅仅是脚步,时光创新未来的决心不变。

捧着自身欣赏不已的人类,因傲慢,加速了心跳。

(李俊功,中国作协会员。作品散见《诗刊》《青年文学》《延河》《山东文学》《时代文学》等多家报刊,出版诗集《梦园》《长昼》《披褐者》《弹响大地风声》《开封,开封》等。曾获中国散文诗天马奖、中国大河双年度诗歌奖、第七届河南省文学艺术优秀成果奖等奖项。)

五福路×号叙事(组章)

庞 娟

一枚叶子

我与它在同一个屋子里。

我没有焦虑,没有箭镞,没有刺猬,没有风暴。平静生活像一枚绿色叶子,散发清雅之息。

这里,树木一根红一根白,吊在那里,像胜利的战士,红色的血液凝固在空中,多么可怕。白色是屈打成招的囚徒吗?它们用渴求的眼神看着我,向我求救,我必须到达树丛,让它们燃烧起来,让一宗案的证据毁于一旦。

暴雨停息,敲击树木的声音消失,安静下来,四周只有空气翻腾的呼吸声,嗡嗡响……突然,一声雷爆炸,天空一片沸腾,如泼妇骂街,吵吵嚷嚷,各施技能,争夺空间。
暴雨还会回来,淹没这紊乱的事故,它有独裁之剑,掌控云的记忆和走向。

树木,雨,对峙又相互照应着。
叶子,雨,对峙又相互拥抱着。
我,雨,对峙又相互拥抱着。

一枚叶子凋落了。一枚叶子又爬上来,骄傲的表情掌控天空。

天空,长出密密麻麻的网线,分不清上下、内外,有一根树干就够了,有一枚叶子照看门牌号就够了。

小 石 头

躺在花园里的小石头。穿着华丽袍子的小石头。从大石头肚子里爬出来的小石头。抛弃河流的小石头。从豪宅里走出来的小石头。

——脸过于平滑。

——过于油腻。

人们怕你——四处招摇。

吐出夸张言辞:"吃掉大石头,山河属于我!"

这些小石头——

巧克力的小石头,正被运送到小白鼠的屋子里。

小石头不是木偶。

正在成为小石头的木偶。

正在走进石头内部的木偶。

那么多的小石头,成为胖子,血糖偏高,血脂黏稠。散发豪言壮语的小石头,喝着美酒,在花园里狂欢,有的倒下,有的站起,有的被抬走,有的被抬进来。

小石头,被囚禁在一个号码牌里,正在努力成为木偶。

深 夜

坐在深夜,很多声音围在身边,陪着我。

灯光低矮,被花凋谢后的绿丛看护着。消沉的巡逻声儿,是天空的叹息。一辆大货车敞开了喉咙,像扬蹄的马,撒欢一般对天空说着什么。

拐个弯,沉默不语了。

青蛙们交替推开文静的芦苇,露出头,吸纳点月光,像夜色里的谜语,万物都在猜着——

我也猜着——

对面窗户里灯光为何还亮着?过了一会儿,灯光熄灭了,忽然又亮了。

坐在深夜,看着天空。月光如傀儡,在我的眼睛里晃。
我成为月光,向整个城市涌入。

做一块石头

台阶无声,却通向真理。
古柏无言,翻阅来的每一个人,一切皆有,一切皆无。
风把每个台阶抚摸一遍,云把山所有故事蕴藏在风中,一切皆有,一切皆无。
前来的人,弓着腰,像石头,有高有矮,有胖有瘦,一切虚无。

石头没和行人交流,背负苦难静默,路边绽放的花朵,有圆有方,有喜有悲。
石头和大地很近,和天很近,和人一样。溪水是另一个天空,小路甩下大路,向上蜿蜒,圣洁阶梯。

熟悉又陌生,一切皆在虚幻的云里。有人在敲击石头倾听里面的声音,有人钻进山洞,听人敲击的声音。点燃火,将潮湿和迷茫慢慢烤干,把身边的草一遍一遍捋顺。
一场雨,让山有高有低。俯身审视,仰望忘却——石头的痕迹,一块一块安静着,写着安慰。
对风雨云淡风轻的气质,一高一矮的妙语。
耿直的树干垂下手臂,与经过的人握手,心底坦然,阔然活着,亦正亦曲,需要我多年练习。

石头陪我前行,成墙,成柱,成寺,成墩,成脚下路。稳稳当当,向上向下,伸出根须。
山林寂静,走近我,我走近山林。什么不再需求,妄想之志皆为空,我和一块石头相互依靠着。

做一块山之石吧,清洁呼吸和爱,向上或向下,伸出疼痛说话。
明天早上,太阳出来了,顽疾消失,一切如新。

站在疼痛中间

　　挤裂开的记忆里,摇晃着什么?看着门牌号的影子能有明日吗?还是流泪了,流了一条河,跨过,走向你。

　　疾病,肿瘤,徘徊在阳光背后,总是吟唱着折磨的音调。

　　爬到哪里?或是延伸到哪里?心驻扎在哪里?生命蜗居在哪里?我还是哭了。一直哭。

　　阳光在刺激着我艰难的言辞。前行,靠近,静默地祈祷。神灵的远游,何日归心?带走了往日的光阴和诗句,天空爬满雀斑,有残缺的洞,苍老而衰弱。

　　我欲将天空缝补如新,谁赐给我丝线?我欲嫁给平淡,谁赐我宁静?皱纹捂着眉头,谁赐我昨日?什么也没有,什么也不能有,只能抓住寂静塞进脑壳,使劲摁下去,膨胀思绪,减瘦思念,拧断欲念,埋葬妄想。

　　什么也没有留下,除了一座长满神奇传说的木楼。

　　信笺中孤寂的形式,指尖中空虚、了无痕迹的文字,散落在泡桐树的阴影里,浮躁成一串绿萍,安眠,长久,永恒。算了,是算了吗?折叠再折叠的影子,爬满田野,绿色里冒出一首诗,那是你的,一定是你的,在为我而新生吗?从没有如此面对阳光的嘲弄,将自己挤了又挤,躲藏在光线的罅隙里,不让任何人看见。你能看到吗?

　　如果你来了,别认不出我,金色罅隙里的白光便是我,我披着一身月光,站在疼痛中间。

(庞娟,河南开封人。有作品在《诗潮》《星星》《诗林》《散文诗》《延安文学》《大观》等文学期刊发表,出版诗集《灵魂的清晨》。曾获河南省散文诗学会首届优秀成果奖、首届中国散文诗大观奖。系第20届全国散文诗笔会代表。)

心头的月光（组章）

王猛仁

祷　语

光线暗了下来，如鹡鸰惊恐的眼睛。

黝黑的小叶榕，在长满了青苔的时间里哭泣。

听惯了老街之外的雷鸣，斑驳的曙色里，心境如水，忍受着思想深处的千年之重。

莫非遇到不断来此祈祷的长者？

天空露出不堪。

人们热衷于以屈顺互致问候，海水与鲨鱼，是否还在怨恨着彼此？

上帝不知人类的疲倦与疼痛，难以愈合的内伤潜入言词的唇间，发出诡异的微笑。

心头的月光尚未被南方的雪覆没。

迎面而来的信男善女，在生命的最后一刻，向苍穹念诵古老的祷语。

太阳鸟

一句被囚禁的真言，在天空与大地深处，诉说着蓝喉蜂虎与海滨的故事。

倦怠的炎夏，听几首潺潺的短曲，犹如期待的时光在浪花上撒娇。

通过舟楫，通过绿色的裙裾，混淆宁静与欲望。

一种声音响彻云天，热烈而又年轻。

并且，用权威的口吻庄重地追寻，于巨大的风浪里等待倾斜的灯塔。

夜的眼帘迸出一滴泪，滚落在大海，如同手上的缰绳，铿锵作响。

远方游动着万千条渔船,像一曲气势恢宏的合奏。

又像一群太阳鸟,飞驰而来。

远　　方

午夜收起最后的吟唱,随身携带着月光之影,不想焦灼的心绪,在无休止的等待中,于隐秘的图谋中死去。

我们在桅杆的缄默中寻觅。

那时,我深爱着,鸥鹭在碧空翻飞。

浩瀚的画面中,你以蓝天为背景,不经意间的表情,高举起叶簇的精魂。

我们追寻的目标与文字,散发着海藻的气息。

继而,在溢满笑声的故园曼声吟咏,在最终的契约中现身。

这颗心,纵然英勇刚烈,时而空空如也。

我试着擂动夜的鼙鼓,万物却不予回答。

沉默的海角,一只秃鹫,正为生者吐露死亡的谎言,且在一组赞美诗中吱嘎作响。

白　兰　地

今生辽阔,诗是生命之源留下的碎片。

夜幕降临时分,从容不迫,没有剩余的光明,我们为生存雕镂。

静默里,弥散的是星光的幽冷。

往昔于指缝间轻轻流走,边走,边吟,当我远远地望见。

一种不安的旋律,涌上心头,与素描里充满灵感的少女,重叠。

你温婉平静,不时俯视着曾经的旧痕,举着明亮的歌声召唤。

内心升腾出一艘壮丽的大船,雍容自若,载着崇高的气概,向前。

在回忆的怡园恣意穿行,冬天的酒吧里,燃烧着一杯白兰地的晕眩。

轮　　回

这是旅行者的栖息之地。

凝望天空,仿佛有了归巢,有了一双迷恋黑暗的眼睛。

每次瞥见大海,在纵情歌唱的虚无里,随时可以触摸到的,是冲天大浪,和一滴初乳。

用双手捂住溢出的诗句,谁人可以体味?

即使在温柔的背面,亦有被持续掠夺的痛楚。

我们听到的,只是一个人的悲喜。

比起久违的以物为证的行踪,唯有思想的置换,以及流淌着的快乐,才不会被死亡阻拦。

我愿沉陷其中,无声哭喊着,为微弱的声音插上翅膀,以温柔的方式投掷自己。

回　　声

一棵百年古榕,被钢铁一样的法条切割,它累累的编年史,从早到晚,节奏分明,血脉贲张。

远走高飞的勺嘴鹬,没有欢呼喝彩,从敞开的天空向世界张望,缓慢地抖动翅膀,向着夕阳渐渐隐去的方向。

天空阴冷晦暗,穿过云层薄薄的明亮,依旧萦绕着卑微的过往。

此刻,命运拥有了某种归宿,流荡的湖泊河川,是我努力开垦的一条梦幻之河。

鸟儿扑棱棱离去,以畏怯的眼光凝望。

潮汐,是它永久的呼吸。

我的眼中,美妙至极,如一部囊括天地的诗篇,等待最后一次灵魂的叩问。

(王猛仁,中国作协会员,中国书协会员,河南省文联委员,周口市书协终身名誉主席,周口师范学院兼职教授,希腊文学艺术与科学学院外籍院士。先后获得第18届黎巴嫩国际文学奖、第6届中国当代诗歌奖、第19届俄罗斯国家文学奖金笔奖。有作品发表在《人民文学》《人民日报》《诗刊》《星星》等报刊,部分作品被译成英语、意大利语、德语、法语、西班牙语、泰米尔语、日语、韩语、希腊语、俄语、荷兰语等。出版《养拙堂文存》[九卷]、《平原书》、《平原歌者》、《平原善辞》、《平原帖》等。)

足　　迹
洪海荣

草　　垛

　　草垛立于风中,仿佛孤立无助的老人,积攒一个冬天蜡黄的语言,在田野的一处处沉默、展望,宛如生命之丘。

　　寒风犹如生锈的镰刀,割扯秋草的枯萎、荒凉,我的一丝怜悯、忧伤。

　　烟雨朦胧的旷野,自行分割出枯竭与生长的界限,年少与青春的足迹,一幕幕退却,一幕幕深邃,填平时光的伤残。

　　沟沟坎坎里渗满历史的苦难与挣扎,殷勤的期待,余味余香。

　　水停止流动,置身于泥土的坑洼或潭,净化自身凡尘,平息自身波浪。营造一个草垛,一个冬天清澈的梦。

　　回旋在梦与梦之间,曼妙的情节打破冬天的沉默,蜡黄的语言让草垛充分释放自身的火焰,跳跃着的年少青春时堆积草垛人的背影,渐渐清晰。

沿着山路攀爬

　　远离城市的阳光、阴霾、喧闹、慌乱。沿着一条崎岖的山路,攀爬一场梦。

　　幽静的山林,栖息着旷世的灵魂,雨声淅沥梦的陡峭,满山遍野。枫叶凋零思绪,石子滑落惆怅,台阶上,让雨一脚踏空红尘,坠落一树花蕾的羞涩。

　　春雨绵柔的情意,洗清青山的庄严、凡尘的罪恶,梦清澈到底。

　　春天能超度一草一木的前世、今生,还有来世。而我殷切的目光只能超度一滴雨水的汪洋,一条会飞的鱼儿,让它的翅膀掠过心灵的碧波。

海的尽头,是生命的崛起

嗅着海的味道,我把阳光高高举起,天空有着更明朗的胸怀。

海浪从遥远的地方,冲刷着时光的彼岸,亲吻岁月的沧桑,伤口在一瞬间被抚平。

时光若隐若现,刻画在沙滩上的脚步的烙印,柔软一颗坚硬的心,向着海的辽阔、生命的辽阔,徜徉,遨游。

海水的绵柔,沉醉心底的湖泊,波光浮动的心潮,荡气回肠。

海风吹散残缺的声音,唱响生命悠久的旋律,在耳边弹奏。

海的尽头,是生命的崛起。

穿越历史的风

回眸时光的倒影,顺着一条历史的歧路,融入一段古代历史的渊源、画卷,与冬天的风一同绕过一堵墙,从现代穿越到历史的门楼,回旋于历史的每一个角落,青砖,木楼。石子铺满古人的锈迹,纳入世界的眼眉,扑朔迷离,匪夷所思。

空无一人的历史建筑独自支撑起岁月沧桑的痕迹,沉寂于一枚月光、一束阳光之中,与青山流水交相辉映出人世间多少凄美的故事,饱含命运的东西在风中微微战栗。

倾听风声捎回古人的言语,一幕幕繁华,一幕幕萧条,烽烟四起、刀光剑影、动荡不安的年月,从一根古人的白骨上面散发出历史的光泽,鲜亮或暗淡。

经过这里的事物都想穿越自己,从一根朽木的浮雕缝隙里演绎历史的覆辙、沧海桑田,成为穿越历史的风。

风中故事

酷暑渐渐退去,退出汗水的沟渠。日子烧伤的痕迹被凉爽的秋风抚平,人世间的万物又经历着一次心灵与肉体的蜕变。欲绝的蝉声,迅速拉响暑期的落幕,拉近燃烧后你我与秋的距离。

一枚枚枫叶如同蝴蝶的化身,展翅飞翔,却仍然逃不过自身的命运,它们和遗留的焦土在风中保持沉默和自身的姿态,彼此慰藉。

堆积在额头上夏天的故事:青色的,枯黄的,干燥的,湿润的,都在等待秋风一页页翻阅、审视，再次放在重新流淌的血液里保存新鲜的活力，补充日子消耗的能量。

熟悉的秋风依附在一棵茂盛的树木之上，生长着自身坚硬的骨头和活跃的思想，从而有了自己确定的位置，告别漂浮的日子。它言行自如地挥舞，在雨中或是阳光下挥舞出自身的色彩，织锦生命的彩虹。

世间万物都不可能是孤立的存在，而是彼此依附的整体，让依附变成一种向往，一种庄严的承诺，宛如一棵根深蒂固的大树矗立在风中，任凭时光洗礼，坚定而不动摇，承载着风的温婉，喜怒哀乐，要么舞动，要么静止。

生命的曙光

无法分解的疼痛，抽打着身体的每一根神经。恍惚间，我看到光阴越过一丝疼痛，从一棵植物的根部爬上枝头，结满籽粒，但不是最终结果。

一条路在延伸它的崎岖，同时延伸走在上面坎坷的情感，通往时间安排的另一个绿色通道。剥开时光的外壳，一道布满光阴血丝印迹的门，朝着春天一角，我的视线洞开，宛如饥饿的狮子。门外，春意盎然生长的一切，如同生命的曙光，让一些陈旧落寞的影子，从狮子的嘴里吐出，化作乌有。

我用一把生锈的铁耙，挖出潜伏在土壤里的竹笋，也挖出它们最终要残缺的命运，去填饱一些饥饿和生锈的时光。

水在池塘里从容地流过我的眼眉，荡起青春的波澜，微微颤抖。让我的心停靠在对岸，和一群鸭子嬉戏着生命的碧波。

今夜，有一场雪经过

萌动的春天，抽出冬的寒冷，让风紧紧裹住。

风压缩寒冷的空气，凝重地支撑天空的睡眼，月光微露，思绪饱满。

今夜，有一场雪经过，透过重重生离死别，没有硝烟的战场。唯有尘土飞扬浮世的尾声，抨击树枝裸露的伤残。

雪，悄悄落入你我的梦壁，飞落时光的碎片，残留。

经过的雪花，可大可小，可猛可缓，并不影响一场梦继续深入。苍茫的雪景里有鸿雁飞过，麻雀停留过，更有一只彩蝶舞动过。它们的影子将被一片洁白纯净的世界紧紧拥抱。

寒冷扑面，如同冬天的回光返照，展示一个没落季节的美好和底蕴。唯一感到遗憾的是一场雪的缺席。

冬天在某一刻被烟花的言语一笔带过，成为风的过客，我的过客。

当我想要把所有的谈吐交给冬天时，无意间，春天已到，触发我更多的谈吐、诗意般的情怀。

寒冷依旧，甚至深邃，只为一场迟到的雪，飘向更远的远方。

细雨纷飞春天的语言，苏醒冬眠的梦，在耳边回顾另一个春天的故事，眨眼间，百花盛开，草绿盖一地残根。春的暖流正在破土而出，流向人间美妙的旋律。你弹我奏。

大山的语言

我把时间迁移，连同自己的足迹，抵达大山的峰巅。回眸瞬间，我眺望来时路的缩影，正在锦织秋天远处的荒芜，我轻轻放下身体携带沉重的负荷，捧一方沃土，堵住红尘之恋。

深秋醉红，像一杯烈酒吻过的双唇，吐出火辣辣的情，满目醇香。

一抹霞烟拥秋入怀，天地共饮此刻的温馨。云放牧童年与青春的影子，时光的结晶，我洁白的诗句，遍地乡愁。

沿着失而复得的山路，重拾初心，山岚微微颤抖，为我攀岩的勇气，斗志激昂。

一缕清风崛起大山的语言，唤醒秋天，鸟群相依，山盟海誓，与我无语的泪花抨击。我再次把挫伤的心事放逐。

大山，我是你心中生长的一棵小草，一棵嫁接的灌木，一块小小卑微的石子。离开才懂得根深蒂固，愁肠寸断。一种情，大山的情，离开方知情深，生情，生长心中小小的石头。

雨来自夜里

秋天已经无可奈何，面对雨的彻底抽身，只能顺着季节的方向收拾自身的残局，并且无怨无悔。

雨来自夜里，刚刚立冬不久。

一串串雨珠跌进梦里，滚动梦里我的脚印，由浅入深，继续跋山涉水，追赶或放牧雨后的晴空。

雨声浩浩荡荡，从梦里的天空通过我微微睁开的双眼，返还到现实，现状。它们大量收购我醒来的喜悦，投放到夜里每一个角落，还原一些事物的真实，真相。

来自夜里的雨，仿佛是一千句一万句迟来的道歉与祝福，让我在不眠之夜彻底沦陷。

我把雨赐予我的欣慰，偷偷地降临与夜晚有关的事物。我看见一双清澈的眼睛，揉不进一粒沙尘、一滴雨水，却能揉进整个秋天，从盛世到衰败，并且不被世俗打扰。

夜在我的梦里慢慢消退，雨驾驭着窗外的晨光，一点点刷白室内的墙壁，刷白我的眼睛，向一个纯白的世界漂游。

(洪海荣，中国散文诗作协会员。作品发表于《诗刊》《中国百年诗人新诗精选》《现代诗歌精品选粹》《中国散文诗年度选本》《文学新视野》等报刊。出版诗集《梦的绿荫》《海天默默》等。)

八斗岭

江北祠堂看肥东

赵宏兴

今年春天,我在朋友的安排下,在肥东的土地上,对乡村的祠堂进行了一趟行走。

这个季节,举目都是一望无际的金黄色的油菜花和绿油油的麦地,杨树刚吐出新叶,田野是彩色的,大地焕发出一片勃发的青春。在一座座祠堂里行走,追寻着传统、文化和岁月远逝的背影,古老与现代不断地交替出现、撞击,在我的脑子里像一幅油画,既是清晰的,又是远离的,我的脚步行走在乡村的村头,行走在泥土的村路,行走在沉重的木门间,倾听到了来自岁月深处的声音。

先去张集乡刘湾村的祠堂,从宽敞的梁古路往南一拐,走不多远就到了。祠堂坐落在美丽乡村旁边,一片崭新的楼房和祠堂徽式的建筑连在一起,祠堂前是一个文化广场。走进祠堂,我看到了院中的两株牡丹,牡丹枝叶茂盛,把两个硕大的花池覆盖着,枝叶间已打满了花蕾。这两株牡丹是刘氏祠堂的镇祠之宝,家族的荣耀声名远扬。村主任告诉我,再过半个月牡丹花就开了,每朵花都有碗口大,色彩鲜艳。那时,每天来看花的人,就会踏破门槛。走出祠堂,只见门口的一片土地,人们正在护理新栽的牡丹,村里将以牡丹为主题,打造祠堂文化。

说起牡丹的来历,还有一段感恩的故事。李鸿章在没出道之前,就听说肥东有一名才高学广的举人刘福庆,便慕名前来讨教。刘福庆对他认真教导,后来他果然中榜。李鸿章在洛阳做官时，特地从洛阳带来这两株牡丹给刘福庆，表示感恩。起初，这两株牡丹栽在刘福庆家院中，1862年，刘福庆主持修建刘氏祠堂，将两株牡丹移栽到刘氏祠堂中。

刘氏祠堂以刘福庆才高学广和李鸿章的感恩为荣，可以说是一个崇尚文化、感恩师德的祠堂，承载着中华优秀传统文化。

沿着村村通水泥路，我们去张集乡下王氏祠堂。祠堂坐落在村头一片农田里，离村子还有一段距离。祠堂红色的大门紧锁着，旁边有一个偏门，一推就开了。我们走进去，里面一片寂静，虽然房间宽大，但里面空荡荡，显得落寞。王氏祠堂的朴素和来去自由，更接近于生活。这让我想起民间的一句俗谚：刘氏祠堂牡丹花，王氏祠堂住叫花。王氏祠堂与刘氏祠堂相距几里路，两家祠堂相对比，刘氏祠堂是"大户人家"，王氏祠堂是"平头百姓"，在苦难年代住着那么多要饭的百姓，相当于现在的收容所，也是功德无量。

王氏祠堂至今有六百多年的历史，为古徽派建筑，占地约1.5亩，两进五开间，中间是天井。新中国成立前，王氏祠堂是私塾、家族书院，专门培养王氏后生，到了20世纪五六十年代，祠堂曾作为原桥西乡政府驻地，后来又为下王小学的教学场所。村小放学了，本村稻谷加工厂也曾在这里为村民加工稻谷，一处多用，得以保存。现存于王氏祠堂南山墙内壁的古碑文，经肥东县文管所鉴定，为清光绪元年（1875）古家训碑文，碑文中记载：王氏族人是明初自句容县（属当时江南省）迁至下王村落脚繁衍生息。碑文告诫后人一定要遵守家训、家规，以敬先人。特别需要提到的是在革命战争年代，下王村走出去的新四军战士大都是1938年左右参加革命的，下王村多位村民曾追随罗炳辉在定远藕塘打游击。王氏祠堂一直在为百姓服务，具有平民情结，也培养了一批优秀的革命后代，更显其光华。

陪我的人说，肥东昂氏祠堂要去看看。昂氏祠堂以出了父子进士而闻名，坐落于店埠镇昂集村与巢湖市交界的尖山西麓。车子在村子里拐来拐去，路两边都是农民的住房，拥挤而面目雷同，忽然就看到一座气势不凡的老房子，车子在开阔的广场前停下来，这就是昂氏祠堂了。现在正是中午时分，阳光明亮，地里菜花热烈，管祠堂的人还没有来，我打量着眼前的祠堂。祠堂坐北朝南，背靠村子，是一片高高低低的房屋，大门呈外八字形，大门上有四根橼，屋檐外伸，大门门楣上端有"昂氏祠堂"巨匾悬挂，门前一对抱鼓石，抱鼓石中的石狮粗犷古朴，非常壮观。

昂氏的人听说我们来了，十分兴奋，觉得作家来了，是祠堂的光荣，一下子来了一群人，可见父子进士的家族对文化的尊重。他们打开祠堂的大门，给我们解说着。昂氏祠堂落成于清乾隆四十六年（1781），从布局来看，祠堂以中轴线对称分列，中部为厅堂，两侧为厢房，厅堂前后各有一个天井，祠堂内有上百座花纹柱基石，上有红椽青瓦，檐下有滴水瓦当。祠堂东西两边的封火墙，用铁巴子固定，墙体坚强牢固。铁巴子逾百年不锈，光泽锃亮。祠内前院有两座花坛，栽着一对名贵花树蜡梅和天竺，后院两个花坛分别栽着牡丹和桂花树。昂氏祠堂现存的4块巨型匾额仍高悬在祠堂内，这是昂氏祠堂的特殊荣耀。据资料介绍，昂氏祠堂的建筑风格在肥东现存的祠堂中极具代表性，从它可以看出肥东县祠堂建筑风格的独特性。

昂氏原来姓聊，是从辽东一路迁徙过来的，走到现在这个地方，正是日出时分，觉吉祥，取其意改姓昂。昂姓人把祖先迁徙的故事用连环画的形式画出来，贴在了墙上，我一边看着，一边听着，昂氏祖先筚路蓝缕的场景栩栩如生地出现在眼前。

离开昂氏祠堂，我们又踏上寻祠之旅。在肥东有两个显赫的祠堂，一个是撮镇的张氏祠堂，一个是包公镇的包氏祠堂。

说到撮镇张氏祠堂，很多人都很陌生，但说到瑶岗渡江战役总前委旧址，大家都会熟悉起来，每天来这里参观的人络绎不绝，已成为著名的红色教育基地。而它的前身就是撮镇张氏祠堂。祠堂是青砖小瓦筑成，风火高墙，两进五间，两边回廊是一、二进通道，南北均有公路进入广场，周围围有护祠池，花木繁茂，环境幽雅，整个祠宇显得十分壮观。门前两侧是一对抱鼓石，门前是汉白玉石狮子，古意盎然，门框地坪、台阶及一二进地坪砖均为山东曲阜大青砖铺就。

据说，当年渡江战役前委是准备设在合肥的，后来因为泄密，华东地区书记曾希圣建议转移到瑶岗这个地方，这里地处偏僻，不远处有淮南铁路支线通过。而唯一能安排总前委办公的就是张氏祠堂，这样便成就了张氏祠堂，也成就了肥东祠堂文化重要的一笔。

为纪念先辈，激励后人，肥东县人民政府于1985年初依托祠堂旧址建立了渡江战役总前委旧址。展馆里以翔实的实物、图片、图标，展示了伟大的渡江战役的过程，现在已成为全国重点文物保护单位，2006年被列为合肥新十景之一。

到肥东旅行,包公祠是必要去的。

包公祠坐落在县城东北方向,沿着石阶往上走,迎面是两棵高大的青松,显得古老沧桑,增加了包氏祠堂的庄重。走进去,包氏祠堂二进三开间,前厅大门向东北方向洞开,黑漆大门,对联红底黑字,是"忠贤将相,道德名家"八个大字。大门上方牌匾书有"包氏条祠"。通往后厅大殿有平门两扇,天井院用青石条铺就,祠内红梁黑柱,二进正厅中间安放包拯坐像,王朝、马汉侍立两旁,包公身着官袍,双手平放于膝,双目平视,甚是威严可敬。顶上平板铺盖,雕龙画凤,飞禽走兽活灵活现。整座祠看下来,是后来重修的,显得简陋了。

看祠的老人说,包公祠始建于明末清初,光绪三十三年(1907)重修一次,在民国期间,祠堂变为空屋。新中国成立后用作校舍。"文革"期间,包公塑像被推倒,正厅三块耀眼的金字匾额变为老师黑板,祖宗牌位、板谱变成学生课桌。1994年,菲律宾庄垂郎老先生和中国台湾一些知名人士前来拜祭,并捐款15.63万元,重新修复了包公祠。这可能是肥东唯一由外姓人氏捐资修建的祠堂,可见包公影响之大,百姓之爱戴。

包氏祠堂内有一块阶梯断墙,一共十八个台阶,显得特别。问这墙有啥用,看祠的老人说这一截墙是为了纪念当年修建包公祠的十八个人。

包公是历史上的著名人物,名声在外,在中国有包公祠的地方很多,最著名的有开封包公祠、合肥包公祠,这些祠都器宇轩昂,雕梁画栋。肥东包公镇的包公祠与外面的包公祠相比真是太简陋了,但也符合包公清廉的精神吧。

接下来去赵氏祠堂,这座祠堂坐落在八斗镇赵东岗村。

赵氏祠堂始建于清朝鼎盛时期,建造者为宋太祖的后人,也因为赵氏先祖为皇帝,故祠堂大门朝南八字开。据了解,大门向外八字形,是高贵身份的象征,要经过皇上的批准,在肥东只有赵氏祠堂和昂氏祠堂的大门是外八字形。祠堂檐角飞翘,昂首云空,隐隐有凤凰腾空之意。大门外沿配置八扇木制护阁,护阁上方四个门簪雕有渔樵耕读四图。大门两侧有一对石鼓,分别镌刻旭日高升、麒麟献瑞、棋盘天下、丹凤朝阳、文光时斗等图文。祠堂大门为赤红色,上面书写着一副楹联:"清献声称隆铁面,宋朝派衍重天潢。"意为清献公是大宋朝赵氏先祖的后裔,秉公办事,铁面无私,族人拥戴。大门的上面悬挂"赵氏祠堂",整座祠堂看起来十分有古意,也十分气派。

关于肥东赵氏的由来,据史料记载,公元1297年宋亡,元兴,在元代忽必烈的严厉统治下,因宗族歧视,历史怨恨,蒙古人对汉人进行了惨无人道的种族灭杀,赵氏先祖宋太宗赵义的后裔因避杀身之祸,改名换姓曰张清。张清自明初由江苏句容县移民迁居于庐州(合肥)东北乡朱瓦庙北首赵大户落户,成为本地赵姓一世祖。迄今已有六百余年,繁衍二十余代,成为合肥地区一大望族。赵氏祠堂是一个皇室落寞的缩影,虽然时光已经模糊,历史已经风云变幻,但传奇的故事还在人们的口中代代相传,增加了这座祠堂的史料性、传奇性。

祠堂的整体结构是物质的,在资料中都有精准的描述,而祠堂的历史、内涵,不是资料所能描述的,更有体验性。记得我小时候就听说过有这个赵氏祠堂了,在长者的口中,它是如何的显赫,他们说起时一脸的骄傲,而我们从没有见过,只觉得是在遥远的地方。我是在四十多岁才见到这座祠堂的。那时这座祠堂要重修,家族里的人有钱出钱有力出力,在文化方面就找到了我。我虽然对这个祠堂很陌生,但在血液里有认同感,就义不容辞地承担了这部分内容。那年春天,乡贤赵绪金、李宏硕等人,在赵氏祠堂门前的广场上召开族人大会,募捐善款修祠。大家从四面八方赶来,广场上站满了人,捐款的有工作人员,有成功的创业者,更多的是平民百姓,还有赵氏姑娘家的亲戚等,从几百元到几十万元,场面热烈隆重。这些人,有的从没见过祠堂,有的是漂泊在外回来寻根。

那天我的车子不小心陷进了一块泥地,正一筹莫展,就有许多人过来,有的抱来棉柴稻草垫轮子,几个人在车前指挥,几个人在车后面推,这些人我一个也不认识。车子起动时,飞起的泥巴溅了他们一身,我感到十分不好意思,但他们迅速地走开了。祠堂就是召唤,血脉就是凝聚,个体只有被群体认同,身在群体中才有安全感,才有归属感。

一天的行程,我看到的肥东祠堂虽然只是冰山的一角,但也有了许多感想。

祠堂是中国传统文化的一个组成部分,古人就有许多描写祠堂的诗句,如苏轼的"好作祠堂傍修竹",陈羽的"韩信祠堂明月里",王安石的"楚相祠堂仍好在",等等。现在,祠堂是乡野文化的一个载体,承载着游子优美的乡愁。但我觉得肥东祠堂缺少现代意义,还停留在"啃老本"、放牌位上。记得我在湖南平江参加一个文学会议,主办方就是将会议放在一个彭姓祠堂里进行的。彭姓在祠堂的基础上,利用本族名人,开展文化交流,做农家书屋等,具有了现代的意义。

安徽有一句民谚:"江南祠堂看徽州,江北祠堂看肥东。"据统计,肥东有祠堂60多座,都有着完整的资料,这些祠堂是肥东大地上的宝藏,县里完全可以成立一个"肥东祠堂研究会",研究这些祠堂的建筑特色、人文传说、历史文物、红色记忆等,在新时代中,让祠堂为振兴乡村文化服务。

(赵宏兴,《清明》主编,文学创作一级,中国作家协会会员。作品散见《收获》《人民文学》《十月》《钟山》《北京文学》《长江文艺》等,并多次被《小说选刊》《小说月报》《作品与争鸣》和《中国年度短篇小说》等各种年度精选选载。出版长篇小说《父亲和他的兄弟》《隐秘的岁月》,中短篇小说集《头顶三尺》《被捆绑的人》和诗集、散文集《刃的叙说》《身体周围的光》《岸边与案边》《窗间人独立》《黑夜中的美人》《梦境与叙事》等,部分作品被译为英语、日语在国外发表,主编《中国爱情小说精选》《中国爱情散文精选》等多部文学作品集。获冰心散文奖、《芳草》文学奖、梁斌小说奖,多次获安徽省政府文学奖等多种奖项,多次被各种选刊评为优秀责任编辑。)

我编《中国歌谣集成》(安徽卷)

温跃渊

一

我国在"非物质文化遗产"概念下开展的保护工作已经20多年。但其实,早在1984年5月28日,国家文化部、国家民委、中国民协即联合下文,发出了"关于编辑出版《中国民间故事集成》《中国歌谣集成》《中国谚语集成》的通知",成立了"中国民间文学集成"的全国编辑委员会。于是,各省、市亦相继成立了省、市卷的编委会。安徽由当时分管文教的副省长魏心一牵头,成立了安徽卷编纂工作领导小组,副组长有陈登科、鲁彦周等。

对安徽文化界来说,这是一项很是庞大而又浩瀚的工程。它首先要召开各种会议层层发动,层层布置,层层落实。然后才能要求民间文艺工作者到民间去采风采访,搜集整理民歌民谣。

安徽这一工作开展得很早,但进程很缓慢。其中一个重要原因,就是缺少经费。

开个会,要有会议经费吧。下个乡,要有出差经费吧。

《中国歌谣集成》(安徽卷)一直由安徽省文联党组成员、书记处书记王体效同志担任主编,全面负责编纂工作。体效同志兢兢业业,埋头苦干,历经数年,从1000多万字的资料和民间艺人的手抄本中,认真筛选473首歌谣,编纂近100万字的初稿送中国民间文学集成总编委会初审。在总编委会编审人员的指导下,体效同志又根据初审意见进行修改。

安徽籍的中国民协专家吴超先生专程来皖将修改稿统阅一遍,就全书的概述、分类、注释等方面提出了详尽的具体意见。正当体效同志修改二审稿时，却不幸于2001年11月28日因病突然去世，歌谣卷的编纂工作只好暂时停顿下来了。

二

5个月之后，2002年4月29日，安徽文联党组决定由我担任歌谣卷的副主编兼责任编辑。党组书记杨屹找我谈话，要我来完成体效先生的未竟事宜。

要完成150万字啊，任务挺重的。不巧的是，由于省文联办公大楼搬迁，办公室电脑换代，原储存于电脑中的百万字歌谣稿件，除《前言》初稿尚存外，其余文稿全部从电脑中消失！我们只得凭借体效同志遗留的一部分原稿再重新录入和校对、修改。这样相对来说，工作量比较大。

我担任民协秘书长后，常去中国民协开会。当我们叫苦没有经费的时候，江苏民协向我们"炫富"，他们一年经费有50万！他们的歌谣编委会有16个人！我们呢，就我光杆一个！要钱没钱，要人没人。他们的歌谣只有94万字，而我们则有150万字（成书时为152万字）！

安徽的三套集成"八"字没一撇时，却先后"走"了三个人。先是编民间故事的黎帮农兄。头天晚上我还和他通话的，第二天早上再打电话到他家时，孩子却说：爸在夜里"走掉"了！

后来接手编故事的哈尔宜也"走"了。

再后来，是体效先生。

后来有朋友和我开玩笑，编集成这活，"此事不宜"啊。好像我来续编集成是"前赴后继"，得要有董存瑞抱炸药包的勇气似的。

"三套集成"后来发展到《中国民间歌曲集成》等十套集成，且在扉页上注上"国家社会科学重大项目、国家艺术科学重点项目"。编《中国民间歌曲集成》（安徽卷）的，是省音乐家协会的老秘书长崔琳先生。我们住在一个大院并且都是党支部的成员，经常碰面。我提出要到他的工作室去看看。他在附近的一个小巷子里租了半间民居，是居民从一个石头围墙边上搭的半间"披厦"，桌子上摆满了画着各种曲谱的纸堆。北边的墙头上有个小小的窗孔。风从那里钻进来，冷兮兮的。"这像是在'渣滓洞'啊。"我采访过不少监狱，话到嘴边却变成了，"崔老，你这是单身'牢房'啊。"可见这个工作室是何等之简陋。

"不就是为了省两个钱嘛。"崔老笑着说。

好在文联的工作节奏不像政府机关那样紧凑。我一边编着"集成",一边去采写报告文学,还因写禁毒到那神秘的"金三角"溜了几趟。这样编纂、写作两不误,倒也没觉着集成的编纂有何等的艰难。其中,有不少的工作我托付给一位老友罗尚文。他极其心细,也写诗歌,年轻时还做过校对,电脑玩得也熟。当然,也得支付他一点基本的费用。

这样,我在接手《中国歌谣集成》(安徽卷)两年后的2004年5月17日,终于将150余万字的书稿寄给了中国民间文艺家协会,大大松了一口气!

其中,给我印象较深的,觉得有点艰苦的,则是在北京的"二审"。

三

2005年3月初,中国民协和省文联通知我去北京审定二稿。我提出借3000元差旅费,结果只给借2500元。

我与崔琳先生一起坐火车赴京。

崔老是山东人。山东人的特点是坦诚,一路与我说他的婚恋故事。他原在山东艺专音乐系。同校美女小姜,个高。崔琳因个矮,不敢高攀。但他聪明。小姜的文化课差一点,就找崔琳。崔琳一边弹着钢琴一边就把她的课程给做好了,小姜对他佩服得很,二年级结束时两人就结婚了。后崔琳调安徽。当时文联撤销尚未恢复,单位属于省文化局创研室。省文化局局长马维民与鲁彦周、白榕赶到山东,动员小姜来皖,歌舞团、艺校、文化宫,任她挑。但小姜不肯,说崔琳不诚实,相处十几年居然隐瞒他家是地主!坚决要离婚。后来只好离了。但她对白榕说,崔琳搞音乐专业,绝对是最棒的!

崔琳后来找了蒙城电台的小朱。

不想小姜却从山东过来,要与崔琳复婚,但为时晚矣。

崔琳的一帮同学对崔琳不满:人家小姜可是没有再婚,还等着他呢。

崔琳说他快活了一辈子。小时候,外婆家是大地主,上小学天天坐洋车,还跟个奶妈在身边。两任妻子对他照顾得都挺好,有事没事还咪着个小酒。崔琳与他同在文联搞戏剧的表姐夫董成一样,都是阿弥陀佛的菩萨,成天见人笑嘻嘻的,人缘好,从没和谁红过脸。

我在北京"二审"的日子,有日记为证:

2005年3月9日,晴,北京

"三堂会审"审了一天,我越听头越大。问题成堆。他们一致要我留下,在这里弄完再走,至少要半个月!

就是"金銮殿"让我住也不行啊!

金窝银窝,不如我的狗窝!

90多高寿的贾芝老也和夫人金茂来大姐(副主编)在这待了一天。张文常副主编也来了,秘书长向云驹也来了。

我主要依赖吴超先生,没有他老人家我将寸步难行。还有许多"类序"要写。责编朱芹勤提出要我补充点什么,被我一口回绝。我在这里两眼一抹黑,又无任何资料,我什么都不好写。

崔琳兄走了,我托他带封短信给杨屹。

杨屹同志:

我荣幸地向你报告:我被中国民协"扣留"了。中国民协春节期间研究,凡各地送集成来的,来一个扣一个,不能"放虎归山""放野马"。也的确,如果放我回合肥的话,也不知哪一天才能完成。我力争在"规定的时间内完成规定的任务"。稿件审了一天,审得我头都大了。至少没有半个月是不行的。

崔琳同志在这三天中起早摸黑地完成了40首曲谱的审定、粘贴、复印等工作,非常完满。他的敬业精神令我感动,且一分钱审稿费也不要。这种无私奉献的品格体现了一位老共产党员的先进性,是我"扣留"期间活学活用的榜样!

3月10日,晴,大风,北京

早上吴老打来电话,说"类序"他包了。这样我放心了。这个"序"我实在弄不好。他交代了一下工作,早饭后便开始工作了。

朱芹勤上午来落实吃饭问题,说在这里签单。这里饭菜挺贵,汤要16元一个。我说无所谓。去年在云南采写禁毒稿有时一天就10元也过了,这里我一天20元还不行吗。

文化部的邱处长打来电话,说旅费他们来结。至于评审费还是个问号。我来京前,朱芹勤打电话说,终审的审稿费要我们出一半,我断然说我们不出。

晚上还得加班看稿,不看电视了。

3月11日,晴,北京

到门口买张早报,冻得不行,赶快跑回来。

一小口汤,20元。我以为质好量多,就不要菜了,谁知就一小口。光要个汤吃饭是不行了,晚上还是要个豆腐,一杯白开水。不论如何,比一年前在云南好得不能再好。

杨屹还打来电话,代表党组表示慰问,把它干完吧。

吴老今天未来,我已抓紧把"时政歌"看完,做做编辑工作,该删除的删除。

3月12日,晴,大风,北京

开始看第四卷"革命斗争歌"。

我送审稿分八大部分。吴超先生认为"历史传说故事歌"应分出"革命斗争歌",很好。后又提出分十二部分。这样分当然可以,但工作量太大,且会乱。我下午提出分九大部分,他同意了。

埋头苦干,早早回家。

3月14日,晴,北京

本周双休日,中国民协要开会。新任秘书长张甡打来电话,希望我能参加,他就不来了。我说我一天也不想待在这里了,他只得来。

吴老将"劳动歌"看完了。我一早把"时政歌"送到他家。这次幸亏有他,一是对民歌熟,二是安徽人,对这套集成有感情,有热情,有责任心。这样,这本书就好办了。

每次来京,都要去中国美术馆看看的。这次还能去吗?别的地方是一个也不想去。

晚上20元订个蔬菜,一大碗,结结实实地吃了点蔬菜了。菜当饭,而那一小口饭,则当菜了。

3月15日,晴,北京

一早朱芹勤就来了,我们一同去吴超先生处。老先生仍按十二大类分类,纲举

175

目张。他分类,我做编务,要统览一遍,做些编辑工作。

吴老的工作量很大,应该再付他一点报酬。朱芹勤说,应该。但这话她不好说。她意思也应该补助我一点。我说我不要了,吃住不要我负担,还要啥补助呢。

要想早点走,还得加加班。晚上还要再看看。

3月16日,周三,晴

把归程定在25日。虽然还有10多天,但并不轻松,还有许多工作要做。

我想请张甦把我给杨屹的"前言""后记"带来,他说杨屹今晚来京。另外要一些民歌演唱者名录的表格,老张未找着。

我要老伴再找找看,托他们带过来。

吴老上午、下午都过来了。没有这位老者的帮助,我的任务将更为艰难。

3月17日,周四,晴

风很大。早上、中午都未敢出去。老伴已将民歌手名录表找到了,托他们开会的带来。这样就基本齐全了。

下午剪刀加糨糊,结结实实地干了半天,把《情歌》中一些有情趣的歌谣移到《谐趣歌》中。

3月18日,周五,晴

与吴老商定,后天星期天大战一天,编个总目录,一定让我下周五走。倘有一日空闲,则去一下美术馆。

3月19日,周六,晴

早上与杨屹联系,他今天才开始看"前言",说文字不通顺的地方太多,他今晚即返肥。

下午张甦和孔凡仲来。凡仲将我附录中的表格带来。张甦送我一大盒"太平猴魁",我明天将送给吴老。

过一会儿杨屹也来了。将他看过的"前言""后记"带来了。他还将他在京西宾馆房间里的水果带来慰劳我。

我向他们表示了吴超老对我们的支持,应该再付给老人一点报酬,他们都认为合情合理。

3月20日,周日,晴

星期天,却是我来京半月来最最劳累的一天。累得不行,

一上午,与吴老两个人一分钟不停地校对内文标题和目录。看起来,这是一桩最简单不过的事,却是极繁杂和琐碎,一点乱不得,急不得。一上午,除去40首《引歌》外,只搞好一部《劳动歌》。这样下去,何时能弄好?

全书由十一类改为十二大类,每类要弄个"类序"。原来有的未写,这样至少有六个要新写,六个要修改。吴老先给我六个,五个要打字。中午我送几家打印社打字,每页要8元、6元不等,最后找一家每页5元,却说要明天拿。我说不行。于是5点去校对,7点多才取回。而吴老明天去外地看病,晚上他改写四个,我不吃晚饭就赶快跑到他家取回,明天再去找人打字。还有两则他要撰写,后天下午他从外地回来写。争取22日晚能初步结束。至少23日能交差。

有些劳累过度。叮嘱自己要悠着点,但总是按捺不住,唯想加快步伐,早日结束,早日返肥。因为这样一个独自出差、孤独而又极其单调、枯燥的差事毫无乐趣可言。

到处是水泥的森林、拥挤的人群、拥堵的车辆、喧嚣的噪音,动步就要几十元的打的费。好在我至今尚未花一元钱车费。

只想去一下美术馆。

3月22日,晴

6点即起,第一次想呼吸一下北京城的新鲜空气,但早上还是很冷的。

活大体干完了。朱芹勤下午和她丈夫来,坐也未坐,站着翻翻,认为可以了。

还有一桩事,要数一下目录。共有2000多首,要有一个具体数字。

但是我实在不想数这个数字了。

仿佛每一行目录都是一块极为沉重的石头,搬不动。

实在太累,太疲乏。半个多月来,上午、下午从未开过一次电视,要抓紧干活。就剩下这一点活了,就像是泥泥墙缝而已,但懒得干了,让我先休息一下再说。

177

去吴老家取来最后两个"类序"。不去打字了,我誊抄一遍即可。送到打印社的时间,我就抄好了。

买好票了,208元。软卧要400呢,便宜一倍。

后天朱芹勤要来拿稿子,不能出去了。美术馆看样子也去不成了。

3月23日,晴

风很大,未敢出去。对于数字,我是很害怕的,连最简单的加减乘除都很弱智。

我一直回避和不想点这个数,但这是我最后的一项工作,终于硬着头皮、耐着性子点完了。由原来的2638首删为2462首,删去176首。还应该要加一点"风物"类的歌谣,但未看到体效先生这方面的原稿。

朱芹勤晚上来,吴老也在。她说明天请我吃饭,我说吃饭就免了罢。

3月24日,北京

晚饭就买一个饼,拿到房间里,就茶水,慢慢吃,也不要菜。我要前台统计一下,饭钱不到1000元,每天平均未超过50元。还好。小朱一再要我吃好一点,虽有人买单,也不忍吃好。

也不打的。任何玩的地方也未去。

晚7时不到,即将房门的"销子"销上了。

明天朱芹勤还想请我们到东边的团结湖去吃饭。晚与吴老商量,算了,哪儿也不去了,最好明天就在这儿吃饭,省心,放心,吃罢一车到西站。

就这么再见吧,北京同志。

3月25日,晴,北京

还好。心态倒还平静,没有那种归家的激动。早上醒来,打开电视,昏昏沉沉的,竟又睡去。

没事了。在北京没事了。集成基本完成了。

所以心里坦坦的,很能沉住气。

现在晨8时许,行李已收拾差不多。

然后买张报纸回来消遣,等待吴老和朱芹勤来。

3月27日,阴,合肥

一夜梦歌谣集成。醒来入睡后又续梦。梦中的脑袋真聪明,能大段背诵歌谣,从头到尾把歌谣又"捋"了一遍。按合肥话说,是心"欲着在"。

3月28日,多云

夜里和午睡时,梦中仍是歌谣。似是关于结尾部分,仍是一首首歌谣念来念去的。

晚上,找了几首用歌谣把麻将拟人化了的"风物歌",若在北京时肯定可以用上且能流传。但现在我已大权旁落,只好求助别人了。

3月31日,晴

上午将目录和"仪式歌"用电脑发了过去。另外又补写13首"风物歌"寄了过去,略补"风物歌"的不足。

至此,2005年3月底,我的《中国歌谣集成》(安徽卷)的编纂工作,就算完成了。

后来,书稿出来后,又去北京校对了一次。相对来说,比较轻松了。

再后来,我还收到了盖着"中华人民共和国文化部"大印的一张奖状,算给《中国歌谣集成》(安徽卷)编辑部的集体奖。"编辑部"在哪儿呢?有"编"无"部"啊。"编"也只是我孤寡一人啊。2010年6月,我还收到了中国民协授予的贡献奖。但是这两个奖和这本集成书,我从未向任何人提及过;在我所写工作简历中,也未提及一个字。若不是胡迟女士约我写一篇稿子,连我自己甚至都把它给忘记了。

(温跃渊,1941年生于安徽肥东。15岁做学徒,当了9年工人后从事文艺工作至今。出版小说、散文等著作28部,画册2部。曾任安徽省民间文艺家协会秘书长、主席,中国民间文艺家协会第六、七届理事。举办过数次书画展,被省政府授予专家贡献奖,2014年被中共中央组织部授予"全国离退休干部先进个人"荣誉称号。)

天地、父母和春天

刘湘如

题记:我的故乡有一个风俗习惯,喊父亲叫"天",喊母亲叫"地",大抵父母为大,乾坤相合,天地相传,千年无穷矣,造就了我们一代又一代。事实上,天地父母之说由来已久,易经说:乾,天也,称父。坤,地也,称母。震是坤母第一次求取子女得到的男孩,故震为长男;巽是乾父第一次求取子女得到的女孩,故巽为长女;坎是坤母第二次求取子女得到的男孩,故坎称中男;离是乾父第二次求取子女得到的女孩,故离称中女;艮是坤母第三次求取子女得到的男孩,故称少男;兑是乾父第三次求取子女得到的女孩,故称兑为少女。如此等等,子女来源于天地乾坤,四季轮回,天地永远……

天:父亲的惊蛰

每到春天,人们总有所盼望,盼什么呢?风不再凛冽了,河不再冻结了,太阳不再阴冷着脸了,杏花,春雨,江南,这些已经点染出足够浪漫的色彩。新生的绿草,绒绒的黄芽,薄薄的雾岚,这些已经融合了和美的情调。可人们还是生出新的欲望。这恐怕要归咎于过去的冬天了。在那些寒冷的日子里,人们想象着春的模样:说她像青嫩的橄榄,说她像妩媚的娇儿,说她像花枝招展的姑娘,说她像翡翠的屏风,说她像仙女飘逸的彩袖……多少年多少代,多少人描摹春天,渴望春天,等到春天真的悄悄来到了你身边时,那么浓郁的春色,反而使你不以为然了。

人们啊,人们!

我说,我们何必要编织春天的童话呢?春天不过是一个季节和另一个季节的更替,她也有过寂寞,有过不尽人意的烦恼呀。你见到飞絮飘落时,且不要惆怅;你听见燕子声声时,又何须窃喜;你面对红的桃、绿的柳、净碧照人的池水,也不要"斜倚春风笑不休"了。有时候,春天与春天不尽相同,"良辰美景奈何天,赏心乐事谁家院""人笑人歌芳草地",这些是有闲人的春天,至于"心卷怯春寒",则又是另一种情境了。

　　日前在市郊菜场买菜,见到乡下人卖嫩荠芽,为市民们青睐,不禁有一种感慨,勾起我儿时的许多记忆。那时在我贫瘠的故乡,荠菜是最佳的食品,它与"土花苗""马兰头""刺秸棵"等等,构成春之"七草",谐音也叫"吃草",它们帮故乡人度过困难时期,帮我度过孤独的童年。所以时至今日,我时常感到在我的春天里,还带着去冬的一些履痕。那履痕里,有过我儿童时代对于春天的第一个盼望。

　　那年惊蛰,雨水还没有过去,始雷发东隅,众蛰各潜骇。淫雨的春天,正是自然灾害最严重的时刻,父亲从一所农场归来,身体虚弱,面有菜色。他说,在农场里天天吃菜根,回到家里,吃什么呢?我就含糊地告诉他:"还有野菜。"他默默地点点头。大抵有许多愿望,都让那场灾害给掩埋掉了。我那时正读小学,有一天几个同学邀我去挖菜根,正走出家门,却被父亲叫住了。

　　"不用去了。"他说。

　　我不解地望着父亲,他很高兴地对我说:"困难就要过去了。等清明一过,见了麦穗,一切就会好起来……"他说着去屋里找了两把铲刀、一只筐,很有信心地对我说,"跟我去一个地方,那儿有好东西等着我们。"我们就慢慢地走到村外,走到一片老榆树前,他指着那鳞甲斑斑的树干说:"人们真傻了!你看这么多榆皮,返青后就不能吃了,竟没人知道……"

　　我真正地留心起这么多榆皮,这是第一次。我在心里嘀咕:这么粗糙的东西,吃到肚里能受得了吗?父亲却早已去铲那些榆皮了,他一边教我铲树皮的方法,一边向我介绍榆皮的好处,从当年红军爬雪山过草地,一直讲到那个出身于放牛娃的明朝皇帝朱洪武,他说,这些人都吃过榆树皮。榆皮里含有大量淀粉、维生素,还有一定的糖分呢。榆皮救过很多人的生命,这是千真万确的。不然,何以好多农村孩子,都会唱那支歌子呢?

　　说着他轻轻地哼了起来:

　　　　榆皮光,榆皮长,
　　　　吃了榆皮好插秧
　　　　……

这是一支古老的歌呢。父亲就这样一边哼着歌,一边向我谈论榆皮的好处,一边和我用铲子去剥铲它。直到铲了满满一筐,已是夜幕低垂,父子俩像盗了仙草的神仙似的,自满自得地凯旋了。

　　春夜星淡风清,而我们心中已有了满足的快感。到家里,母亲像准备一场盛宴般,用碾碎的榆皮,配以野草馅儿,做了一锅热喷喷的丸子。味自然不算太佳,父亲却实实在在地吞下几大碗。

　　现在想来,父亲实在太饥饿,也太傻了。不节食的人是常有的,但他吃得太多了。直到深夜里,我才发现在草床上颤抖的他。在一豆微光下,他张着嘴,喘息着,像要呕吐,又像要吐出心中的全部隐事。直到母亲慌乱赶来时,他才含混不清地说了梦一般的一句话:"榆皮……不能这样吃呀……"他用手在空中不停地比画着,好像要把所有生存的知识告诉他的妻子儿女。直到咽完最后一口气,那嶙峋的瘦指依然停在半空中,像要抓住什么不放……

　　我从此害怕那样的春天。

　　待印象日渐其淡了,也就渐渐迎来了春天的温暖。花落了又开,树枯了又绿,父亲的麦穗早已扬花灌浆成熟收割了。清明节媚丽的光景,也已经看得平常了。这些年国运昌盛,我们在饭菜丰盛的家人聚宴中,总会想起当年春天的那些渴盼。所以一到这阳春烟景的时光,我总要走到窗外的天地去。去踏青,去寻找春天走过的路径。

　　当身边的轻风吹过时,母亲就说,让风吹一吹,不要太沉醉了,只让它拂去心中过往的那点旧事儿吧……

地:母亲的清明

　　清明时节。野外,空气中溢出薄薄的雾岚,地上绿绿的草地和麦苗,三两农民劳作的身影,油菜花吐着黄艳,一群群蜜蜂围着油菜嗡嗡地飞鸣。"儿童急走追黄蝶,飞入菜花无处寻。"春天在感觉里荡漾,铺天盖地,都是缤纷。

　　古人有诗,行路之人欲断魂,有文人情结的人总易联想,大抵也跟个性相关。

　　那年我因大病初愈,于清明前夕到乡村疗养。尽管环境幽静,田野青趣依然,但不知为何,临近清明的夜里,梦魇不断,怅惘,心乱,甚至容易伤感。兴许是到了一定年龄的缘故。最叫我莫名的,是在梦中落泪,那时,母亲总站在我的身边替我抹泪,佝偻的身形在眼前晃动。

时常,是那绵绵的泪水,在醒来时浸湿了我的枕巾。

许多愧悔的往事,大概于平静生活中才能被记起……

母亲一生生了我们六个孩子,她四十多岁开始守寡,那时正是困难时期。我有时把半怀蒸熟的山芋揣在怀里带回家,她躺在病榻上,眼中闪出粼粼的光,用枯肿的手指拣出两片送进口中,就再也不忍吃了,她说:"孩子,你的命比我重要,快吃了保命吧。"我在心里说:妈妈,你能活到享福的那天的……

许多日子过去了,母亲没有享到福,她只把愿望埋在心底:希望过上好日子那一天;希望我们的房子换上新顶,不再漏雨;希望吃到一顿猪肉;希望她的六个孩子为她养老送终……种种不幸,她咬着牙坚持过来了。后来她常对我说:"我当时心里只想着一桩事,希望我儿子将来成才呀。"

老天不公平。她的希望并未实现:儿子不算成才,六个孩子竟无一人为她送终……

后来,我结识了现在的妻,她是当年的上海知青,母亲不敢奢望一个穷苦的农家孩子能娶大都市姑娘,觉得我是让豹子胆撑昏了头。等到梦想成真,她激动得几夜没有合眼,半夜里起来收拾屋子,一直忙到第二天傍晚,等我的"仙女"降临。后又听说妻的母亲从香港来与她会面,她不知如何是好,直愣愣地坐在那老旧的镜框前摆弄衣襟,用清水把自己的头发抹得晶光晶光,从早到晚不停地跑到村口张望……母亲生平极为节俭,她平时炒菜放香油总是用酒盅量量,而我们办喜事那天,她居然把邻居的油罐都借来了。

如今,每当我与妻儿一起享受天伦之乐,我的心总还是一阵阵发酸。

20世纪80年代初,我们搬进城里,生活开始好转,就常想把母亲接到城里来过几天太平日子,但每回她来没两天就回老家了,她说城里人规矩太多,生活太侈,她不习惯。

有一年我们的老屋终于扒了,换了新房。母亲在一间仓屋里,安上一张用板凳支撑的破床,上面铺上些稻草和年久的碎絮。夜里她一个人在那屋里住着,自己跟自己唠叨:"等我那小儿子成家了,我就瞑目了。"我曾问她为什么要这样,她说:"傻孩子你哪懂?我一个拖拖拉拉的老太婆,把正屋弄得乱糟糟,哪个丫头还愿上我们家来……"

母亲过上了"打游击"式的流荡生活,是在我们六个孩子各自成家之后。记得我病愈时去农村看她,正是五月初夏,她正被"摊派"在我的一个弟弟家过日子。弟弟夫妇为自己生计都赶集做生意去了,把她一个人锁在屋里。她见到我来,隔着门缝用嘶哑的声音喊我的名字。我在门缝外见她已经相当衰老,拄着棍仍颤颤巍巍,干皱的脸上已失去了一切表情……

这是我见到她的最后一面,且是隔着门缝……

人世间是有感应的,这是我自己亲身的经验。

清明节的第二天,那天神差鬼使般,我一定要回老家一趟。匆匆赶回去时,却见到母亲已经躺在亲人们为她准备的棺材里,原来母亲就在我彻夜失眠的夜里,永久地离开了我们!

家人们因为害怕影响到我的身体,一直犹豫着尚没有告诉我。那时那刻,我的情绪翻江倒海,心好像在不断地滴血……

已是好些个年头过去了,我还是常常想到母亲。

想起来世上的不公平处,到底只有无私和自私并存的血缘最为重要。人都说上辈对下辈都是一片甘心,而下辈对上辈总是大相径庭。

其实世上本无"不孝"二字,有的只是一代人和另一代人之间的比较。

我自己的孩子也已经大了,我真害怕他走我们的老路……

(刘湘如,1989年加入中国作家协会,中国散文学会和中国报告文学学会理事。有著作50余部,多部作品被译至国外。《美人坡》于2006年获全国优秀长篇小说一等奖,《星月念》获首届中国图书作品奖等国内外奖项。作品入选《中国新文学大系》《名家经典书系》《高中语文教材》《大学语文阅读》等。)

肥东山水记

向 迅

一

因为偶然读到了欧阳修的《浮槎山水记》,我便向往得很,坐了大老远的车来到了安徽肥东。还好现在通了高铁,不然我得花上大半天乃至一整天的工夫为自己的一时冲动买单。还好这里有神交已久的朋友,可以落个脚,落个方便。而文朋诗友相见,少不得茶,更少不得酒,火候一到,那气氛就出来了。即使跑再远的路,也并不觉得辛苦。现代人多半活得像陀螺一样,少了一点古人的雅兴,我们得挤点时间,亲近山水,惠其恩泽,沐浴身心。

在县城歇脚一晚,次日直奔浮槎山。我一路在想,那将是一座什么样的山呢?竟让名噪朝野的欧阳修,写了那样一篇美文。想来,我见过的山不可谓不多,华北的华中的华南的中南的西南的,不知见过多少座山了,其中还有像庐山、衡山这样的名山,但让我仅凭一篇文章就想象一座山的形貌,确实颇有难度。尽管我在来合肥的途中,一路上盯着窗外绵延不绝的山川田野,凝神望过那一闪即过的泼墨一般的山林,但到底描绘不出浮槎山。虽然如此,我还是在脑海里胡乱涂鸦着,一座青山在恍惚的视野里忽闪忽灭。

朋友说,他虽是本地人,在此一住便是三十多年,却从未来过浮槎山,真是枉为肥东人。又讲,他也只是听说,山中寺庙多、巧石多、泉水好。有老乡插话,你们是去浮槎山吗?那山确实生得好,很值得一看呢。在我的经验里,我们对于身边的风景都是熟视无睹的,偶尔出去游玩向当地百姓打听去某某山的路时,人家都会嘀咕一句,那有什么好看的呢,不就是一座山吗?连这路上偶遇的老乡也说那山值得一看,想必真的是不错的吧。

正与朋友热烈地谈天说地呢,那老乡忽地指着窗外冲我们直呼:到了!到了!我们没有反应过来,等我把头扭向车窗,好家伙,一窗子的绿!嫩绿、浅绿、翠绿、深绿、宝石绿、祖母绿、墨绿……不停地在车窗外变幻。我望见了雾气缭绕的山谷,望见了线条分明的山脊,望见了逶迤起伏的山脉,望见了山中埋伏着的小路,望见了亭台楼阁的飞檐翘角,望见了自由飞翔的鸟雀,望见了河流一样清澈的天空。偶尔有一抹赭黄或者淡红在视野里一晃而过,毕竟是深秋了。被秋色点染的山林,色彩丰富,不像丰腴的夏天绿得那样单调。

欧阳修在文章里称:浮槎山,在慎县南三十五里。果然是近得很呢。而浮槎山山名的由来,颇有些传奇意味。据说在《博物志》见得着这样的记载:"旧说云:天河与海相通,近世有人居海渚者,年年八月,有浮槎去来,不失期。"这不免引起我的怀疑,那乘浮槎在八月来去的,究竟是人,还是仙人?但不管是人还是仙人,我都羡慕他们。在天河与海之间仅凭一只浮槎便来去自如,那是何等的逍遥自在。

名山多古寺。这有"北九华"之称的浮槎山自然也不例外,据说在佛教鼎盛时期,山中原有宝珠寺、红莲寺、龙会寺、桃花庵、地母庵、朝云庵等十余处寺院,可惜现已荡然无存,仅仅留下一些遗址,证明那些古寺曾经确确实实地存在过。位于浮槎山主峰的甘露寺是朝拜的必经之所。我喜欢它的缘由,无非始自它的名字。这"甘露"二字,与心灵二字是多么切合呀,这无疑是滋润心灵的圣殿。那一处建于悬崖峭壁下的殿宇,直叫人在心底喟叹神妙也。拾级而上,在殿前凭栏远眺,真是一个峰回路转而豁然开朗的世界。此情此景让我现在忽然联想起次日在岱山湖游玩时,有人介绍那面湖泊与岱山的话:山不高而层峦叠嶂,水不大而气象万千。

钟声一响,尘埃落定。我在那条落满了枯叶的小径上,隐约望见了敲钟僧人的身影。那大约是一幅禅意迭出的山水画。可是像这样意境美好而蕴含丰富的画,在浮槎山中是随处可见的。登临主峰之巅,视野开阔,近处的远处的山峰,皆在眼底,这里不愧是合肥境内的最高峰了。虽然这主峰海拔只有418米,不能与四山五岳相提并论,但依然有它们的不及之处。肥东人这样介绍他们的浮槎山:峰峦叠嶂,怪石峥嵘,松柏挺秀,云雾缭绕,清幽怡人,景色奇丽。我以为是妥帖而恰当的。

那些巧石固然巧得如有天工之助,巧得拙朴可爱,巧得亦真亦幻,巧得逼真无比,但我并无多少兴趣,我把全部的兴趣和心思都投入欧阳修笔下的"涓涓可爱""饮之而甘"

的乳泉上去了。

二

　　山中泉水不止一处,并立于齐都峰顶的两个泉池就颇有些名气。一曰合泉,一曰巢泉。合泉水深而清,巢泉水浅而浊,这就够奇怪的了,但更为奇怪的是二泉的水位超级稳定,管你取不取水,管你是大雨倾盆还是连旱数月,那水位都没有任何变化,硬说有变化的话,那也只是毫厘之差罢了。还有一个泉池,我以为是浮槎山泉水的正宗。此泉便是位于龙严寺遗址内的浮槎泉。因泉名同于山名,可见其地位。龙严寺虽毁于历史的风雨中,但清泉长流,游人皆可一顿饱饮。但我认为,品泉水也是一门学问,形同于茶道酒德的。你若要品出它的味道,也需像饮酒一样浅斟低酌。况且这山中的泉水常年汲取日月之精华,沐浴于晨钟暮鼓中,是有灵气的。

　　无论是这些有名号的泉水还是山间籍籍无名的泉水,打来一壶或者用手掬一捧来细细品味,确有甘甜之感,这让我想起这山间无人不知、被传为美谈的那个历史掌故。话说北宋庐州镇东军留后李端愿一次登临浮槎山,饮过山中石池乳泉后觉得甘冽异常,认为泉中水质为上等,便特意用罐装了一些,差人不远千里从庐州府送给远在京城汴京的欧阳修品尝。不日,李端愿收到欧阳修的来信。信中说:"所寄浮槎水,味尤佳。然岂减惠山之品?久居京师,绝难得佳山水,顿食此,如饮甘醴;所惠远,难多致,不得厌饫尔!"欧阳修在信里对浮槎山的泉水赞誉有加,同时流露出不小的遗憾:所惠远,难多致,不得厌饫尔!

　　我不曾详究李端愿与欧阳修是什么关系,但仅凭那一罐相送千里的泉水,就觉得这个哥们厚道可交,觉得他们二人是真正的君子之交。同为官场中人,送什么不好呢?送一罐山泉水,不怕被人笑话吗?正是因为如此,我们才知道了这样一段野史佳话,才知道了他们是什么样的秉性与情怀。因为那一罐泉水的滋养,连这掌故也充满了雅趣。

　　或许正是这一罐浮槎山泉水,成就了欧阳修的名篇《浮槎山水记》。关于这篇美文的成因,一说是庐陵太守欧阳修前来游览浮槎山饮用泉水后撰写的,一说是欧阳修在京师任内收到这样美好的馈赠而写。但只要对文本稍加分析,就不难辨别出哪一种成因更为可信。这也让我想到学术界关于范仲淹写《岳阳楼记》到底有没有亲身游历过岳阳楼洞庭湖的争论。在我看来,这些争论都是没有意义的。不管怎么样,那篇文章你说是虚构的也好,你说是切身体会也好,可它早已是不朽之作了。

欧阳修在这篇短文中做了一件很重要的事,即为浮槎山水正名。他在文中写道:"浮槎与龙池山皆在庐州界中,较其水味,不及浮槎远甚。而又新所记,以龙池为第十,浮槎之水弃而不录。以此知其所失多矣。"还搬出陆羽的话"山水上,江次之,井为下。山水、乳泉、石池流者上"来佐证浮槎山的石池乳泉为上等水。他也交待了"浮槎之水,发自李侯"的由来以及他与"李侯"的交往。然而这都不是最重要的,最重要的是他借浮槎山水而阐述的人生哲理:

  尽穷天下之物,无不得其欲者,富贵者之乐也。至于荫长松、藉丰草,听山溜之潺湲,饮石泉之滴沥,此山林者之乐也。而山林之士,视天下之寒,不一动其心。或有欲于心,愿力不可得而止者,乃能退而获乐于斯。彼富贵者之能致物矣,而其可兼者,惟山林之乐尔。惟李侯生长富贵,厌于耳目,又知山林之为乐,至于攀缘上下,幽隐穷绝,人所不及者,皆能得之,其兼取于物者,可谓多矣。

此"山林之乐",是否很易让我们想起他做滁州太守时所作的那篇《醉翁亭记》,想起那句人人皆知的名言:醉翁之意不在酒,而在乎山水之间也?而"凡物不能自见,而待人以彰者,有矣;凡物未必可贵,而因人以重者,亦有矣",又是多么通透的人生哲学!

以山水为知音的人,也会有山水的性情、山水的胸襟。

三

自从王勃把南昌说成是"物华天宝""人杰地灵"之地后,我们在介绍某个地方,特别是在介绍自己的家乡时,多有引用。事实上,只要是适合人类生活的地方,都可说是物华天宝之地,只要是出过英雄或者大文豪,甚至只要出过举人、秀才的地方,我们都有充足的理由将其称之为人杰地灵之地。

当肥东的朋友向我这样概括肥东时,我并没有感到丝毫的惊讶,更不用说怀疑了。那几天,我一直在想,天下固然广大,但有多少地方比负有"吴楚要冲、包公故里"之盛名,有"襟江近海、七省通衢"之美誉的肥东更有资格用那样一句话来形容呢?

肥东的确是一块厚重而肥沃的土地。即使没有造访过此地的人,因为徽州,因为黄山,因为安庆,因为宣城,也一定不敢对它有任何小觑。即使它与广博而深邃的徽州文化没有多少直接联系,但因为地理上的亲近,必然受其影响。这当然只是作为一个局外人的揣测,肥东人很少跟你提到这些,他们提到的,都是本地的山川名胜、历史人物以及地方掌故。我倒是惊讶于他们对这块土地的熟知程度,也惊讶于流露在他们言谈举止中的那一份举重若轻的自信与坦然。

我接触过不少安徽人。在我的印象中,他们都是精明能干的,都有一副好得不能再好的口才,所以他们都能在营销行业里得风顺水,把拳脚施展得相当漂亮。当然,我也记得一个异常朴实的大学校友,他在一次演讲中用一口标准的安徽话告诉我们,他上大学的目的,就是为了让乡亲们过上好日子。那一个"乡亲们"哪,说得我们笑疼了肚子,也说得我们心底都热乎乎的。应该说,这是两种全然不同的文化性格,但它们就和谐地出现在安徽人身上。

肥东人呢,可以说既是精明的,又是务实的。不管是在县城,还是在乡间,当我遇见那些热情而质朴的肥东人,我都想热乎地称他们一声老乡。

这是一种很奇特的感觉。在人与人之间不知隔着多少道鸿沟的今天,我竟然在肥东获得这样一种感觉。说到这里,我不得不再次提到徽州文化,提到与此种地域文化紧密相关,甚至可以称其为使者的徽商。他们的生意为什么会做得那么大,做得那么久?我想,他们把生意做得长久不衰的秘诀,不外乎"诚信"二字。不然,他们怎么会朋友遍天下,怎么会把生意做到英格兰,做到美利坚去?

肥东三日,让我确实对生于斯长于斯的肥东人刮目相看。他们让我更深刻地认识到,诞生过圣贤与大德的地方,到底古风蔚然。前贤离我们的当下生活固然遥远,但是他们的故事一直在我们的记忆里不停地讲述,那自然是一把尺子。这把尺子,指引着我们的精神走向。正是因为这样,我才在这里看见了许多美好的东西,拾起了许多美好的记忆。

(向迅,1984年生于中国鄂西,中国作家协会会员。出版短篇小说集《七月晚餐》,散文集《与父亲书》《声音博物馆》《谁还能衣锦还乡》《斯卡布罗集市》等多种。曾获林语堂散文奖、丰子恺散文奖、孙犁散文奖、三毛散文奖、冰心儿童文学新作奖大奖、中国土家族文学奖、江苏省紫金山文学奖散文奖及扬子江年度青年诗人奖等奖项。)

遇见肥东，遇见他们

汪远定

从教即不惑

乡下的讲台，似乎为我而开。

这中间断了的岁月，现在又缝接上了。从教于我，是农夫对山林天然的热爱，像我的父亲，离开部队返回家乡是本能的选择。我想，乡下是有根的，乡下的父母便是我的根。

选择讲台是一种人生抉择，比大楼更让人心安。

在讲台上，我的生命是有光的，可以抵达更远的远方。我借助文学的力量，实现了文化生命的传承与重生，一部部文学经典的灿烂光辉照亮了一批又一批学生的漫漫前途，同时也温暖和感动了自己。

我的讲台是植物的讲台，带着乡野的气息，让人轻松自在。推开窗，讲台边有新生的樟树枝条递来热情的掌声，有三两只鸟雀静谧而悦耳的歌吟，有沿着两侧窗户悄无声息地生长的多肉，它们的沉稳与安宁是对万物的庇佑，也是对世事浮躁的最好治愈。

从省城合肥到偏远之地，上班的日子宛如东流之水，一去不复返。而这首尾十六年，我从教的岁月，断断续续，合在一起也差不多十年。珍惜眼前的这份教职，坐稳乡下的讲台，似乎是我的自白。

奋进即归途

六岁开始求学，二十三岁开始求职。这中间的虚线是无价的青春。

六千余个日日夜夜,是在梦里还在背诵古诗词、演绎几何公式的痴狂年华。

幸而求学有道,奋进即归途。从一个小山村,读完村小考取县中,再到长江之滨的安庆,书越读越多,路越走越长。

从一滴水到另一滴水,我品尝到一种淡淡的咸味和苦涩。

大学毕业后我的第一份教职便在肥东尚真中学,在这里我遇见了人生中的第一批学生。一百三十余双渴求知识的眼睛,一百三十余个清秀可爱的脸庞,每天与散发着青春朝气和活力的他们朝夕相处,这是一份何其诱人的工作！刚刚步入初中阶段的他们,遇见了第一次正式当上老师的我,这是多么奇妙、多么美好的事情！当时的我也是一脸的青涩和懵懂,初登讲台略显稚嫩,甚至偶尔有些许胆怯。幸而念大学时有几篇在市级报刊发表的文学作品让我找回了自信,正是这"文学之梦"的加持,让我的语文课堂显得激情澎湃,文气十足,古典诗词常常信手拈来,引经据典纵横古今,课堂语言生动典雅,充满文学的味道。因此,我的语文课堂颇受学生欢迎。多年后,他们中仍有几个学生与我保持联系,逢年过节主动给我打过电话,我亦深为感动。或许,那时的我虽然很不成熟,但是浑身上下散发着一股弥足珍贵的清澈的味道——那是真诚、善良的味道,是博学又勤奋、书卷气很浓的味道,是真心待学生、爱护学生的味道,是兢兢业业、肯钻研教学的味道。那时的我们,真好。二十三岁,一个人,无牵无挂,我爱学生,学生也爱我。

遗憾的是,后来我离开了这里,没能陪伴学生度过他们一生中最美好的初中三年。但是,我的心中有他们,一直惦念,至今还珍藏着与他们相处的那段青葱时光。

每个人都有一方自己的山水,一个人与另一个人相遇,就像山水之遇,各有怀抱。

遇见肥东,遇见他们,或许遇见本身便是深深的缘分。

相遇即陌生

你在花丛里遇见了蝶,笑声是一片海。

你在月光下遇见了花,虚无是挂在橡树上的诗。

你在晨读的声音里遇见孩子,教学楼前下午被推倒的平房还在说话。一块块砖在堆砌时间,墙坍塌后的地面,留下众多的声音,是工人的脚步声,是机器在清理残余的物什。学生的作文本里,我遇见他们叫嚷着一群年迈的老人。

村子太大太孤单,留守儿童找不到熟悉的地方留守。电话里亲昵的称呼,除了他们的爷爷奶奶和自己,还有两个不太陌生的亲人。

在学校,最盛的花期是十月。这是一个熟悉而陌生的月份。

一行行桂花,围成花的音符,挂满教室窗前,幽幽清香,素洁的礼服是校园里一盏不灭的灯火,燃起桂花树下的年少青春。

草木即素心

乡野空阔,草木素心。

半亩荷塘将浮华的尘世隔离,在它附近腾出一大块无名的区域,满目山川鸟鸣,清泉石上,每每途经此地,嘈杂的心绪好像平复不少。

一簇簇葱绿的花草丛中,正好安顿夏日沉静的事物。鬲山上金色的小花、嫩绿的新叶,各种生命的炽热不因为它们身躯矮小而丝毫减弱。

山坡平旷处,新修一座寺庙名曰鬲山寺,它倚靠山峦,贮蓄着自然的灵力,守护一草一木的平和气息。骑行半个小时,从家到学校,每天路过这条白鹭翩翩起舞的林间小道,感受色香味俱佳的沿途风景,内心升腾一种优雅、恬淡与宁静的生活理想。

乡野葱茏,人间值得,仿佛是对静好岁月最美的回馈。一棵棵青松挺立在葱绿间,鸟雀最适合这里的无拘无束,从天空蹲下身子在此栖息、逗留,暗自生长。

掠过五月野草的脸。风吹湖水,像一只凌波微步的神鸟,用万顷碧波丈量大地的悲悯之心。一棵棵水草从湖底探出脑袋,挤出一道道湖水的皱纹。越过湖面,一滴滴幸福的时光之水,被缤纷四季的花草瞥见,那是珍藏深处的无人顾及的处女地。

花开,花落,转念间,酸辛过往已然发酵成一勺勺酒曲佳酿,醇美之味,令人心平、心悦、心喜。

所有观感,随演绎生命的符号沉浮,仓颉笑罢,周公梦见黑色的蝴蝶,扑腾起轻盈而笨拙的翅膀,遥远的河流从身边一晃而过。

绿叶即红花

一名乡村教师,一只脚踏进泥土,另一只脚还在绿叶丛中,像一棵打过霜的青菜,味道比之前醇厚。

一个地方,一个人,像血脉轮回,他是前世种下的果。爷爷在这里当过医生,父亲在这里读过高中,他愿在这里继续做一棵树,安静地歌唱而不开花。

小河渐行渐远,时光的剪影落在贫瘠的土地上。曾经的青年把一段青涩、一股天真留在那里。他在河畔给学生讲诗词课,总是摇头晃脑,身子好像一棵被风不停地吹动的细细长长的树,这棵不太年轻略有阅历的树,讲皎洁的唐诗,讲素雅的宋词,讲苍远的元曲,讲曲折离奇的明清小说,讲课的语言如水般清澈,如绿叶般安静而沁人心脾。他说,诗仙的仙踪也是一首不朽的诗作。李白在这条古老的水系,如何高举火把,照亮诗意的星空,他的眼里淌出一泓清泉。

秋天,遇见慢庄秋色。

一路慢行,邂逅了惬意而快慰的事物。白天,一条小河托举着一颗深邃的诗心独自行走在山涧幽谷,清清亮亮的水珠是它思想的火花;夜晚,氤氲的水雾是湿地公园轻盈的睡衣,几颗闪闪烁烁的星星挂在桂树枝头,如灯盏,似明眸,这分明是苍穹对大地的暧昧。

眺望远方,曾经的小河,像一座秋天,画中的两匹骏马嘶鸣,发出迸溅的水花,它们载着漫长的诗句,放逐生命的长河。

秋天山野间的一次狂奔,起伏跌宕,来自岁月深处。

(汪远定,1984年生,中国诗歌学会会员,安徽省作协会员。作品散见《人民文学》《星星》《诗歌月刊》《散文诗》等文学刊物,出版《赵朴初书法精神探论》《赵朴初传:行愿在世间》《山水之遇》等。)

留门（外一篇）

程灿萍

留门是我和大余之间共同的秘密。

小时候，家里的门有两道闩，而真正起防盗作用的是下面那道门闩。因为有暗扣，在外面是打不开的。若仅仅闩上面那道门闩，在外面用手指头或者树枝轻轻拨一下就能打开。

大余是个电工，由于技术好，十里八乡盖新房了都喊他去走线安装。大余又是爱酒之人，只要有酒喝有饭吃，工钱就减半收，在外吃饭就免不了回家很晚。母亲经常跟他抱怨赌气，他也不听，后来母亲索性把门上两道闩都闩上。

吃了几次闭门羹之后，大余把主意打到我身上。他私下跟我商量，让我给他留门，获得的奖励要么是一个苹果，要么是新出的作文选，我欣然答应。于是，每天晚上天一黑，我就打起十二分精神，因为我有重要任务。

一开始，我是抢着去关门，在闩第二道门闩的时候我刻意不将门闩塞进门档中，让它随意地放在闩口，这样一到晚上大余轻轻地用瓦片或树枝拨开闩就回家了。第二天早上母亲质问起来，大余也很够意思，他说他是翻墙进来的，然后背着母亲和我相视一笑。上学的路上我就会感到我的书包变沉了，大余果然没有食言，大苹果真甜，作文选真好看。

几次之后，母亲开始怀疑了，她时不时地在我关门之后再去检查一遍。为了坚守我的承诺，每次在她检查之后，我趁她去给弟弟洗脸洗脚、铺床的间隙故技重施。后来，当我坐在大余的加重自行车前杠上，把这些小把戏讲给他听的时候，我们的笑声撒遍了那弯弯曲曲的小路。

有一次为了给他留门我吃了苦头。那天晚上我关门之后母亲照例检查了一遍，当我偷偷去将门闩松开时,被母亲发现了,我急中生智说我感觉自己的数学作业漏写了,但我记不起来是哪道题了,我必须去邻居同学家问问。暂且蒙混过关后,我在回来时故意将下面的门闩不关上,但被起疑心的母亲彻底发现了,然后挨一顿"毛竹炒肉丝"。不过,等母亲睡着了,那晚我还是给大余留了门,而且后来也没有把这件事告诉他。

留门就这样成了我生活中的一部分,即便在大余离开我们很多年之后,我依旧保持着这份习惯。记得他走后那年的一个冬夜,我睡得迷迷糊糊的,仿佛听到大余的自行车飞奔在石子路上蹦蹦跶跶撞出的叮当声。我迅速掀开被子,光着脚飞奔到大门,以最快的速度打开门闩。一阵冷风迎面袭来,我一个趔趄,母亲迅速打开灯,我猛然看见大余平时骑的那辆加重自行车孤零零地靠在墙角,我扬起头,愤恨地看着天空,内心在狂啸——"还我大余!"

大余葬在离家不远的后山脚下,他的面前竖起了一块碑。每每我坐在碑旁边,就拍打着那扇"碑门",噘起嘴角,我想对他说:"我还想为你留门,而你却食言了,而且是永远。"

前年老家的房子因为长期没人住倒塌了,奇怪的是大门所在的那面墙没有倒,墙体斑驳,门上也因雨的浸渍出现了青苔……

乌　柏

"乌桕,乌喜食其子,因以名之。或云其木老则根下黑烂成臼,故得此名。"《本草纲目》中如是说。

相比较而言,在老家叫它"白籽树"就容易理解得多,只因一到冬天叶子落尽,光秃秃的枝头只剩下亮灿灿的白籽。

老家门前池塘埂上就有一棵很粗壮的乌桕树。

那棵乌桕树横卧池塘之上,根部向上两尺多,长出平整的座凳状;然后分出三瓣枝丫,长成伞状。由于便于攀爬,我经常坐在那个天然的座凳之上,看自己在水中的倒影。母亲每次看到,都会生气地大声喊:"你这个害人精,赶快下来,掉水里我可不拉你……"当然,我敢爬上那棵乌桕树的季节仅限于春冬季节,夏秋季节我是坚决不上去的。乌桕树本身汁液含有毒性,很少有病虫害,但是它特别招一种叫"洋辣子"的害虫。一到夏季,那棵乌桕树叶的背面居住着无数的洋辣子,一不小心碰到胳膊和腿上,马上红肿起包,不抓很痒,一抓就疼,那酸爽,迄今想来依旧让人直起鸡皮疙瘩。

小时候，母亲跟我说："女孩子有时候就该像个'洋辣子'。"当时我不懂，直到父亲过世。那一年，母亲刚刚三十六岁，对于女性来说可是最美的年纪，更何况母亲本身就皮肤白皙、面容清秀、身材纤细。农村有句非常不好听却很真实的俗语："寡妇门前是非多。"就在父亲过世两个月后的一个冬夜，有人潜入我家，那人异常嚣张，时而敲门，时而吹口哨，时而发出奇怪的声音，吓得我、母亲、弟弟三个人躲在卧室里，用桌子、床头柜抵住房门，我们三个坐在床上熬过了一晚，那是我这辈子最难熬的一个夜晚。

第二天蒙蒙亮，那人离开之后，母亲走进厨房，摸上一把砍柴刀，抱上几根木柴，来到家门口，一边剁柴一边哭着大声喊骂。我第一次听见母亲诅咒别人的祖宗十八代，第一次听见母亲用极其污秽的词语去咒骂别人。也就是从那时开始，我在心里告诉自己：此生作为一名女子，要坚毅而不容侵犯。

乌桕树最美的季节是秋天。一入秋，乌桕树的叶子便泛出黄色。等秋渐深时，叶子红黄相间，一仰头仿佛有无数只彩色的蝴蝶在澄蓝色的天空翩翩起舞。一场夜雨过后，叶子落满池塘，扎两条大辫子、着红夹袄的母亲开始一天的浣洗。她用棒槌拨开水面的树叶，将衣服放在塘边的石头上轻轻捶打，池塘对面传来丁丁的回声。一阵风吹过，顽皮的乌桕树叶落在她的头上、她的肩上，还有洗衣盆中……多年以后，我还会被时光里的那情那景深深感动。

秋天来了，冬天还会远吗？我独独爱那冬天的乌桕树。它抛却了所有的繁文缛节，树干裸露出大地的颜色。最讨人喜欢的还是那明晃晃、亮灿灿的白籽，那可以换蜡烛的白籽。在我们那里，20世纪80年代出生的农村孩子已经开始有意识地用劳动来抵抗贫穷，有几个没有捡过桃核？有几个没有上山扒柴卖？有几个没有摘白籽换蜡烛？那时候的农村虽然通电，但是经常停电，大人们也不怎么舍得用电，所以煤油灯和蜡烛成为我们晚间的主要照明工具。也就在那时，我读完了《红楼梦》《隋唐演义》，还有影响我人生走向的一本书——路遥的《平凡的世界》。那时母亲一边纳着鞋底或者打着毛衣，弟弟在拆卸着父亲留下的各种电机。恍惚间，我看到烛影下的三个影子印在斑驳的墙壁上，不禁潸然泪下。我在心底告诉自己：一定要把这漫漫求学路坚持下去。

岁序更迭，山水无恙。虽然我们都远离了门前有棵乌桕树的老屋，来到这座城市，但是我们围在一起常把这份艰辛与温暖遥望，依旧懂得，依旧灵犀与共。

（程灿萍，检察官，中国散文学会会员。业余坚持文学创作，有诗歌、散文发表于《诗刊》《诗歌月刊》《安徽文学》《检察日报》等报刊。）